兒童文學論集

林文寶◎著

萬卷樓

目　錄

自序

自1971年8月1日任職當時的臺東師專，至2009年1月31日退休，共計有37年又6個月。退休後，又蒙蔡典謨校長關愛，新設「國立臺東大學榮譽教授敦聘辦法」，於是我成為校方第一位榮譽教授。

在校服務期間，就學校體制而言，歷經師專、師院與綜合大學等不同階段。亦曾兼任各種不同職務。其中，最難於忘情的，仍是學術。就學術行政而言，曾創辦語教系、兒童文學研究所，以及籌設教育研究所。而我的學術歸屬是以兒童文學為主。

走進兒童文學的天地裡，原非本意，亦非所願。或許可以視是因緣與巧合所致，想不到幾經努力，卻發現其中也別有洞天，於是乎一頭栽進。自1975年4月發表〈兒童文學製作之理論〉（見《東師學報》第三期，頁1～32。）以來，亦有36年之久。其間，除專書以外，每年也有單篇論著。在單篇論著中，除《兒童詩歌論集》之外，未有其他選集出版，今將單篇論述依性質分成四類：

兒童文學與書目
兒童文學與閱讀
兒童文學與語文教育
兒童文學論述選集

每類集結一冊出版，目錄則依發表時間為序。

收錄在各冊中，有幾篇小文章，它是我啟蒙創思的起點。對個人而言，值得珍視。至於有未註明發表時間者，則是演講的文稿，雖然有部分嫌簡陋，因敝帚自珍，一併收錄。

在結集論述過程中，自當感謝諸多助理的幫忙（魏璿、楊郁君、林依綺、蔡竺均、蔡佳恩、顏志豪、陳玉金、林庭薇）。尤其是志豪和玉金參與全程。還有，從香港來的王清鳳、陳淑君，亦參與校對，在此一併致謝。

改編與體製
——兒童文學寫作論述之一

壹、前言

文章是說話的延長。

所謂延長，是表示量的增加，形式的美化和功效的擴大。因此，延長即是一種藝術的處理。

所以，文學是語言的藝術。

而兒童文學亦具有語言藝術的本質，它與一般文學比較起來，毫無差異。是以林良先生認為兒童文學就是淺語的藝術。

所謂淺語，並不是膚淺。其實，一切有創造性的文學作品，都是以自然的淺語為主。而所謂自然的淺語，亦都是經過藝術的處理。

雖然，文章是說話的延長。但是，要把文章寫好，寫成藝術品，似乎也不是容易。對於想從事寫作的初學者，當然，多讀、多寫、多改、多思考是不二訣竅。然而，所謂多讀、多寫、多改、多思考仍有失空泛，幾經思索，或許改編與認識體製不失為入門的兩塊墊腳石。

改編與體製，是兩個老生常談的詞彙。從國小的作文教學，到專門的寫作指導，都一直有人在用它。個人認為兒童文學與一般文學無異，改編與體製亦適用於兒童文學的初學者。

改編，使初學者有題材可寫；體製，使初學者容易掌握住表現內容的形式。由此循序漸進，自可臻至無法之法。持此，改編與體製，雖不免為方家所笑，但對於初學者，似乎是不可無。所謂大匠不能使人巧，卻能授人以規矩。以下試以兒童文學裡的故事體為例以說明之。

一般人認為改編並非製作之正途，是以有關改編之論述並不多。堂堂五百期的《兒童文學週刊》，僅有幾篇短文而已。今就教材用書而言，亦僅有：

兒童文學之改編　見遠流出版社吳鼎《兒童文學研究》第一章第二節頁144～152。（原書初版1965年3月由臺灣教育輔導月刊社出版，三版1980年、10月改由遠流出版社發行。）

改寫的方式　見林守為《兒童讀物的寫作》第十章第七節，頁138～145　1969.4初版

改編　見葛琳《師專兒童文學研究》第四章第三節頁100～109 中華出版社　1974.2

改寫方法的探討　見林守為《童話研究》第九章第二節，頁214～220　自印本　1982.5三版

改編　見李慕如《兒童文學綜論》第七章第四節，頁381～387 復文圖書出版社　1983.9

以上各書所論，皆屬概說。除外，林海音女士有〈兒童讀物改寫的研究〉（見1966.12臺中師專研習叢刊第三集《國語及兒童文學研究》頁113～115。）林武憲先生亦有〈兒童讀物的改寫〉一文（見1985年4月慈恩版《慈恩兒童文學論叢（一），頁17～24），尚稱平實可看。又洪文珍先生有《改寫本西遊記研究》一書，格外珍貴，本文擬略加介紹。

至於，本文所舉改編作品，是東師專七〇級普通科語文組同

學，經分組研討的共同成果；其用意在引玉而已。

貳、改編的意義

一般說來，兒童文學的製作，不外是：搜集、翻譯、改編、創作等四種。只要製作嚴謹，皆可成為藝術。如有名的格林童話，雖然是採集各處的民謠、傳奇故事編輯而成，但卻無損於其文學價值。

至於創作，可說是最終的目標，但創造並不是容易的事。吳鼎先生認為創作者要具備下列條件：

文學天才

了解兒童心理

澈底明瞭兒童文學本質

要彙集兒童文學作品，加以深切研究。（見遠流版《兒童文學研究》頁152）

當然，這是個理想的高標準。其實，只要有志於兒童文學者，皆能從事創造。而創作的法則之一，即是從改編入手。

改編，或稱為改寫，是就原有材料加以改編，或長篇改短篇，或短篇改長篇，甚至可以把散文改韻文，或韻文改散文。

改編，可以說是介乎翻譯與創作之間。既不似翻譯之受制於原文，也不似創作之凌空。但其間有時亦有相似之處，如吳鼎先生認為改譯文言為語體應加注意的事項有：

（一）事實的表出，宜適合兒童經驗；並且適合兒童口語。

（二）內容要注意積極性的。

（三）行文要自然而活潑，明白而正確；深淺要適合兒童的程度。

（四）文法要合於國語的自然。

（五）要有明白的段落，每段之中層次要明晰。

（六）時代觀念，只要記明「幾百年前」或「幾千年前」，不必明定某朝某代。

（七）以前的地名，應改用現代適用的名稱。

（八）用新式標點符號，俾易於閱讀。

（九）有人名的，可以沿用。

（十）必要時，可以加以補充的描述，以加強材料的吸引性。

（十一）必要時，可以相機插入遊戲、唱歌等有趣的資料。

（十二）加入插圖，表出文字的內容要點，插圖的人物和裝束，應當適合當時的時代背景，並能恰如其分。（同上頁140～141）

其中十、十一兩項，可說近於改寫。洪文珍先生在《改寫本西遊記研究》一書亦有此說法（詳見後述）。又李喬曾以白素貞為本事，改寫成《情天無恨》，胡萬川先生在序文裡說：

就古來神話傳說的內涵，作更深入的探索，或藉往昔故事的間架，而賦注嶄新的意趣，是中外古今文學上習見的傳統。唐人小說名篇枕中記、杜子春，原身都只是早期一則簡短的故事（枕中記來自幽明錄的楊林一則，杜子春來自大唐西域記的烈士池一段）。現今流傳的三國志演義、西遊記，或甚至水滸傳，面世之前原來也都各有小說或戲劇演述著同樣的故事。這些後出之作和舊有故事之間，雖然情節所差不大，但是內涵意蘊卻往往已大異其趣。研究明清小說戲劇的人都知道，許多佳作名篇多半有「本事」可考。

或許有人會以為這類作品有違創作旨義。當然，一篇前有所承的作品，如果只見沿襲之迹，而未能有新的內涵，未曾作另一角度的探索，是不足以言創作的。但是，如果是為掀揭古老舊聞豐富的蘊涵，深掘底裡奧秘，或但藉引前事，抒發新意，則是脫胎換骨，蓮花化身。既賦以新質，便是新生，便是創作。

藉引傳說舊事，不論意在發隱探微，或轉發新意，果能配以純熟精到的文學表達藝術（內涵主題與文學技巧對一部作品的成功來說是缺一不可的），則作品的感染力往往能推及廣遠。因為一個古老的傳說舊事，對廣土眾民來說，原本就習染已久。因著習熟的故事影像，讀者便易於接受接引，引入作品的核心。既入而出，不十分怠惰的讀者，對作品中透現的新訊息，自然的便會有所思維——映照他自己原有的，定型的認識，新的訊息往往是一種直接的刺激。（見前衛版《情天無恨》頁4～5）

另外，宋澤萊先生在該書之序言裡也認為：

> **對於歷史故事的觀點我比較贊成「故事新編」的寫法，故事新編如果寫得好不但會使原來的故事保留下，而且會衍生更豐富的內容，中國的魯迅及日本的芥川龍之介都是這方面的能手，以前我也嘗試寫了一篇〈黃巢殺人八百萬〉，後來沒能再發揮，一直不能釋懷，李喬寫白蛇傳就不禁更叫我想起這一個宿願了。（見前衛版《情天無恨》頁9）**

其實，這種的改寫，與創作又有何差異。

總之，改寫，得其粗者，可形同譯述；而得其深者，則已臻創作的境界。

我國最有名的改編例子，當屬變文。變文，最簡單的定義，是指把佛經改編成通俗的故事。當佛教傳入後，為了傳教而產生了俗講，俗講後有講經文，講經文之後有講佛經故事的變文，然後又有了講歷史故事的變文。變文的「變」字，雖然可能有不同的含義；但是，大乘義林章的「轉換舊形名變」，還是最重要的解釋。因此，「變」的最主要含義，是改寫、改編的意思。

在今天我們不把改寫，改編當做嚴重的事情看；但在一千多年前，經學家信守「疏不破注」的規則，史學家也奉行「務信棄奇」的原則；而俗講僧却為了作品的趣味化、生動化、通俗化，充分發揮其想像力，加以重新塑造，這份創造精神是可欽佩的。因此，變文改變佛經為通俗宣演，不但是形式的問題；而且在精神上也是重大的突破。這一變，整個改變了主奴的地位；這一變，表現了創造的精神。如目蓮救母變文，現存者有三種；其中以〈大日乾連冥間救母變文〉最為詳細。其故事出自〈佛說盂蘭盆經〉，原文只有五、六百字。其中敘述故事的部分也不過三百字；但是目蓮救母的變文卻寫了一萬多字。變文的作者把有關地獄的記載、目蓮的事跡……都搬了過來，把它重新組合就變成一個新的故事，頗具創造的意味。

因此，我們可以說，改寫雖然跟創作不同，但好的改寫也可以說是一種「再創作」。有人認為：「所謂的創作實際上應沒有什麼，只不過是加減乘除罷了。」這句話可以用來做「改寫」的最好註腳。因此，林武憲先生在〈兒童讀物的改寫〉一文裡，認為改編具有下列的目的：

（一）適應閱讀能力。
（二）糾正錯誤意識。
（三）提高閱讀興趣。
（四）增進藝術價值。（詳見慈恩基金會印行，《慈恩兒童文學論叢（一）》頁17～19頁）

至於改寫之所以能做為初學者的入門法則，乃是在於有本事可做為依憑。

參、一個改寫本研究的例子

洪文珍曾撰寫《改寫本西遊記研究》一書（慈恩出版社1984

年7月），其重點在於情節取捨與標題製作之探究。就原書的情節取捨而言，他比較三十三種版本，其改寫方式有四種：

節述（摘縮）
刪削
重述
翻譯（詳見該書頁13～14）

因此，他所謂的改寫是：

本論文所指的「改寫」，是將古典小說改動一部分，而予以重寫（rewrite），根據這種定義，則本研究的「改寫」，實際上包括了重述、摘縮與相當忠實的翻譯。而所謂的改寫本，即是指以此種方式把古典小說改寫給兒童看的版本。（見該書頁15）

他認為改寫古典小說成為兒童讀物，事實上包括三個涵意：

一是改寫的。
二是兒童的。
三是小說作品。（見該書頁21）

就改寫的的角度言，它涉及適不適合兒童閱讀的問題；就小說作品而言，改寫後的作品仍然是一部小說，其情節與結構必須是完整的。因此，他認為若要將古典小說，改寫成兒童讀物，必須注意幾個問題：

> 改寫本是否忠於原著？
> 改寫本是否適合兒童閱讀？
> 改寫本是否保持首尾一貫，通體相符？（見該書頁21）

以上這三個問題，即是所謂的忠實性、適合性與完整性等問題。

他認為改寫本潛存的問題：最為改寫者所顧及著，乃是有關適合性的問題，也就是說過分偏重教育觀點的考慮，至於文學因素則普遍忽視。

最後，他又歸納出一個評估古典小說改寫本的標準如下：

> 優良的古典小說改寫本，必含有較多的原著代表情節（忠實性），與較少的不適性情節（適合性）。在內容方面，則不但形式要有完整的結構（形式的完整性），而且情節上要能彼此前後呼應，通體相符（內容的有機）。（見該書頁88）

總之，他對改寫本西遊記的研究，確實可提供從事改寫本西遊記的研究；並可提供從事改寫與批評改寫作品的參考。雖然，他的改寫是包括了重述、摘縮與相當忠實的翻譯；但是，由於他過分重視原書的精神與情節，因此，認為改寫本在忠實性與完整性上嫌不足，以致有所謂的「文學因素的普遍忽視」這是無可奈何之事。作品之所以能構成文學，李辰冬認為有六種要素：

一是作者，二是意識，三是意象，四是表現，五是對象，六是文字。（見東大版《文學新論》再版自序頁2）

而面對原著，要不離其精神與價值，不能有個人的意識與匠心，真可說是戛戛乎其難哉。這不是只有費心分析原著就能達到的，恐怕改寫者更必須是個文學天才。也因為他面對原著，堅持要不離其精神與價值，是以未能推演出有關改寫的理論。此為美中不足之處。

持此，本文所謂的改編，並不似洪文珍界定於古典小說的改寫。同時，也不斤斤計較於原著的精神與價值。

肆、改編的效用

改編對於初學者，其效用可說頗大。

有人比喻寫作如切西瓜，隨便從什麼地方下刀，都可以剖開，並且認為寫作重在一點會心，一些領悟，當然，這是有待長期的磨鍊。

初學者的困擾，不是苦於想不到題材，就是不知道該怎麼寫。其實，如果能懂得寫作的步驟，懂得要領，則寫作就不是棘手或苦惱的事。

日本人五十嵐力在《新文章講話》中，有〈六何〉一節。後來，夏丏尊在《論作文的基本態度》（詳見大漢版《名家談作文》頁13～16），有「六W」的說法，正是引用「六何」說，而所謂的「六何」說，則本之於新聞的寫作。而後，胡懷琛在《作文入門》一書裡則採用「六W」說，再推而廣之，成為〈七W〉，即：

為什麼要做這文
這是什麼文
在這文中所要述的是什麼
誰在做這文
在什麼地方做這文
在什麼時候做這文
怎麼做這文（見信誼書局本《讀書作文研究》裡〈作文入門〉頁1～20）

用英文來說，就是why、which、what、who、where、when、how。可說為初學者提供一個入門法則。

又盧培川先生在〈作文的步驟淺說〉一文裡，認為作文要考慮的間題，可以分成兩方面：

一個是「寫什麼？」
一個是「怎麼寫？」（見自印本《作文的修改》頁1）。

他認為作文的步驟有八：審題、立旨、構思、取材、謀篇、裁章、修辭、推敲。前四個步驟是屬於「寫什麼」，後四個步驟是屬於「怎樣寫」。亦可說是為莘莘學子提供一個有效的法則。

申言之，七W、寫什麼、與怎樣寫，正可道出初學者的難題所在，同時也提出了可行的法則。可是題材在那裡呢？寫什麼呢？雖說題材是存在於人的生活裡，只要觀察、體驗、想像、讀書即可得到，可是並非一蹴可及。至於怎樣寫的技巧問題，更是不易捉摸。藍溪先生在〈翻譯與改寫心得〉一文裡，正是道出學者的心聲，他說：

> 參加過兒童讀物寫作班的五十四位教師作家，經過一個月的寫作研習後都感到：「原來兒童文學寫作是這樣難……」這種說法並不是潑冷水，而是有意尋找，有意開拓兒童文學的新園地。這一年來，他們（對五十四位學員來說）確實在努力於「理論」上的探討和推介，至於「創作」成果，實在還不能令人滿意。
> 這使我聯想到在研習會期間和學員們的私談：「就目前看，創作固然需要（較難啊），但我們是不是先從「翻譯」或改寫著手，這至少可以以藉此作為「觀摩」，視為開拓兒童文學園地的一種「醞釀」。（1972年7月9日《國語日報》兒童文學周刊第十五期）。

當然，藍溪先生因為對這種看法不敢確認，因此特別提出來就教於文友們。而今日，則無用懷疑；我們知道，翻譯與改寫亦是兒童文學製作之途。而所謂的改編，伸縮性很大，可大可小，可以說它很簡單，也可以說很難。說它簡單，是只要把長的改寫短，把文言的變成白話，把複雜的故事情節簡化，這是較單純的改寫。

至於說它困難，則是把它當做算術的四則混合問題來處理，非但要濃縮或剪裁，更需要賦於作品新生命。如「太子成道變文」，太子成道的經過，許多佛經都有或同或異的記載，變文的作者就把所有相關的資料集攏在一起，改寫成一個又說又唱的白話故事。

由此可知，改編最大的效用，即是在於有本事可為依憑。也就是提供了初學者題材。初學者可就原有本事，加以編織與改編。

所謂改編，是就原有材料加以再寫。就故事體而言，改編皆有本事，或稱母題，也就是一般所說的故事。故事是由人、事、時、地、物等因素的組合體。因此，在改寫之前，要探討該故事的源流，以及有相關的故事，同時要考證原文的作者、作品年代、及流傳的區域。並且，要了解該故事在文學上的影響，及其在文學史上的地位。除外，也要了解原文的用語、名物、制度的出處。總之，要對原故事詳加了解，而後方能下手改編，至於原故事取捨多少，乃因人而異，一般說來，改編的藝術要求乃是就原故事的內涵，作更深入的探索，或借原故事的間架，賦注嶄新的意趣。一言以蔽之，也就是以時代觀點，賦以新的訊息。如莎士比亞的戲劇，故事也多是採自北歐一帶流傳久遠的舊聞。而莎劇之所以影響深遠，當然是因為文學藝術的精華已盡瘁，也因為內蘊涵意的深且廣。

如何的改編而賦與新義？目前流行的有關創造思考法則皆可供參考。王鼎鈞在〈新與舊〉一文裡，曾認為奧斯朋在《應用想像力》裡提供的工業發明的創新法（詳見協志版邵一杭譯本，第二十一章到二十四章，頁288～356），亦可以使文學產品更新。或增加，或延長、或合併，或倒置，皆可使改變成新。而有時使

用荒謬（離了譜），或新的解釋，亦能賦改編於新的內涵。（正文詳見明道版《文學種籽》頁123～137）

我國雖不曾有專門為兒童寫作的兒童文學，可是，在前人的著作裡，以及俗文學裡，有時亦具有兒童文學的生命；如果能善加以改編，非但可做為入門的學習課題，亦可收整理古代兒童文學作品之效。

伍、體製的意義

體製是初學者的另一法門。體製，又稱文類、文體、體裁、文學類型。而一般以體裁較為通稱。體裁是指內容與形式的關聯。文學作品的形式恰當的表現了內容，就像剪裁縫製一件合身的衣服把身材表現出來。依「體」而「裁」，「裁」中合「體」。對於文學類型的重視，可說是中國傳統文學觀的特色之一。張戒《歲寒堂詩話》卷上：

> 論詩文當以文體為先，警策為後。（見木鐸版丁福保輯《歷代詩話續編》上冊，頁459）

嚴羽滄浪詩話辨篇云：

> 詩之法有五：曰體製、曰格力、曰氣象、曰興趣、曰音節。（見藝文版何文煥訂《歷代詩話》頁443）

又嚴羽答吳景仙書亦云：

> 作詩正須辨盡諸家體製，然後不為旁門所惑，今人作詩差入門戶著，正以體製莫辨也。（同上，頁458）

吳訥文章辨體序說引倪正父文云：

> 文章以體製為先，精工次之。失其體製，雖浮聲切響，抽黃對白，極其精工，不可謂之文矣。（見長安版頁14）

方苞答喬川夫書云：

> 蓋諸體之文，各有義法。（見商務影印四部叢刊本方望溪先生集卷六頁76）

總之，歷代的文學批評家皆很重視體製，只有少數批評家例外。他們認為體裁選擇得不恰當，文學作品便遭到致命傷。這種文體論的出現，乃緣於從作品方面，看到由於內容和作用之不同而產生。有關文體之論，首見於曹丕的典論論文。

典論論文，是就文論文，也就是透過比較而來，事實上亦無理論根據。由於從諸多作品中比較，就不難獲得兩種印象：

> 一是各個作家除了對同一問題持論的宗旨不盡相同之外，而作者的寫作態度與行文的習慣亦未必一樣。
>
> 二是屬於某種用途的文章，因其遞相模擬的關係，在結構

上也漸形成了一種定型。（見正中版王夢鷗《古典文學論探索》頁70）

由前一種的發覺，可說為抽象的「文氣」說；後一種，則演變為具體的「文體」論。典論論文云：

夫文本同而末異。蓋奏議宜雅，書論宜理，銘誄尚實，詩賦欲麗。此四科不同，故能之者偏也。唯通才能備其體。（據正中版許文雨編著《文論講疏》頁21。）

後人對於文體的區分，就是從這幾句話開始的。他們認識到文章的本同而末異，於是也就認識到各種體裁都有它的特殊作用與風格，都有它不同的修辭標準。如果我們再往上溯源，則可見於《尚書》。《尚書》畢命云：

政貴有恒，辭尚體要（見藝文十三經注本冊一《尚書》頁291）

孔安國的注解是：

政以仁義為常，辭以理實為要，故貴尚之，若異於先王君子所不好。（同上）

所謂「辭以理實為要」，便是後世論體制的遠祖。而後，有關文體的討論的書，晉朝摯虞有《文章流別》，可惜本書早已散失，無法看到真面目。流傳於今的，有梁朝任昉的《文章緣起》，劉勰的《文心雕龍》，這兩本書對於各種文體之辨別，說得很精細。除此之外，還有宋時王應麟的《辭學指南》，明時吳訥的《文章辨體序說》，和徐師曾的《文體明辨序說》，他們書中所有的論述，都有考證，可做為研究文體的參考。

至於，就文章體制而編集成書，則首推梁朝蕭統的《文選》，後來繼踵而起的，有唐朝姚鉉的《唐文粹》，宋朝呂祖謙的《宋文鑑》，元朝蘇天爵的《元文類》，明朝程敏政的《明文衡》，吳訥的《文章辨體》，徐師曾的《文體明辨》，清朝姚鼐的《古文辭類纂》，曾國藩的《經史百家雜鈔》。其間分類大抵相差不多，可說皆承襲前人的方法，也就是依文章的程式和用途加以區分。

由此看來，文體的編選，始於梁朝，盛於宋明，而論定於近代。以梁朝蕭統《文選》為法則，而以吳訥《文章辨體》和徐師曾《文體明辨》為完備；近代以姚鼐《古文辭類纂》、曾國藩《經史百家雜鈔》為正宗。我國文體分類之法，也隨時代的風氣而改變。在駢文流行的時期，以劉勰的文體分類學達到了高峯；在古文流行的時代，則姚鼐的《古文辭類纂》又創造了另一個高峯，此後，曾國藩、吳曾祺、張相等人繼之；儘管有些補充，但都不越姚氏的範圍。而民國以來，蔣伯潛有《體裁與風格》做為國文自學輔導叢書，並有唐鉞的非機能的文體分類法（詳見臺灣商務印書館人人文庫本《國故新探》頁33～44〈中國文體的分析〉一文。）則完全是「五四」以後新時代科學研究的特殊產物。

至於論述體製，且列為批評之標準，則非劉勰莫屬。《文心雕龍》知音篇：

> 將閱文情，先標六觀：一觀位體，二觀置辭，三觀通變，四觀奇正，五觀事義，六觀宮商。斯術既形，則優劣見矣。（見里仁版周振甫《文心雕龍注釋》本，頁888）

劉勰揭舉六種批評標準，認為文學批評，當從此六者予以整體觀察評鑑，則作品之優劣高下，自然昭然若判。而其間又以觀位體為先。所謂位體，位是安排、選擇，位體即指選擇一種適合於作品題材的文體或文學類型。也就是指作品情志內容與體裁形式是否相稱。

劉勰論文，首重體製，《文心雕龍》用了二十篇來辨體。所謂「若乃論文敘筆，則囿別區分，原始以表末，釋名以章義，選文以定篇，敷理以舉統」（見序志篇同上，頁916）總之，論及體製之處頗多。鎔裁篇：

> 草創鴻筆，先標三準：履端於始，則設情以位體；舉正於中，則酌事以取類；歸餘於終，則撮辭以舉要。（同上，頁615）

又附會篇：

> 才量學文，宜正體製，必以情志為神明，事義為骨髓，辭采為肌膚，宮商為聲氣。（同上，頁789）

皆以立體為先。蓋情志不同，文體紛雜，或詩賦，或駢散，體式多端，下筆之前，務慎位體，各取所宜，定勢篇云：

> 夫情致異區，文變殊術，莫不因情立體，即體成勢也。勢者，乘勢而為制也。……章表奏議，則準的乎典雅；賦頌歌詩，則羽儀乎清麗；符檄書移，則楷式於明斷；史論序注，則師範於覈要；箴銘碑誄，則體製於弘深；連珠七辭，則從事於巧豔。此循體而成勢，隨變而立功者也。（同上，頁585～589。）

說明諸文體各具特色，位體須擇其所宜，不可淆雜。反之失體成怪，則情志依托失所，文訛之弊必生，頌讚篇云：

> 至於班傅之北征、西巡，變為序引，豈不褒過而謬體哉！（同上，頁162）

又哀弔篇云：

> 崔瑗哀辭，始變前式，然履突鬼明，怪而不辭，駕龍乘雲，仙而不哀；又卒章五言，頗似歌謠，亦彷彿乎漢武也。（同上，頁239）

此皆言位體失當之弊。

總之，劉勰論文，首重體製，是以劉師培於《文說》序云：

> 雕龍一書，溯各體之起源，明立言之有當，體各為篇，聚必以類，誠文學之律筏也。（見廣文版《文說：論文雜記等》合刊本頁一）

可知，前人論述行文，皆以位體為入門。

近百年來，由於受到西方文化輸入的影響，新派文體的分類也不斷地出現。一般說來，最基本的分類是：詩、散文、小說、戲劇。而散文依內容則可分為：敘事、說理、抒情、寫景。至於兒童文學方面的文體分類，大體上《國民小學課程標準》裡「各類教材的文體說明」（見正中版頁90～92）可做為參考。廣義的兒童文學，一般通稱為「兒童讀物」。簡言之，包括小說類與非小說類。所謂小說類，是指具有虛構性的想像文學作品而言。如小說、寓言、童話……等，其中又以具有故事性者為大宗。而非小說類，則是指非虛構性、非文學性的讀物，也就是指小說類以外的各種散文體著作。顧名思義就是根據事實，而記錄性很強的讀物，如科學、生物、歷史、遊記、思想、報告……等。其實，目前非小說類的知識性讀物，也都很重視文學性。至於「圖畫」讀物，則介乎兩者之間，申言之，非小說類的知識性讀物，重在傳達各種的知識；而小說類的文學性讀物，則重在傳達美感或遊戲的情趣。而圖畫性的讀物，則是一種視覺的藝術，是最具特殊色彩的一種形式。以兒童的立場來說，圖畫性的讀物可說是幼兒的一種思想的媒介，可以引導幼兒領會語言的聲音與意義。嚴格說來，凡是兒童讀物皆不離圖畫，衹是畫多少之不同而已。從學習心理的立場說：知識性的讀物屬於直接教學；文學性的的讀物是屬於間接教學；而圖畫性的讀物，則是屬於啟蒙性的學習。以下試列表說明兒童讀物分類如下：

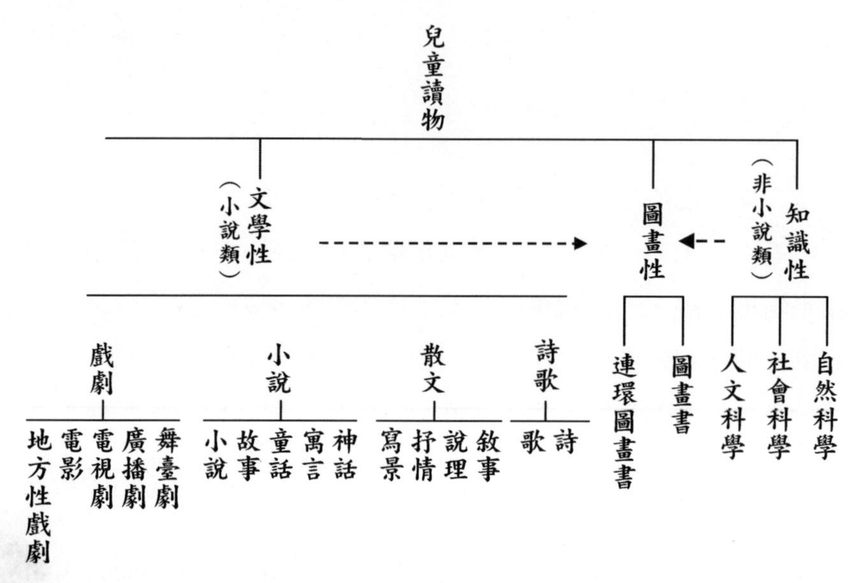

文體的分類，始於文章的效用，因效用不同，則作法亦自有不同。因此，初學者以立體為先，自有其方便之處；一者可了解文體之差異——我們知道詩、散文、小說、劇本，四者確實是有分別；而四者之內，亦仍有不同。再者可收比較訓練之效。不論同類或不同類，為了便於觀摩學習，必須了解其間相異之點，尋求它們各別的特色，如此循序漸進，持之有恆，自能有所得。

目前教授作文，亦皆以文體為主，所謂審題，即是認清題目，確定主旨之外，就要決定用什麼體裁表現。體裁選擇得當，會使文章更合理、更活潑、更有趣。胡懷琛將夏丏尊「六W」中的第三項「在這文中所要述的是什麼？」推演為「這是什麼文？」和「在這文中所要述的是什麼？」二項，其餘的依次不變。胡氏為什麼要特意地補上這一項呢？無非是強調文章體裁的重要。個人曾有「兒童文學故事體寫作之研究」的撰述，其目的亦在於此。蓋初學者總以取法乎上為主。

雖然，有時一篇文章並非純粹的屬於那一種文體，但文體之所以受重視，自有其理由。至少，文體具有穩定性與普遍性，而所謂的萬變亦當由此而出。就時代而言，生活方式有變動，對文學作品的題材和表現方式影響甚大，對體裁的影響卻不大。作家面臨的是題材和表現方式的革命，至於體裁，只有那麼幾種，他們又怎麼捨得奢言淘汰。

陸、改編與體製的例子

本節試以〈夸父追日〉為例，說明改編與體製的一般情形。

〈夸父追日〉是我國最早的幾個著名神話之一，有關資料主要見于山海經。試以里仁書局袁珂《山海經校注》本為據，列其記載如下：

（一）聶耳國在無腸國東，使兩文虎，為人兩手聶其耳，縣居海水中，及水所出入奇物，兩虎在其東，夸父與日逐走，入日，渴欲得飲，飲于河渭，河渭不足，北飲大澤，未至，道渴而死，棄其杖，化為鄧林。（卷八海外北經，頁237～238）

（二）大荒之中有山名曰成都載天，有人珥兩黃蛇，把兩黃蛇，名曰夸父。后土生信，信生夸父，夸父不量力，欲追日景，逮之于禺谷。將飲河而不足也。將走大澤，未至，死于此。（應龍已殺蚩尤，又殺夸

父，乃去南方處之，故南方多雨。）（卷十七大荒北經，頁427）

（三）大荒東北隅中，有山名曰凶犁土丘。應龍處南極，殺蚩尤與夸父，不得復上。故下數旱，旱而為應龍之狀，乃得大雨。（卷十四大荒東經，頁359）

（四）博父國在聶耳東，其為人大，右手操青蛇，左手握黃蛇。鄧林在其東，二樹木，一曰博父。（卷八海外北經，頁240）

其中第四則，據畢沅校《山海經》聶耳之國曰：「聶當為耴，淮南子墬形無此國，而有云夸父耽耳，在其北方，此文亦近夸父國，蓋即耽耳國也。說文云耴耳垂也，與瞻耳義同……」，校博父國曰：「博、夸聲相近，此云在聶耳東，即上夸父國耳……言夸父一作博父。」耽是耳垂，是說其人耳朵垂特別長大，長到必須走路時以手聶之。故郭璞以攝字釋聶，與淮南子〈夸父耽耳〉正同。可知聶耳國就是夸父的耽耳國；也即是博父國。

另外，《淮南子》與《列子》書中也有記載，但也都是根據《山海經》的夸父逐日神話而形式。淮南子墬形訓云：

夸父耽耳，在其北方，夸父棄其杖，是為鄧林。（見世界版《新編諸子集成》四七，《淮南子》頁63）

又列子湯問云：

夸父不量力，欲追日影，逐之於隅谷之際，渴欲得飲，赴飲河渭，河渭不足，將走北飲大澤，未至，道渴而死，棄其杖，尸膏肉所浸，生鄧林，鄧林彌廣數千里焉。（見世界版《新編諸子集成》冊四，列子頁56）

有關「夸父的系統與夸父其人」，王孝廉先生〈夸父的神話〉一文裡，做如下的結論：

總結本章關於夸父的記載，可得以下結論：一、夸父是屬於海中大山之上。二、夸父以及一切巨人是在北方大荒之中。三、夸父其為人大，是神話中的巨人。四、夸父兩手操蛇（或謂以兩蛇貫耳）。五、夸父耽耳，以兩手攝耳。六、夸父死於逐日，又為應龍所殺。七、夸父之杖化為鄧林（桃林）。八、夸父、博父，以及後世所見巨人樸父由其名字音義可知是為一神，這些名字也都是由說明「其為人大」而來。（見聯經版《中國的神話與傳統》頁112）

至於，「夸父與幽冥世界」，王孝廉先生亦做如下結論：

總結本章上述所論，所得結論為：一、夸父所居的成都載天是在極北的幽都。二、夸父逮日于禺谷的禺谷是太陽沉落之地，是為幽都。三、夸父北飲大澤的大澤是雁門北的委羽之山，亦即幽都。四、西北方有天門，天門即幽都之門。五、共工觸不周之山的神話與幽冥神話有關。六、夸父在北方，幽都在北方或西北方，一切與夸父有關之地名

皆在北方，皆與幽都有關。（同上，頁121）

夸父其人，既死於逐日，又為應龍所殺。這只能說是夸父神話的另一說。因此，我們改編的資料，只根據上述所引的一、二兩則，其中加括弧部分亦棄而不用。

夸父逐日是著名的神話，目前坊間可見有關論述有：

巨人族及幽冥世界 見里仁版《中國古代神話》甲編三種之一《中國神話研究》第五章，頁49～56。

夸父族 見里仁版《中國古代神話》 甲編三種之二〈中國古代神話〉第三章《黃帝與蚩尤的戰爭》第四節，頁110～116。

關於夸父逐日的神話 見里仁版《中國古代神話》甲編三種之三《中國神話研究》第二章頁13～15，第四章頁42～43，亦皆有論及。

夸父 見長安版《古神話選釋》頁147～150

夸父的神話 王孝廉 見聯經版《中國的神話與傳說》頁103～163。

其中以王氏論述最為詳盡。至於改編者，可見如下：

巨人族 見偉文版《中國神話故事》，頁71～73。

巨人的傳說 見東方出版社《中國神話》頁143～144。

追太陽的巨人 蘇尚耀 見國語日報版《山海經裏的故事（海經部分）》，頁41～51。

追太陽的夸父　蘇尚耀　見國語日報版《中國神話》頁101～104。

夸父逐日　王孝廉　見聯經版《花與花神》頁171～173。

夸父追日　奚淞　見遠流版《夸父追日》頁31～36。

以上的資料都可以做為我們改編的參考。由於改編字數以不超過一千五百字為原則，所以對於資料必須慎加選擇，改編主要以一、二兩則為依據。由一、二兩則原文，可提供改編資料如下：

人：夸父、后土、信。

時：不確定。

地：太荒、成都載天、禺谷、河、大澤、渭、鄧林。

事：追日（與日逐走）

物：黃蛇、杖

有關人、時、地、事、物等項，皆可自上述資料中詳加瞭解。研究神話的學者，認為夸父追日神話的形成，其原始是由古代人以神話解釋晝夜循環現象而生的幽冥神話。以黑夜為幽冥之國，是許多古代民族所共有的神話思想。因此，夸父神話的〈夸父逐日〉與〈夸父之死〉，在神話的原始意義上都是說明了太陽與黑夜之爭（亦即水、火神之爭），而做為光明神太陽勝利神話象徵。如今，我們就原文看來，第一則似乎亦可當成寓言看。

就故事體而言，體製不同，則人物塑造、內容、情節也會有不同。因此，在改編時，首先要決定體裁。如果改編為寓言，則寓言於「不自量力」。如果是故事，則敘述事件本末而已。如果是童話，自當著重在想像與情趣。至於神話，自當是與大自然競勝、征服大自然的那種悲壯為重心。

由於文體不同，其著重點亦不同。當然情節也就有了差異。一般說來，在原文提供的材料裡，自以「事」最為簡略，而故事體的主體卻以「事」為主體，因此，在改編過程中，最可著筆的也是在「事」上。林良先生於〈神話跟兒童文學〉一文裡，曾以〈夸父逐日〉為例，說明其改編為原則如下：

> 《山海經》裡有名的〈夸父逐日〉的故事，實際上只有很少的材料好用：
>
> 夸父是一個神人或巨人或人間的英雄。他不自量力，要追太陽或者跟太陽競走。他半路扔下的枴杖，後來繁殖成一片樹林。他餓了，在一個地方用「鼎」做飯吃，架著鼎的三塊石頭，品字形排列開來，就成了夸父山。他走得很渴，喝完了大河的水還不夠，想去喝西海的水，可是還沒走到，就渴死了。「我們古籍裹有很好的神話」，這句話是完全不能照字面去解釋的。如果《山海經》裡關於夸父的記載算是「很好的神話」，那麼，它同時也是「寫得很簡陋的神話作品」。
>
> 一個好的作家可以在這裡找到一個展露才華的創作領域。夸父應該是怎麼樣的一個「人」？他生存在一個有「鼎」的時代，那應該是什麼時代？他能喝完大河的水，那麼他應該有什麼樣的體型？「西海」要安置在什麼地方？是不是可以借用現在的「青海」？他為什麼會興起追太陽的念頭？那是在發生了一件什麼事情之後？他有沒有家？有沒有太太、孩子？他是不是本來就是一個「跑將」，獅子、

老虎、豹都曾經失敗在他的「腳下」？

一個好的作家會慢慢塑造他的夸父，而且賦給這故事一個深長的意義。

我們盼望兒童文學作家「發掘民族神話」，不正是盼望他這樣做嗎？

這就是神話的改寫。這是值得兒童文學作家努力耕耘的園地。（詳見國語日報版《淺語的藝術》頁157～158）

最後試將改編各種故事體附錄如下，以作為參考比較之用：

一、神話：夸父追日

很久很久以前，在我國北大荒有座大山，名叫成都載天。這座山是屬於幽冥王所統治的，沒有白天和晚上的分別，人民在這陰冷潮溼的地方住久了，根本不知道山外的世界有什麼不同。

有次，族裡舉行盛大的運動比賽。最後，由一個身高好幾公尺，耳朵上掛著兩條大黃蛇當耳環，手上也握著兩條蛇把玩的人，得到比賽冠軍，他被公認為全族跑得最快、最勇敢的英雄；幽冥王也下令，特許他到山以外的世界去遊歷一番。這人的名字就叫夸父。

夸父精神抖擻的出發了，走了兩天終於到了山界。跨過山界，一道亮光溫暖的照耀著他，當他放眼一看，花草樹木、鳥語花香。「好美哦！假如族人能看見這樣的景象，他們一定會很高興的。」他不由自主的說著，心中正浮現族人冷得發病，餓得發抖的情況。「我要讓他們生活快樂。」因此，他下定決心要把光亮帶到幽冥國去。

夸父打聽到，這亮光是由太陽散發出來的，它每天都落在禺谷休息。這天，太陽又照往常一樣，從東邊慢慢的升上來，夸父雄心萬丈，非追到太陽不可。他拿起手杖，一步步的緊跟著太陽跑著，跌倒了再爬起來，汗水濕透了他的衣服，腳底也起了水泡，可是這些都不能擊退他追日的決心。

他仍然拚命的跑，太陽就在他頭上了，感覺也愈來愈熱，就差那麼一點兒就可以抓到了。夸父打起精神，繼續追趕，終於進入太陽的光輪。這時，夸父早已累得渾身無力，精疲力盡了。「我好渴，好想喝水哦！」他上氣不接下氣的說著，於是就在黃河岸停了下來，咕嚕！咕嚕！的把水喝光了，但還是沒法子止渴，一會兒工夫，又把渭河的水也喝得精光，他實在太渴了，「北方那個無窮無盡的大澤，應該夠我解渴吧！」夸父用盡了全身僅剩的力量向北方爬去。

夸父終於到了離大澤不遠的地方，他看到了大澤中浩浩的水。可是，他卻倒下來了。他感到死亡之神一步一步地逼近了他。在他臨死前，他想到：「以後仍然會有人立志把光明帶給族人吧！為了不讓他們重蹈覆轍，我該為他們做點事。」於是，他奮力的向天空中拋出了他手中的蛇杖，他的蛇杖立刻化為一片桃樹林，樹上有纍纍的桃子，黑暗的天空中突然出現了點點的星星，夸父望了桃樹林和星星最後一眼，知道以後追日的人可以因為路邊的桃子而不再渴死在路上，知道有無數的星星可以指點前進的路線，於是，他微笑的閉上眼睛。

二、寓言：夸父追日

從前，有個夸父，他為了顯示與別人不同，就在手上、耳上各掛了兩條黃蛇。

他的族人每年都要祭拜太陽，祈求太陽降福人間。有天，自以為偉大的他很不服氣地對太陽說：「太陽啊！別以為你就是王，我才不吃你這套，我們來比賽，看誰跑得快！」「夸父啊！」太陽回答說：「別自不量力了，我是宇宙之王，誰也贏不了我，勸你最好別試。」「我偏不信，到時我贏了你，看他們拜你還是拜我。」夸父話剛說完，便信心十足的對著太陽光影追去了。

夸父跑著跑著，不時抬頭望望天空，看到太陽只在他眼前，他信心倍增了，然而卻也埋怨太陽光太熱了。「夸父啊！回去吧！不要再前進了。」但夸父連理都不理太陽。不久，他進入了太陽的光輪，熱度更強了，晒得他汗流浹背，頭昏眼花。太陽又開口了：「夸父啊！你再下去，會連命都丟的。」夸父仍然固執地向前跑去。

跑過了遙遠的路，他來到了黃河，再到了渭河，把河水都飲乾了，仍然覺得不夠，想到北方的大澤去；臨走前，黃河和渭河對他說：「夸父啊！誰也救不了你了！」夸父嗤之以鼻，掉頭就走。他奮力地向北方跑去，一路上，隱隱約約的聲響在耳際：「夸父啊！快來喝水吧！遲了可就來不及啊！」夸父辛苦的喊了一聲「水！」就倒在地上起不來了！

三、故事：夸父追日

夸父，是巨人族裡的飛毛腿。

他不但跑得比馬快，恐怕都要趕過飛馬了。因此他再也找不到賽跑的對象。

有一天，當太陽從東方天空慢慢地升起，把光明灑向大地。夸父突然想起一個主意：他想趕上太陽。

夸父這樣一想，立刻撒開腿，追起太陽來了。

他像飛一般地，跑過草原，跑過高山，跑過深谷，跑過森林。

到了傍晚，夸父抬頭望望天空，太陽就在對面禺谷的山頂上，好像已經離他不遠了。他非常高興，心想：只要再跑過對面那個山頭，一定可以追上太陽。

就在這個時候，夸父突然覺得他的兩片嘴唇像快著火的火柴一樣，熱渴得厲害。他想忍住口渴，往前再跑，免得太陽偷偷溜走。可是，跑了這麼快、這麼久，夸父的力氣全部用盡了。恰巧，渭河就在眼前。他走到河邊，「咕嚕！咕嚕！」，就把河裡的水通通喝光了。

「我還是覺得很口渴，但是我不能逗留太久！」說著，夸父站起身來，歪歪倒倒的再往前跑。

跑呀！跑呀！夸父的身體再也支持不住，砰一聲倒在一條不知名的水邊。他迷迷糊糊的喝著水，把那裡的水都喝光了。可是，這不但沒有挽回夸父的生命，還使以後的西北方出現了一大片沙漠。

夸父死了以後，他所留下來的一根手杖，經過了許多年，發芽滋長，長成一片大樹林，後來又從樹上開出紅色的桃花來。滿樹鮮艷的紅花，映得樹林裡一片鮮紅，像太陽照耀般的明亮。人們稱它為桃林，還說它就是夸父的精魂凝聚成的。

四、童話：夸父追日

很久以前，在極北方的大漠之中，有座成都戴天山，山下住著一族巨人，他們的酋長，更是威武！耳朵上掛著兩條黃蛇，手拿代表酋長地位的桃花杖，他更有善跑的長腿，迅如駿馬，快如閃電。

這個部落一向安寧詳和，可是近來卻面臨一大災難——太陽的猛烈烤晒。由於太陽的日日烤晒，雖然偶爾能得到少許雨水的滋潤，仍然使得村裡的糧食愈來愈不足。最近，太陽更變本加厲地日夜烤晒，使得田裡所種的糧食一棵接一棵地枯死；連河裡的魚蝦也奄奄一息，村人們個個手足無措，也不知如何是好了。

夸父知道，再這樣下去，族人會個個渴死、餓死的，於是，他決定要跟太陽好好地談判。夸父知道太陽住在一個叫禺谷的地方，每天晚上他都會回到那兒休息。夸父相信；只要每天跟著太陽跑，一定可以找到他。於是，帶著桃花杖，便開始追太陽。

太陽發現夸父在追他，哈哈大笑地對夸父說：「唉喲！夸父啊！別不自量力了，追不到我的！」夸父堅定地回答他：「別高興，除非我死了，否則我一定要追到你。」

就這樣子，夸父每天跑呀跑，渴了就喝河水。雖然很累，但是他並不覺得苦，而且越追心志越堅定。路旁垂頭的樹，乾瘦的草看到夸父越挫越奮，很受感動，挺起胸膛向夸父說：「加油！夸父，勇敢地支持下去！」

經過了不停的奔跑，夸父強壯的身體漸漸有點招架不住。雲姑娘看到夸父不屈不撓的精神，很想幫助他，就去勸他哥哥，但太陽一手推開，不理會她。

夸父沿路不停地跑啊跑，最後，他著實跑不動了，就靠在路旁的老樹上休息。這棵老樹忽然問他說：「夸父啊！你為什麼要日日夜夜地追太陽呢？」夸父喘了喘氣告訴他說：「我們的部落快要被太陽烤焦了，我得趕緊追上太陽，好好和他打個商量！」老樹聽了之後，用著激賞的眼光，鼓勵他：「好孩子，你可要有耐心地繼續追呀！我祝你成功！」夸父謝過老樹之後，又重振精神，繼續他艱鉅的任務。

太陽漸漸往西移，夸父心裡很著急，愈跑愈快。他像飛一般地，跑過草原，跑過高山，到了傍晚，他抬頭一看，太陽就在對面的禺谷山頂，慢慢地沉到谷底，他就高興地大叫：「啊！太陽就在對面的山谷裡，我只要再跑過對面那個山頭，就一定可以追上太陽！忽然，有個聲音說：「別想的那麼好！」夸父四下看看，才發現聲音是從旁邊的渭河發出來的。夸父說：「你是誰？你怎麼知我追不上太陽？」渭河說：「我是渭河，你知道太陽是多厲害嗎？他只要照河水一天，河水就會被他蒸乾，何況是你！」

這時，有隻大鷹告訴他說：「夸父！不要聽渭河胡說。加油！太陽就在禺谷底，只要爬過山頭，就可以找到太陽了！」於是，夸父又振作精神繼續往前跑，他逐漸地感到筋疲力盡，幾乎無法支撐下去，步子由跑變成走，再而變成一步一步拖著前進。正當他已衰竭不堪，有些兒心灰意懶的時候，不知從哪兒又飛來一隻大鷹，告訴他：「夸父！夸父！振作起來，你已經快要到達太陽居住的地方——禺谷了，千萬不能放棄，否則就功虧一簣了。」夸父聽了，雖然鼓起最後的一口氣，仍是累倒在禺谷的路旁。

夸父倒在路旁，雲姑娘不管哥哥，便化成一位姑娘，取水給夸父喝，當夸父醒過來後，雲姑娘勸他不要再傻追了。夸父回答她說：「謝謝姑娘的好意，但我一定要追到太陽，因為我有事要請求他。」當雲姑娘發現勸他也沒用時，就離開了。

夸父也拚著最後一口氣說：「偉大的太陽，我求求你，不要再發出太強烈的光芒烤晒我的族人，否則他們都會餓死、渴死！」而後，夸父終於倒了下去。

太陽這時候才感到傷心，竟然害死了這麼一個英雄好漢。雲姑娘建議哥哥要完成他的心願，不要再殘害大地生靈，太陽為了彌補自己的過失，答應了妹妹。太陽也變得和靄了，每天跟妹妹一起出遊，大地又恢復了以往的安樂詳和。

參考書目

一

兒童文學研究 吳鼎著 遠流出版社 1980. 10三版

兒童讀物的寫作 林守為著 自印本1969. 4初版

師專兒童文學研究（下） 葛琳著 中華出版社1973. 5

兒童文學綜論 李慕如著 復文圖書出版社 1983. 9

改寫本西遊記研究 洪文珍著 慈恩出版社1984. 7

慈恩兒童文學論叢（一） 慈恩出版社 1985.4

兒童文學周刊（一～五合刊本） 國語日報社

二

讀書作文研究 文經緯等著 信誼書局 1978. 7

體裁與風格 蔣伯潛著 世界書局 1982. 11臺四版

文心雕龍注釋 周振甫注 里仁書局 1984. 5

古典文學論探索 王夢鷗著 正中書局 1984. 2

名家談作文 梁啟超等著 大漢出版社 1981. 5

文學新論 李辰冬著 東大圖書公司 1975.8

淺語的藝術 林良著 國語日報社 1976. 7

文學種籽 王鼎鈞著 明道文藝雜誌社 1982. 5

作文的修改 盧培川著 自行本 1983. 10

三

山海經校注 袁珂注 里仁書局 1982. 8

中國神話與傳說 王孝廉著 聯經出版社 1977. 2

中國古代神話甲編三種 里仁書局 1982. 8

石窟裡的老傳說——敦煌變文 羅宗濤著 時報出版公司 1981. 3

古神話選釋 長安出版社 1982. 8

山海經裡的故事（海經部分） 蘇尚耀改編 國語日報社 1974. 8

中國神話故事 偉文出版社 1979. 5

中國神話 蘇樺改寫 國語日報社 1980. 7

花與花神 王孝廉著 洪範書局 1980. 10

夸父追日 奚淞著 遠流出版社 1979. 5

中國神話 東方出版社 1983. 1

（本文刊登於1989年6月《東師語文學刊》第二期，頁1-36，臺東市，臺東師院語文教育學系。）

論兒童文學與教育之關係
—兒童文學特性之一

壹、前言

兒童文學主要是以三歲至十五歲的兒童少年為讀者對象的文學。而兒童在生理、心理與社會等各方面，皆與成人不同，所以在閱讀、欣賞、感受與寫作方面，也與成人作品大異其趣。兒童文學之所以能自立門戶，即是因為它有特定的服務對象。因此兒童文學的特殊屬性亦是由其特定的讀者對象所決定的。一般說來，兒童文學在內涵的特性有：兒童性、教育性、遊戲性與文學性。本文則專論其教育性。

我們知道兒童讀物的產生，正是肇始於兒童的需要。只是隨著兒童教育觀念的改變，兒童讀物的編寫態度，往往也隨著改變。因此，教育性文學在所有的國家中，都是兒童文學的第一個階段。貝洛爾〈Charler Perrault, 1628～1703〉在每一則童話後，仍不忘對孩子說教一番。在十八世紀的歐洲兒童文學仍有共同的觀點，就是視想像力為危險物，主張直接教訓兒童，使之成為成人心中理想的孩子，根本談不上娛樂性和趣味性。

其實，教育性應是一切文學的共同特點，兒童文學特別加以強調注意，是有其必要性，並非是視兒童文學為教育的工具，更不是有意給兒童文學造成侷限性，束縛它的發展。

兒童文學要不要教育性，以及如何理解和體現這種教育性，是關係到我們兒童文學能否建康發展的一個關鍵問題 。這個問題在大陸曾有過長時期的爭論（註一）。我們且看兒童文學的發展歷史，傅林統於〈兒童文學觀的演進〉一文裡，認為其演進有三：

一、為教育而寫的時代。

二、為表現自我和娛樂而寫的時代。

三、現代的兒童文學。（以上詳見《兒童文學的思想與技巧》頁39—49）

又王泉根有中國兒童文學兒童文學的流派的蠡測，他認為從五四至今，我國兒童文學客觀存在的流派，似乎有：兒童文學社會學派、兒童文學遊戲學派、兒童文學教育學派、兒童文學未來學派、兒童文學比較學派等（註二）。王泉根並於《兒童文學的審美指令》一書裡，認為兒童文學有四種美學傾向，這些傾向反映了人們看待兒童的四種態度。這四種傾向是：教育主義、稻草人主義、盧梭主義與童心主義（詳見頁97～161）。申言之，從某種意義上說，一部兒童文學發展史，就是成人「兒童觀」的演變史，所謂文學觀的演進、學派或審美傾向，無非皆因教育兒童觀念的改變使然。因此，我們不必諱言教育。

所謂兒童文學的教育性，稍有文學常識的人，都知道文學的教育是通過形象，通過感情，通過審美活動來完成的。它絕不是露骨的說教，也不是某些政策的圖解。重要的是如何理解和體現這種教育性。

本文所謂的教育性，是指廣義且較寬容的概念語言。從某種觀點言，似乎與嚴肅、意念、道德等用詞相似；同時教育性亦與社會或文學的功能性問題有關。事實上，這些都關係到文學世界裡最古老的一個論題：文學與道德。道德是比較嚴肅與被動的用語，用現代生動且涵意多元的用詞，即是所謂的「教育性」。我們知道文學與道德或教育性，就是在題材、作者、作品、讀者之間，所構成的複雜關係。總之，文學與道德或教育性，是極為複雜的多層次、多樣式、多性質的關係，任何化約的單純想法，都有自我謀殺的可能。是以本文擬從教育的意義、兒童與教育、文學與教育等角度略加論證，而後以見兒童文學之教育性的必然性與重要性。

貳、教育的意義（註三）

教育是什麼？賈馥茗於五南版《教育經典譯叢》序言有云：

> 教育活動在人類生活中已經存在了很久。在正式的學校教育創始以前，教育的事實早就存在了。想想看，一個幼兒到能夠自己活動的時候，卻還沒有自己生活的能力，和生活有關的許多活動，乃是一樣一樣的、逐漸學會的。而「學」的成立，必然有「教」。看似一些微不足道的，認為自己可以做得來的事，在開始的時候，都要有人教，然後才學會的。這一類的教和學，雖然和後來、以至現在學校裡的活動不盡相同，其教育的意義則是一樣的。即使目前學校教育已經十分普遍，可是每一個人除了受學校教育以外，還受過許多學校教育之外的「教育」。因此應該知道學校教育只是「教育」的一部分，只占教育的一個段落。在只用「教育」兩個字時，範圍就廣泛得多了。

如果我們想進一步的了解教育是什麼？或許最好的方式之一就是從「教育」這兩個字的語源去探討。

教、育兩個字，《說文解字》的解釋：

> 教，上所施，下所效也。从攴爻子，凡教之屬皆從教。（見漢京版《說文解字注》，頁128）
> 育，養子使作善也。從去肉聲。虞書曰：教育子。（同上，頁751）

《虞書》所謂「教育子」，今《尚書》皆作「冑子」，這是個爭議的詞，段注云：

> 《堯典》文。今尚書作冑子，考鄭注王制作冑，注周官大司樂作育。王肅注尚書作冑，蓋今文作育，古文作冑也。釋言曰：育，稚也。故史記作教稚子。邠風毛傳亦曰：鬻子，稚子也。稚者當養以正，二義實相因。（同上，頁751）

案堯典並非虞夏時書，疑是戰國時人述古之作。

在古籍裡，首先將「教」及「育」二字合用且無疑者，或稱孟子盡心篇，該篇云：

> 得天下英才而教育之，三樂也。

其實，中國古籍裡的「教」及「育」的意義是二而一，二者並沒有區別。且二者的意義也涵蘊了「教」及「育」的目的。大體言之，中國的傳統教育觀念，是指長者對下一代有形或無形的教導。這種教導是以品德之規範為第一，甚至完全以行為之陶冶作為全部教育的意義。因此教育與教導、教訓、教誨或教養等字眼，每每是異名而同實。

至於西文「教育」一詞，英文、法文皆是Education，德文是Erziechung。這些字都是由拉丁文字Educare演變而來。杜威於《民主主義與教育》裡說：

> 教育一字依英文的語源來說，僅意謂著一種引導或撫育的歷程。（五南出版公司，林寶山譯本，頁11）

我們知道中西文對於教育的原始意義都是時代的產物。當產生它的時代變了，教育的意義也會隨之改變。但一般說來，教育是一種只有人類才有的活動；同時教育活動不只注重「實然」，並且更強調「應然」。「實然」的活動偏於「事實」，「應然」的活動則傾向於「價值」。因為教育活動不只在於求真（事實），也在求善及美（價值）。所以教育這門學科不只是事實學科，並且是價值學科。它不僅要「認清」情況，還要「改善」情況。它不只探討「是不是」，它還得研究「該不該」。因此，林玉體給教育下的本質定義是：

> 教育就是人類全面用以改善現狀的特有活動。（見東華版《教育概論》頁14）

教育兼有「實然」及「應然」兩種意義，則教育的重要性也可以從這兩個角度去了解：

從教育的「事實」面，即「實然」意義言，教育在於發展個人潛能，適應社會環境，並傳遞及保存人類累積的經驗（即文化）。

從教育「價值面」，即「應然」意義而言，則教育是在發展人類有用的潛能，改善社會環境，並創造新文化。

「實然」及「應然」兩層次的教育重要性，是彼此互相呼應的。教育的對象是人。人是指個人及由個人所組成的團體（即社會或國家）。教育不僅注意個人能力的發展，還得顧及社會國家的生存；並且教育與文化關係甚為密切，因此文化的保存、傳遞與創造，都有賴教育來達成。

又教育有廣義與狹義之說。自有人類以來就有教育，那種教育又叫做生活教育，也就是所謂的廣義教育。生活教育以全部的生活活動作為教育活動。生活經驗就是教育的材料，長輩的言行、風俗習慣、社會典章制度、自然界的變化等都類似教師，下一代就是學生，山川田野及家庭就是學校，從生到死就是教育的期限，生活上遭遇的困難或問題就是考試，經驗的繼續豐富就是教育的成果。

廣義的教育存在於教育史上的時間最長。原始人民的教育是廣義的教育，即如當今高度文明的生活活動中，也含有極大的廣義教育作用在裡面。

廣義的教育又稱無形的教育，它是漫長的，漸進的。它的特點是經由耳濡目染而使學生能夠潛移默化。因之，廣義教育效果為根深蒂固，它一旦發生作用，則必很牢固而不太可能拔除。

而狹義的教育就是學校教育。學校教育有固定的教育地點，固定的教材與進度，明確的教學時間，並有指定的教師與學生來進行教學活動。學校教育之產生是人類經驗累積的結果，尤其是文字發明之後所產生的一種人類的文化活動。人類自使用了文字來記載日益複雜的過去經驗後，執行這種工作，乃須委託專人負責。職司文字書寫工作的人稱之為書寫家（scribe）。書寫家一出現，則學校之成立也就指日可待了。

學校教育是直接的、有意的、有形的、組織的、系統的、制度化的。它的教育效果較廣義教育為彰顯，也比較能立竿見影。

參、兒童與教育

「兒童」是個簡單且複雜的詞彙。

純從詞彙含意來說，「兒童」是「大人」的相對詞。這種概括的二分認定方式：有從生理體型、社會習俗以及法律的規定。（註四）

今就有關法律規定而言，我國的民法對結婚的規定，限定女子必須滿十五歲，而勞動基準法也規定僱主不得僱用未滿十五歲的人從事工作；此外，勞動基準法更規定未滿十六歲而滿十五歲以上從事工作者為「童工」，僱主不得利用童工做繁重與危險性的工作。又我國兒童福利法的兒童是指未滿十二歲的人；少年事件相關法律，其少年是指十二歲以上未滿十八歲者。另外，我國男女要年滿二十歲才有公民權。

又且看國際上的兒童界定。1959年11月聯合國通過的「兒童權利宣言」，並未對兒童的年齡加以界定，1989年11月通過的「兒童權利公約」，則明文規定係指十八歲以下的自然人（第一條）。

另一種對兒童、成人比較明確更細劃分的，是來自發展心理學的學者。發展心理學者共同的看法是認知的改變，會連帶促使個體在社會、情緒和人格上，產生新的轉機。而從各種發展的實證研究，發現人的一生其實是一直不斷持續在發展的，成人、兒童都可再細分為幾個時期。正是由於發展心理學的實證研究，使得兒童的發展研究，更明確分化為嬰兒、幼兒、兒童、少年、青少年、青年等期，並逐漸成為獨立的研究領域。

由於近代生物學和生理學的進步，生物學家和生理學家從生物發展和生理解剖上得到證明，認為人類的身心狀態，發展到能夠獨立於社會，非經過25年左右的長時間。因此，他們把這一段的時間，稱做為人類的「兒童期」。世界各國的「兒童學」研究者，也承認這種說法，他們一致認為人類從受胎到二十五歲的一段時期為兒童期。所以，以二十五歲以前兒童期的說法，已為當代生理學家、心理學家和教育家所公認。

人類的兒童期為什麼要這樣長的一段時期呢？人類在一切動物當中，生理組織中各器官的構造複雜，人類生活環境亦極複雜，需要較長的時期，生理器官才能發育成熟；社會環境，也才能慢慢適應。所以兒童期是人類極好的學習時期，人類經過25年左右的成長與學習才能成熟而獨立。瑞士動物學家波特曼（Portmann A.）將哺乳動物分成二類。第一類是生後即具備足夠的感覺、運動能力，可以憑自己力量追隨母親的哺乳動物。第二類是不具備防衛、行為能力，須要母親撫育的哺乳動物。前者為離巢性，故稱之為離巢性動物、而後者有留巢現象，稱之為留巢性動物。

照這樣分類，可看出一項規則。即組織體制複雜，層次越高的種屬，其離巢性就越高；反之，越是低等的種屬就越傾向留巢性。而人類卻是自然界中最稀奇特異的存在。波特曼認為人類在個體衍生的過程中是屬一截然不同於一般的留巢性生物體，他並且將之命名為二次留巢性。

由於人類必須消化豐富而又不同性質的發展程序，所以到成長為止，相對地需要一段很長的時期。而由此產生的人類未成熟狀態的問題，也就是二次留巢性、依賴性，具有下列三種特質：

> 第一是人類先天本能上的裝備缺乏與學習能力的擴大。人類是在尚未成熟狀態下誕生的，所以與離巢性動物相較，他缺乏許多既有之適應方法系統。
>
> 具有強固的本能程序，事實上即意味著學習方向的約束相對地被提高。人類既然缺乏既有之自我完成的本能，其學習的方向相對地也就沒有限制，具有不特定方向發展的可能性。
>
> 其次是長期的親子關係成了必然條件。由於人類的幼小期是未成熟狀態，無行為能力，所以在其漫長的成長期間，人類確實需要維持一段長久的母子關係或親子關係。這現象意味著人類是必須繼承文化遺產，然後立足其上逐漸成長的動物。
>
> 其三則是人類必須脫離這種長期的母子關係或這種長期依

賴而尋求自立。艾瑞克遜認為青年期的目標在於自我認同的獲得。此一名稱頗具象徵性。青年期只在個人方具獨特意義，這或許也是這種特異的衍生模式的副產物吧！（詳見《縱論發展心理學》，頁152～153）

由此可知，人類生下來時並非心如白紙，他的內部當是蘊藏著豐富的天賦潛能。但這些潛能絕非是被封閉了的自我完成式產物，它們看來似乎是支撐豐富多變的發展的一個基盤。所以人類的本性應可呼之為「無可限量的天賦」，亦即是兒童具有無限的天賦潛能，這種無限的天賦潛能是根植兒童期的兩個基本特徵：未特定化與開放性。也就是所謂的「可塑性」。

從人類行為發展的觀點，兒童期可注意的事實有二：

1. 兒童期是人生的基礎階段。
2. 發展是來自於成熟與學習（註五）。

人生早年所建立的態度、習慣與行為組型，是決定個體長大後對生活適應的主要因素。由於生理與神經結構的可塑性，所以，兒童較其他動物容易學習，且容易發展許多不同種類的適應型態。又人類行為發展是始於成熟與學習。所謂學習是表示發展是個體經過努力與練習而來的。成熟是個體的基因在有限的生命範疇內作用的總成果。這是個體與生俱來種種特質的顯露。

動物學家勞倫茲（Lorenz Konrad, 1903～1989）認為生命是精力與認識獲得的一種裝置，亦即生命即學習。這種特質在愈高層次的生物愈明顯。人類運用得天獨厚的本性，達到驚人的學習成果。學習使人飛越了無法跨越的長空，看到了肉眼無法看到的紫外線，最後到達可以憑空想像的思考境界。文化是學習的產物，而如今它做為一種學習的基盤有取代天資之勢。（註六）

夸美紐斯（J. A. Comenius, 1592～1670）是16世紀捷克的教育家，他認為一個人的身體可以繼續生長到二十五歲，過此以往，它便只長出力量。這種緩慢的生長的成長率乃是上帝的遠見給予人類的，使他得到較多的時期，對於人生的責任有所準備。所以，夸美紐斯把兒童從出生到成熟分為四個年齡時期，每個時期都是六年：

嬰兒期　母親的膝前

兒童期　國語學校

少年期　拉丁語學校或高等學校

青年期　大學或旅行（詳見《大教學論》頁223～224）

而洛克（J. Loke, 1632～1704）則認為兒童心理發展的原因在於後天，在於教育。而教育者旨在引起兒童的學習興趣，發展他的求知慾和主動性（註七）。至於杜威（John Dewey 1859—1952）的兒童或兒童心理的發展觀是：生活即是發展，發展、生長即是生活，沒有教育即不能生活。所以，我們可說：教育即生活。（註八）

綜觀以上所述，用兒童文學工作者的角度來看，蔣風於〈為什麼要為兒童寫作〉一文，認為人類的兒童期不同於其他動物，它有三個明顯特點：

1. 人類的兒童期特別長。
2. 人類兒童期的可塑性特別大。
3. 人類兒童期的遊戲和娛樂有明顯的教育目的（見《眼中有孩子，心中有未來》頁236～237）

由於兒童期特別長，所以他一直是處於被報導的情況裡。又可塑性正是表示兒童適宜學習。在個人的生活上，兒童的可塑性，即是受教育的可能性的基礎。

總之，兒童期與教育息息相關。教育學者承認人類的兒童期是接受教育的最好時期。他們根據兒童身心發展狀況，決定各級適當教育的機會。試看各國的學制，都將人生受教育的年齡，規定在二十五歲以前。專家學者認為兒童期是人類最好的學習時期，人類經過25年左右的成長與學習，才能成熟而獨立。

肆、教育與文學

文學與真實、社會或文學的功能問題，事實上都關係到一個更根本的問題，那就是文學與道德。所謂道德用現代的術語，即是教育。

文學如果能夠陶冶人心、教訓社會，發揮經世濟民、風上化下的功能，對現實社會狀況有所反映與批評，則文學便常被視為道德的、教育的。如果，文學本身在內容及其傳達的意義上，具有洗滌情緒、提升人性，或包含道德教訓等性質，則它也常被看成是涵有道德、教育意義的。至於一位文學創作者，如果確實能在作品中表現以上這些狀況，我們也常稱他有道德或教育使命感、有正義、有社會良知的文學家。

然而，文學與道德或教育之關係，果真是如此為人生而文學，抑或有為文學而文學者。這是文學史上爭議不休的話題。是以本文擬從簡單的歷史的回溯說起。

在我國，從周秦一直到現代西方文學思潮的輸入，文學都被認為是道德與教育的附庸。這種思想是國民性的表現。他們不歡喜把文學和實用分開。「文」只是一種「學」，而「學」的目的都在「致用」。致用即是經國濟民。孔子說「行有餘力，則以學文」。揚雄以文章為「雕蟲小技，壯夫不為」。歷代許多詩文名著，據說都是不得志的發憤之作。

中國對於文學，不是看中它本身的美，而是看重它的效用。孔子重視文學，全從道德、政治著想，以為詩文是道德、政治中必須的一個節目。《文心雕龍》則是這種傳統思想的代表，他開章明義便是「原道」，接著是「徵聖」，「宗經」。這種「文以載道」之說尤其盛行於兩宋的理學家。周敦頤於〈通書文辭〉裡云：

> 文所以載道也，輪轅飾而人弗庸，徒飾也，況虛車乎？文辭，藝也，道德，實也，篤其實而藝者書之，美則愛，愛則傳焉，賢者得以學而至之，是為教。故曰：「言之無文，行之不遠。」然不賢者，雖父兄臨之，師保勉之，不學也；強之，不從也。不知務道德而第以文辭為能者，藝焉而已，噫！弊也久矣。（見木鐸版《中國歷代文論選》冊中，頁60）

朱熹亦持載道說：

> 道者文之根本，文者道之枝葉，惟其根本乎道，所以發之為文，皆道也。三代聖賢文章接從此心寫出，文便是道。（見漢京版四部書本新刊《朱子語類》卷139，頁1333）

他們所謂的道的觀念雖不盡相同，但他們強調文章的目的與功用，強調其嚴肅性則是一致的。

在西方各國，文學與道德、教育的問題爭論更為劇烈。一般說來，從古希臘一直到19世紀，文學寓道德教訓，是歐洲文藝思想中一個主潮。古希臘人把詩人和立法者看成一樣的重要，以為他們都是教導人向好邊走。柏拉圖對於這種傳統的思想極懷疑。在《理想國》第十卷裡，他把詩人們加上桂冠，灑上香水，向他們說了段很客氣的話之後，把他們一起趕出理想國的境外。在他看來，詩人的謊言足以動搖人心的，是不道德的。柏拉圖認為詩要有目的性，亦即是須有益於世道人心，這篇攻擊詩人的罪狀是後來關於文學與道德一切爭執的發軔點。

而後，從道德觀點討論文藝者，有盧梭與托爾斯泰和柏拉圖的先後輝映。

有關文學的目的性與功用性等教育作用，近代仍有許多自道德的、知識的或感情等觀點來討論文學的嚴肅性（註九）。

綜上所述，他們所持的觀點雖不一致，但他們都承認文學作品是具備有目的與功用性的。這種傳統思想的文學觀念，有人稱之為道德學派或稱之為「功利主義」。道德學派無疑是中西方歷史最悠久的一個文學流派。這派批評家把文學作品看成是達到某種任務的工具。

到了19世紀，它才受動搖。使它動搖的有兩種勢力。

第一是浪漫主義興起之後，形成了所謂「為藝術而藝術」的浪潮。他們要求藝術的完全獨立自主，藝術的目的在於藝術自身，此外別無目的。其次是從康德到克羅齊一線相承的唯心主義的美學。他們把藝術比作遊戲，他們認為藝術即直覺，他們否定了藝術品內容，也就是說藝術只有形式。於是所謂的道德性、教育性、嚴肅性於焉瓦解。

從以上所作的歷史考察，我們知道文學寓道德說在歷史上佔勢力最長久，而在近代也最為人所唾棄，它的種種方面都叫人不滿意。朱光潛認為其缺失有二：

> 第一，從心理學方面說，它根本誤解美感經驗。
> 其次，從哲學方面看，文藝寓道德教訓說根據的人生觀太狹隘。（以上詳見《文藝心理學》，頁140～142）。

至於偏重形式主義而否認文學與道德有關係者，其根本問題是：我們應否把美感經驗劃為獨立區域，不問它的前因、後果呢？美感經驗能否概括藝術活動全體呢？藝術與人生的關係能否在美感經驗的小範圍裡而決定呢？形式派美學的缺失就在忽略這些重要的問題。（註十）

其實，文學的道德性教育性是不能任意加以否定或抹煞的，但也不能僅僅建立於它的目的性或功能性上。因為「工具——目的」之間是詭譎性與不確定性的。申言之，凡是「有用」的東西，必然是在為一個目的服務的，它的存在與價值、功能，即在於完成這個目的，如果不能完成，即是沒有用。一般來說，工具與目的之間的詭譎性，在於所謂功用是由目的所限定；其次，不僅功用會轉移，目的也可能改變；又除了目的的轉移之外，一件事物也可能帶有附帶目的或繼起目的。（註十一）正因為凡有用的東西，必然是在替一個目的服務，所以，它本身只能完成一種工具性效益。但這個工具，原是為了配合或達成某一目的而創造出來的，創造出來以後，卻可能會因為其他因素而移作別的用途，致使目的轉移。這樣，為某一目的而創造工具；豈不是太沒有保障了嗎？目的不僅不一定能達成，它會轉移或喪失到什麼地方什麼程度，更是無法逆料。而原來的客觀目的性，也因工具受主觀的任意作用而悖離。其實，所謂客觀性目的，也是受限於客觀環境的，並無自主性。

正因為「工具——目的」是不確定的詭譎關係，所以，可確定的，便不能繫聯著工具而說，只能扣住目的來說：是目的的自我完成或自我體現。文學即是自我完成或自我體現的目的，並非任何其他目的的工具；唯有這種目的之自我體現者，才能成就各種工具性功能，申言之，所謂「用」，有不同的性質，如經濟之用、道德之用、政治之用、美感之用等。亦有不同的層次，有工具性、效益性的、也有從主體之完滿實現而形成的作用。從文學來說，文學完成一獨立自存之實的藝術結構，完成一美的價值，就是它自身主體性的完滿實現。對作品本身而言，它是一切。若文學作品本身缺乏藝術結構價值，不能完滿具足其主體，則一切道德、政治……等功能，又如何發顯呢？是以《文學論》裡論「文學的功能」有二：

> 文學的性質和功能在任何合於邏輯的論述中都必須互相關聯，詩的用途就是從它的性質而來的：任何事物或任何一類的事物都因為它本身是什麼，或者它主要的性質是什麼才能夠最有效且最合理地加以利用。只有在主要的功能喪失了以後它才會有次要的用途，就像舊紡車之被用作裝飾品或博物館裡的標本一樣，一架鋼琴在不能彈奏以後卻可以用作桌子。同樣道理，一件事物的性質也是由它的用途來指示的，有什麼用便是什麼東西。一件產品的構造，是為了要發揮它的適當的功能，然後才加上一些在時間和材料可能範圍內而合乎趣味的裝飾，在任何文學作品當中，可能會有很多在其他方面來說是有趣的或可取的，但在文學功能上說，卻並不是必要的東西。（頁43）

我們可以說無論從工具性、效益性，或從主體之完滿實現而形成的作用言，文學的社會功能雖有審美、認識、教育、娛樂等之別，但要皆始於作品主體性的完滿實現。就創作者而言，文學的目的只是表現，除表現外別無其他目的。如就鑑賞者言：文學作品完成之後，便具現完全的客觀性與獨立性，便經得起任何角度的衡量，可以自道德的、宗教的、倫理的、科學的、情感的各色各樣的尺度獲得各色各樣的推論，有助於對文學作品的闡發與理解，而無損於文學作品的本身。

當一個文學家的目的只求表現，把自身的生命與外界融合，他所產生的作品非僅與他自身血肉相關聯，而且形成他生命中的一部分，這便是作家的真誠。

基本上，文學是以成就美感價值為主，但這並不是審美功能便是它的本質，因為這所謂「美的價值」，與我們看見一朵花、一抹朝陽或夕陽不同；看見花月霞暾，乃是純粹美感的品質；而觀看一篇文學作品，作品中卻含有作者所欲傳達、作品所欲體現的意義。所以文學作品美感，即是與意義密不可分的，它高於自然美的原因也就在此。所以龔鵬程於《文學散步》一書裡說：

> 所謂意義，是作品的靈魂。文學作品之價值，即在於它本身就是人類探索意義、發掘意義、建構意義的主要典範。整個人類文化，基本上只是一個意義系絡，在卡西勒及許多哲學家的著作中，都曾指出過。而語言文字，則是這個意義系統的核心，文學家經營文字以探尋意義，就是在這文化的最核心處，進行強化文化生命的工作。艾略特曾說詩對一個民族最大的貢獻，在於對該民族的語言賦予新生和活力，這話很有見地。但他若再深一層想，就知道其貢獻又不僅在語言而已；整個文化，意義的根源，幾乎就在文學與藝術。所以博藍尼（Polanyi）論藝術的效力時說：藝術的效力就在創造人們的世界觀，其表現本身便是意義的成就，而且，是技術發明、工具使用，以及工程事實的原始基礎；唯有藝術性想像在科學的基礎上發展一個所謂「科學的世界觀」時，科學的探索，對人的思想、感覺以及目的的關係，才有真正的重要性。（頁134）

又姚一葦〈論嚴肅〉一文亦云：

所謂藝術的嚴肅性是藝術家的人格的具現，以及通過這一「人格」所顯示的「真誠」。（見《藝術的奧秘》頁58）

所謂「意義」、「嚴肅性」、「人格」、「真誠」，事實上皆有道德性或教育性。所以姚一葦的結論是：

實際上一個真正的藝術家的行為是人類的廣義的宗教性的行為……。（同上，頁66）

龔鵬程的結論是：

因此，文學作品若能真正體現生命存在的意義，它便具無上價值，且能完成一切功用，因為這一切功用，都是要在文化中發生作用和力量的。（見《文學散步》頁135）

而朱光潛更是引用蘇格拉底的老話做為結束，他說：

總之，道德是應付人生的方法，這種方法合適不合適，自然要看對於人生了解的程度如何。沒有其他東西比文藝能給我們更深廣的人生觀照和了解，所以沒有其他東西比文藝能幫助我們建設更完善道德的基礎。蘇格拉底的那句老話是多麼簡單，多麼惹人懷疑，同時，他又是多麼深永而真確！「知識就是德行」！（見《文藝心理學》頁159）

伍、結　語

從以上三節的論述，我們可以了解：

就本質而言，教育與文學是不同的。可是就文學創作主體的表現與社會關係而言，文學是具有它的嚴肅性與教育性。我們可以說一切用文字、圖像、音響等來表現的文學藝術，都有其思想，都具有教育性。申言之，任何一部文學作品，包括那些主體意識較強「表現自我」作品，以及所謂「為文學而文學」的作品在內，都有一定的社會生活在作家們心中的反映，同時也就必然包含著作家對一定的社會生活或者某種具體事物的評價。因此，不可避免地也都必然要帶著作家的某種傾向性，主體意識極強的作品傾向尤其明顯。而這種傾向性又不可避免地給讀者以某種影響，使人感受或認識到某種真、善、美或者假、醜、惡。從廣義的角度而言，這種「影響」就是「教育」。所以，世界上沒有教育的文學作品，實際上是不存在。我們可以說文學當然具有教育性，否認文學自然是不完善的文學。

所謂「教育性」，這個名詞後面的「性」字，是指具有教育的性質而言，亦即是指「範圍」、「方式」等等。當然，這種文學作品的「教育性」是一種客觀存在，只是教育意義有大有小，有強有弱，有的正確，有的錯誤，作家本人的自覺，有的不自覺，有的公開承認，有的矢口否認而已。

至於兒童文學與教育，更有著必須的關係，這是由於兒童文學的接受對象和功能作用所決定的。兒童文學的對象是少年、兒童，而少年兒童時期總是和教育聯繫在一起，是一生中集中受教育的一個階段。少年、兒童教育的完成賴以三個方面：社會和家庭的教育、學校的教育、課外書籍的教育。兒童文學作為課外書籍的一種，與教育的關係非常密切。兒童文學能夠對兒童的精神世界產生一定的作用和影響，產生多種的作用和影響，教育是它的功能之一，教育是它的特性之一。因此，有人稱兒童文學為「教育兒童的文學」。個人也認為現代兒童文學的最大特色，是設計與寫作的綜合藝術。所謂設計當是指教育性而言。而教育性並非僅是其功能而言，更當是指作者的「信守」與「真誠」上。兒童文學不可不具教育性，缺乏教育性的作品，即不可能是兒童文學作品。

承認兒童文學的教育性，並不是說兒童文學是教育的隨從，更不是教育的工具，我們不要把教育性理解得過分狹窄。

其實，教育性應當是一切藝術文學的共同特點，只不過兒童文學在要求「教育性」的程度和方式上與成人文學有所不同罷了。由於「教育性」的強調，導致不少人自覺或不自覺地忽視和否定了兒童文學的「文學性」，從而人為的給兒童文學造成了很大的局限性，嚴重地束縛了兒童文學的發展。

又由於對「教育性」本身存在著種種不正確的理解，以致於常常會產生一些反效果。如有人把「教育性」解釋為「教化」，或向孩子灌輸某種思想，就使得不少的作品擺脫不了公式化、概念化的毛病：又如把「教育性」演化為「主題明確」，使得許多作品都在不同程度上存在「直、白、淺、露」的弱點：更有人把「正面教育」絕對化，只能寫「正面形象」，又只能寫優點不能寫缺點，更不能接露陰暗面。

申言之，所謂教育性，並不意味著教訓性、道德性、倫理性。也就是說它不是指狹隘的教化，也不是指直接性、有意的、有形的、組織的、系統的、制度的有形教育；而是廣義的無形的教育，它是漫長的、漸進的。它的特點是經由耳濡目染而使人能夠潛移默化。其實，所謂教育性，只是成人單方面的考慮的事。從兒童的立場來看，兒童文學應該滿足兒童的需求，也就是借著成人的幫助，在他們的理想世界裡，實現正確的人生觀，以及正常的生活態度。我們知道傑出的文學作品是會讀者發生影響的。但是「說教」的作品卻不容易成文學傑作。因為文學是「訴諸感覺」，所以「沒有感覺的思想」、「不可感的思想」，不管那思想性多具有教育性，如果不是用文學的方法來寫，就不是文學作品。

兒童文學是教育兒童的文學，是兒童心靈的食糧，必須滿足他們在心理、生理與社會等發展的全面需要，這種需要是德、智、體、群、美的全面性教育。我們相信兒童文學的先決條件應當是文學；同時也要具有「教育性」的目的，缺乏「教育性」的作品，根本不可能是兒童文學。

有人說兒童文學的功能在於「導思、染情、益智、添趣」（註十一），也有人說是「認識作用」、「教育作用」、「審美作用」、「娛樂作用」。其實，我們亦可以「教育性」稱之。

我們要擺脫那種要求兒童文學起「上所施，下所效」式的「教」的作用，把它正確地理解為啟發、誘導、薰陶、感染的「育」的作用，也就能把兒童文學放在一個恰當而正常的位置上。這種對兒童文學要不要教育性，以及如何理解和體現這教育性，是兒童文學從業者理當省思的課題。

或許我們就拿以往作品來分析，看看它們和教育性的關係究竟如何。以文學與教育性為標準，作品可以分為三類：（註十二）

一、有教育目的者。所謂有教育目的，就是作者有意要在作品中寓道德教訓。這類作品中有具極大藝術價值的，如《新舊約》、但丁（Dante Alighieri, 1265～1321）《神曲》、密爾敦（John Milton, 1608～1674）《失樂園》、雨果（Victor Hugo, 1802～1885）的〈悲慘世界〉、托爾斯泰（Leo Tolstoy, 1828～1910）的小說，以及易卜生（Henrik Ibsen, 1828～1906）、蕭伯納（George Bernard Shaw, 1856～1950）諸人的戲劇都是顯著的例子。申言之，教育文學在所有的國家中都是兒童文學的第一個階段。為了達到種種不同的目的，它具有通常屬於通俗文學的各式各樣的文學形態。教育書籍寫得很吸引人是一個很古老的傳統，我們可以說寓言往往是屬於另一種教育文學體；尤其是動物寓言集，雖然就類動物集之所以成為兒童讀物並不是因為它們的教育面及道德方面，而是想像動物的存在，以及這些動物的插圖，使動物的形象深深印在小孩子的心靈裡。

至於班楊（John Bunyan, 1628～1688）的《天路歷程》、亞米契斯（De Amicis, 1846～1908）的《愛的教育》，則是有顯著的教育性目的的兒童文學作品。《天路歷程》原是一本宗教書，其創作的動機是憂慮一個國家的危機，和一個人的靈魂墮落而產生的。它出版於1678年。作者透過騙子、無賴流浪漢為題材寫了這個心靈的探險的故事。這本宗教通俗小說很快地被兒童接受。本書是作者在稍早的時候，由於信仰受迫害入獄，在獄中所寫的。作者出生於貧窮的焊錫工之家，小時候跟父親學習做工，後來從軍，在部隊生活中逐漸思考「如何認識自我」的問題。於是發現自己事最可恨的宗教叛徒，乃決意重新朗讀聖經，從中獲得了盼望和生活的意義，也就立志為罪人的贖罪而獻出自己。

而《愛的教育》裡描繪的學校生活，是歡樂的、熱鬧的，洋溢著義大利精神。為兒童而使得這本書，主要目的在於激發小讀者的愛國心，除此主題外，作者也想在書中說明義大利的歷史恩怨，並且說明義大利的最大願望是「統一的實現」，作者就是要把這國民一致的悲願，深植與孩子們的心中。

從這些證據看，我們實在不能因為作者有教育性目的，就斷定他的作品好或壞。

二、一般人所認為有違反教育傾向者，亦即是不道德者。其實一般人所謂反教育傾向或不道德的作品，其定義非常難下。通常大半指材料或內容中有不道德的事跡，像《金瓶梅》、《九尾龜》、美國勞倫斯的《查泰萊夫人的情人》之類都被稱為淫書，其他如描寫暴力、死亡、戰爭等。其實，如果只從題材內容斷定作品的道德或不道德，很少有作品可以宣告無罪。人生本來有許多不道德的事情，自然難免不反射到文學作品裡去。人世不是天堂，所以文學作品不盡是潔白無瑕的仙子的行讚。其次，真正的文學作品，在作者人格的照耀下，所謂性、暴力的描繪之類的，在一片虔敬之中已不存在任何褻瀆意味，至於一些一知半解，道學先生所作的任何挑剔，自無損其價值。申言之，文學的功用之一在於征服醜惡的自然。世間固然有些不道德、反教育的作品，如坊間流行的許多淫書，宣傳狹義的愛國主義和會揶揄外國人的影片，甚至於提倡狹義的英雄主義的小說，都應該以輿論的力量去淘汰。作者大半有意迎合群眾心理弱點，假文學的旗幟，做市儈的勾當，不僅在道德上、教育上是罪人，從藝術觀點看，他們尤應受譴責，他們的作品根本不是藝術，所以不能作道德或教育與文學問題的例證。

教育性本是一切文學的共同特點，只不過兒童文學在要求「教育性」的程度和方式上與成人文學有所不同。但「教育性」的重視，並非只是熱衷於「兒童狀態」的甜美追求，現實的真實是無可避免。《歐洲青少年文學暨兒童文學》一書裡有云：

> 因此兒童在法蘭西第二帝國及第三共和國初期就大舉進入法國兒童文學及青少年文學中。真實的小孩，或好或壞，或幸福或不幸福，服從或不服從，教導孩子們傳統的道德美德，也為他們提供一面鏡子。真實的小孩也同時顯示在成人面前兒童心理的多層面。這似乎是法國獨有的現象，也因此解釋了為什麼大批的年輕讀者蜂湧而來。瞭解他們認識他們成為刻不容緩的事。而成人的態度也應該有所改變了。
>
> 除了透過棄兒，被迫害的孩子外，難道有更好的方法引導年輕的讀者去看看別人？去具體地會某些社會或政治情勢所造成的悲劇嗎？也就因此棄兒的主題常在俄國大革命時出現在俄國青少年文學中。「學校小說」以它的方式介紹受害的孩子——被同伴欺負，被老師迫害。學校對他來說是監獄，而他必須自己去面對這些。（頁123～124）

其實，兒童本身常有「反兒童化」的表現，他們渴望超越自己，渴望成長。童年，向前延伸出一條未來發展線，我們一直無法迴避一個有目共睹的事實：兒童往往熱衷於那些並不是「兒童文學」的成人文學作品。於時，越來越多的人開始逐漸理解到，其實兒童文學的本身便正具有著「模糊」現象，具有著「模糊」的高級功能。況且所謂的優良兒童文學，會因各人不同的生活背景及學習經驗、興趣和目的而有所不同，事實上，不論優良與否，任何兒童文學都可能具有某種負面的影響，這種弔詭的現象，是教師、父母們不可不注意的。

三、有教育性影響者。有教育性影響與教育目的應該分清。有教育目的是指作者有意宣傳一種主義，拿文學來做工具。有教育性影響者是指讀者讀過一種文學作品之後，在氣質上或產生較好的變化。其實，凡是一流的文學作品大半都沒有教育性目的而有教育性影響，荷馬史詩、希臘悲劇以及中國一流的抒情詩都可以為證。它們或是安慰情感，或是啟發性靈，或是洗滌胸襟，或是表現對於人生的深廣的觀照。一個人在真正欣賞過它們以後，與在未讀它們以前，思想、氣質不能是完全一樣的。

或從以上說明與例證中，我們可以說要充分發揮兒童文學的「教育性」功能，「寓教於樂」是不二法門。所謂「寓教於樂」是指把教育作用寄託於娛樂作用之中，把思想性蘊含於娛樂性之中。這是根據文藝的特點，對文藝的教育作用、認識作用、娛樂作用達到有機統一的概括，也是對藝術形象中思想性與娛樂性相結合的概括，這一方面指明了文藝的諸多社會作用和藝術形象的諸多特點始終是有機的統一；另一方面又指明了這種統一的主要標誌，即：娛樂性中包含者教育性，教育性通過娛樂性和而顯示出來，文學的教育作用、審美作用、認識作用統統從娛樂中顯現出來。（註十三）

最後，擬引金燕玉在〈關於兒童文學與教育的關係〉一文裡的一段做為本文的結束：

> 兒童文學作家應該具有教育意識，但這種教育意識要融化在作家精神世界中，成為作家思想感情的一部份血肉，成為作家的內心需求，內心呼喚、內心意願，成為調動作家生活積累力量之一。對於兒童文學作家來說，教育觀念的不斷揚棄、更新、拓展、提升非常重要。兒童文學家要不斷地拋棄一些陳舊的教育觀念，而補充新生的教育觀念，對教育方法和教育內涵的認識必須具有先進性、當代性、超前性。如果死抱著陳舊的觀念，那麼就會失去創造、失去讀者。向八十年代的孩子們去贊頌含羞草的形象，非但不會有什麼教育意義，反而引來孩子們的嘲笑和反感。兒童文學的創作是一種創造活動，最怕人云亦云、亦步亦趨、僵化保守，作家的教育觀只能有利於創作，而不能限制、妨礙創作（見《眼中有孩子，心中有未來》頁293～294）。

附註：

註一：見《兒童文學探討》中陳子君〈論兒童文學和教育的關係〉一文，頁109～118。

註二：見《眼中有孩子，心中有未來》，頁111～118。

註三：本節「教育的意義」其行文內容，是以林玉體《教育概論》第一章〈教育的基本 概念〉為據。

註四：詳見中華民國兒童文學學會「會訊」81年6月8卷3期，洪文瓊〈兒童文學的『存有』問題與兒童的『界域』問題〉一文，頁4～5。

註五：原文見桂冠版《發展心理學》頁21。原文事實有6項，本文取相關者2項。

註六：見蘇冬菊譯《縱論發展心理學》，頁153～154。

註七：見《兒童心理學史》，頁9。

註八：同註7，頁67。

註九：詳見姚一葦《藝術的奧秘》，頁49～53。

註十：有關「工具與目的間的詭譎性」，詳見龔鵬程《文學散步》，頁118～125。

註十一：全文見《中國兒童文學大系理論（二）》，頁197～205。

註十二：有關分類之說，詳見朱光潛《文藝心理學》第七、第八兩章，頁119～160。本文易「道德」為「教育性」。

註十三：有關「寓教於樂」的敘述，引自1989年2月光明日報出版，鄭乃臧、唐再興主編《文學理論詞典》，頁8。

參考書目

壹

發展心理學 赫洛克華，胡海國編譯 華新出版公司 1976. 9

教育概論 林玉體著 臺灣東華書局 1984. 5

民主主義與教育 杜威著，林寶山譯 五南圖書公司 1986. 5

大教學論 夸美紐斯著 傅任敢譯 五南圖書公司 1990. 10

縱論發展心理學 藤永保著，蘇冬菊譯 心理出版社 1992. 7

經驗與教育 杜威著，責任編輯劉素芬 五南圖書公司 1992. 7

貳

藝術的奧秘 姚一葦著 臺灣開明書店 1976. 3 六版

文學論 韋勒克、華倫合著，王夢鷗、許國衡譯 志文出版社 1976. 10

兒童文學研究 吳鼎著 遠流出版社 1980. 10三版

西洋兒童文學史 葉詠琍著 東大圖書公司 1982. 12

文藝心理學 朱光潛著 漢京文化公司 1984. 3

文學散步 龔鵬程著 漢光文化公司 1985.9

歐洲青少年文學暨兒童文學 D. Escarpit著，黃雪霞譯 遠流出版公司 1989. 9

兒童文學 祝士媛編訂 新學識文教中心 1989. 10

兒童文學的思想與技巧 傅林統著 富春文化公司 1990. 7

書・兒童・成人 保羅・亞哲爾著，傅林統譯 富春文化公司 1992. 3

參

教育兒童的文學 魯兵著 少年兒童出版社 1982. 9

兒童心理學史 朱智賢、林宗德著 北京師範大學出版社 1988. 10

中國兒童文學大系・理論一 蔣風主編 希望出版社 1988. 10

中國兒童文學大系・理論二 蔣風主編 希望出版社 1988. 12

中國兒童文學理論批評與構想 班馬著 湖北少年兒童出版社 1990. 2

兒童的審美發展 樊美筠著 愛的世界出版社 1990. 8

兒童文學審美指令 王泉根著 湖北少年兒童出版社 1991. 5

眼中有孩子，心中有未來——九十上海兒童文學研討會 少年兒童出版社 1991. 6

兒童文學探討 陳子君編選 河北少年兒童出版社 1991. 12

（本文刊登於1995年6月《東師語文學刊》第八期，頁1-34，臺東市，國立臺東師院語文教育學系。）

九歌《兒童書房》的觀察

壹、前言

文學出版界號稱「五小」的：爾雅、大地、洪範、九歌、純文學，最年輕的九歌也已然要邁入二十年。當時「五小」的創辦有它的意義在。如今，純文學1995年宣告結束營業，代表著另一個時代的來臨。

「五小」是以出版純文學為主，這是堅持，也是文化理想。因為，純文學出版市場的每下愈況，早已不是新聞。

在「五小」的出版業務裡，也有兒童讀物的發行。其中以「九歌出版社」，較具規模。九歌出版社出版兒童讀物以「九歌兒童書房」為名。是否有其政策，不得而知，但從出版、社會、消費等觀點視之，則是一個有趣且新鮮的論題。

貳、九歌與兒童書房

九歌出版社創於1978年，創辦人蔡文甫先生。創社的第一本書是夏元瑜《萬馬奔騰》。

九歌於1983年3月，正式推出《九歌兒童書房》第一集，至1997年9月，計出二十二集，總數88本。

《九歌兒童書房》的出版，除與九歌出版社有關外，後半期並與九歌文教基金會相關。九歌文教基金會成立於1992年，其設立緣於經營文學出版有成的蔡文甫先生回饋文壇的心願，於是有捐資、組織，乃至於有效的運作。

基金會成立之時，為鼓勵國人創作兒童文學，以提升兒童的鑑賞能力，啟發創意，在大量翻譯品之外，能有更多屬於自己兒童的讀物，基金會乃以高額獎金，在行政院文建會贊助下，舉辦「現代兒童文學獎」。徵選適合九至十四歲兒童閱讀之小說。至今已辦理五屆，第六屆正在徵稿。

《九歌兒童書房》，自第十四集起，即已出版「現代兒童文學獎」得獎作品為主。為行文之方便，試將《九歌兒童書房》二十二集共八十八本書目引錄如下：

《九歌兒童書房》書目：

第一集（全四冊）1983年3月

1. 五彩筆　楊思諶著　　2. 小勇的故事　楊小雲著
3. 巧克力戰爭　嶺月著　　4. 中國民人故事　蔡文甫著

第二集（全四冊）1983年8月

5. 香味口袋　向明著　　6. 中國神話故事　向陽著
7. 神豬妙網　陳清玉譯　　8. 魔術手帕　李佳純譯

第三集（全四冊）1984年2月

9. 豆豆的世界　楊小雲著　　10. 糖果樹　向明著
11. 鑽石失蹤記　汴橋譯　　12. 白手起家的豐田　王蜀嘉譯寫

第四集（全四冊）1985年3月

13. 地心歷險記　張寧靜著　　14. 超級糖漿　汴橋譯
15. 發明家貓偵探　嶺月譯　　16. 楊小妹在加拿大　卜貴美著

第五集（全四冊）1986年2月

17. 我愛丁小丙　楊小雲著　　18. 中國寓言故事　向陽著
19. 撒哈拉之旅　張寧靜著　　20. 風箏　朱秀芳著

第六集（全四冊）1986年6月

21. 科學小故事　楊思諶著　　22. 大懶蟲與小仙子　哈潑著
23. 雙姝緣　朱佩蘭譯　　24. 小女生世界　蔡澤玉著

第七集（全四冊）1987年2月

25. 新西遊記　張寧靜著　　26. 奇奇歷險記　應平書著
27. 洗腦人的祕密　揚歌譯　　28. 青蛙之謎　路安俐譯

第八集（全四冊）1988年2月

29. 機器人遊歐洲　張寧靜著　　30. 歡唱在林野中　朱秀芳著
31. 一顆蘋果信　嶺月譯　　32. 二出局滿壘　丁羊譯

第九集（全四冊）1989年7月

33. 阿喜阿喜壞學生　蔡文甫編　　34. 草原上的星星　廖輝英著
35. 嘉嘉流浪記　楊小雲著　　36. 猴子進城　哈潑著

第十集（全四冊）1990年2月

37. 小瑩和她的朋友　楊小雲著　　38. 頑皮故事集　侯文詠著
39. 小黑炭和比比　呂紹澄著　　40. 彗星人的祕密　揚歌譯

第十一集（全四冊）1991年2月

41. 藍天燈塔　李潼著　　42. 醜醜　周芬伶著
43. 時間魔術師　黃海著　　44. 吹泡泡的小馬　王玉著

第十二集（全四冊）1992年2月

45. 愛吃糖的菲利　琦君譯　　46. 彩虹公主　陳金田著

47. 魔鏡　陳玉珠著　　48. 老鼠看下棋　吳夢起著

第十三集（全四冊）1993年2月

49. 麒麟下山　謝鵬雄著　　50. 胖胖這一家　楊小雲著

51. 我是英雄　朱秀芳著　　52. 奇蹟俱樂部　丁羊譯

第十四集（全四冊）1993年10月

53. 九龍闖三江　戎林著　　54. 五十一世紀　劉臺痕著

55. 茵茵的十歲願望　趙映雪、楊美玲著　　56. 我們的土地　柯錦鋒著

第十五集（全四冊）1994年2月

57. 雪地菠蘿　陳曙光著　　58. 我是一隻博美狗　俞金鳳著

59. 北京七小時　邱傑著　　60. 達蘭的天鵝　丁羊譯

第十六集（全四冊）1994年7月

61. 重返家園　陳曙光著　　62. 安妮的天空・安妮的夢　胡英音著

63. 少年曹丕　陳素燕著　　64. 家有小丑　秦文君著

第十七集（全四冊）1995年2月

65. 小偵探菲利　琦君譯　　66. 飛翔的恐龍蛋　馮傑著

67. 飛奔吧！黃耳朵　屠佳著　　68. 回家　趙映雪著

第十八集（全四冊）1995年9月

69. 老蕃王與小頭目　張淑美著　　70. 天才不老媽　陳素宜著

71. 奔向閃亮的日子　趙映雪著　　72. 十三歲的深秋　黃虹堅著

第十九集（全四冊）1996年2月

73. 阿雄與小敏　俞金鳳著　　74. 一道打球去　李民安著

75. 隱形恐龍鳥　張永琛著　　76. 小故事大啟示　應平書著

第二十集（全四冊）1996年7月

77. 兩本日記　莫劍蘭著
78. 「阿高斯」失蹤之謎　盧振中著
79. 冬天裡的童話　馮傑著
80. 永遠小孩　黃淑美著

第二十一集（全四冊）1997年4月

81. 菲利的幸運符咒　琦君譯
82. 戈爾登星球奇遇記　陳曙光著
83. 秀巒山上的金交椅　陳素宜著
84. 小子阿辛　木子著

第二十二集（全四冊）1997年9月

85. 藍藍的天上白雲飄　屠佳著
86. 第三種選擇　陳素宜著
87. Love　趙映雪著
88. 紅帽子西西　林小晴著

參、九歌兒童書房的現象

本結擬對《九歌兒童書房》所呈現，且可觀察的各種現象，做量化的觀察。

一、書目與作者群

圖書的出版，頗為複雜，概括之有挑選、生產和發行。九歌兒童書房已出版八十八本。本文所謂的作者群，包括作者與「作者的作者」之編輯。出版不能沒有作者，作者是提供出版品的主要源泉。但作品的出版，則是編輯的製作。其製作的關鍵是在於出版社的圖書政策。出版社的圖書政策左右編輯的製作方向。簡言之，作者是依附出版社的編輯而存在。編輯是隱性的作者。

《兒童書房》其中創作70本，翻譯18本。基本上是以創作為主。作者列表如下：

編號	作者（譯者）	出版數	備註
1	楊思諶	2	
2	楊小雲	6	
3	嶺月	3	譯
4	蔡文甫	2	
5	向明	2	
6	向陽	2	
7	陳清玉	1	譯
8	李佳純	1	譯
9	汴橋	2	譯
10	王蜀嘉	1	譯
11	張寧靜	4	
12	卜貴美	1	
13	朱秀芳	3	
14	朱佩蘭	1	譯
15	蔡澤玉	1	
16	應平書	2	
17	揚歌	2	譯
18	路安俐	1	譯
19	丁羊	3	譯

20	廖輝英	1	
21	哈潑	2	
22	侯文詠	1	
23	呂紹澄	1	
24	李潼	1	
25	周芬伶	1	
26	黃海	1	
27	王玉	1	
28	琦君	3	譯
29	陳金田	1	
30	陳玉珠	1	
31	吳夢起	1	
32	謝鵬雄	1	
33	戎林	1	
34	劉臺痕	1	
35	楊美玲	1	
36	趙映雪	4	
37	柯錦鋒	1	
38	陳曙光	3	
39	俞金鳳	1	
40	邱傑	1	
41	胡英音	1	
42	陳素燕	1	
43	秦文君	1	
44	屠佳	2	

45	馮傑	2	
46	張淑美	1	
47	陳素宜	3	
48	黃虹堅	1	
49	俞金鳳	1	
50	李民安	1	
51	張永琛	1	
52	莫劍蘭	1	
53	盧振中	1	
54	黃淑美	1	
55	木子	1	
56	林小晴	1	

總計有56位不同的作者，其中《茵茵的十歲願望》有兩位女性作者。男性作者26位，女性30位。又編號二十四《小女生世界》的作者蔡澤玉是唯一的兒童作者，當時是國小六年級學生。又嶺月翻譯的《發明家貓偵探》與《一顆蘋果》是兩本同一作者的合集。至於《阿喜阿喜壞學生》是名作家兒童文學作品選集。

二、文體與文類

文體是文章的體裁（或稱樣式、體制），是文章構成的一種規格和模式，它反映了文章從內容到形式的整體特點，是屬於文章的形式範疇。文體的構成包括文章的表現手法、內容、結構、語言、型態，以及時代、民族、階級、風格、場合等因素。

文體包括一般文章和文學作品兩大類。本文的文體是指文學作品而言。常用的文學文體分類有小說、詩歌、散文與戲劇等四類。本文則將小說稱之為故事體。

至於文類，是指各文體之分類。由於散文不多，不另行分類。而故事體則以拙著《兒童文學故事體寫作論》（1994年1月毛毛蟲兒童哲學基金會版）為據，將散文故事體（或稱小說類）分為：故事、小說、童話、神話、寓言等五種文類。

兒童書房八十八冊中，有二十五冊是屬於現代兒童文學獎得獎作品，這些作品都是小說。下列圖表不計得獎作品：

<table>
<tr><th>大類</th><th colspan="5">翻譯</th><th colspan="6">創作</th><th rowspan="4">總計</th></tr>
<tr><th>文體</th><th colspan="5">故事體</th><th colspan="5">故事體</th><th rowspan="3">散文</th></tr>
<tr><th rowspan="2">文類</th><th colspan="3">小說</th><th colspan="2">童話</th><th rowspan="2">故事</th><th rowspan="2">小說</th><th rowspan="2">童話</th><th rowspan="2">神話</th><th rowspan="2">寓言</th></tr>
<tr><th>英</th><th>美</th><th>日</th><th>美</th><th>日</th></tr>
<tr><td>冊別</td><td>27
40</td><td>11
14
28
45
65
81</td><td>3
12
23
31
32
52</td><td>7</td><td>8
15
60</td><td>1
4
21
33
38
46
76</td><td>2
9
13
17
19
20
25
29
30
34
35
37
41
42
43
47
50
51
57
58
59
68
73
74
82</td><td>5
10
22
26
36
39
44</td><td>6</td><td>18
48</td><td>16
24</td><td></td></tr>
<tr><td>單計</td><td>2</td><td>6</td><td>6</td><td>1</td><td>3</td><td>7</td><td>25</td><td>8</td><td>1</td><td>2</td><td>2</td><td>63</td></tr>
<tr><td>百分比</td><td colspan="3">22.2</td><td colspan="2">6.3</td><td>11</td><td>39.6</td><td>12.6</td><td>1.5</td><td>3.1</td><td>3.1</td><td>100</td></tr>
<tr><td>總數</td><td colspan="5">18</td><td colspan="6">45</td><td>63</td></tr>
<tr><td>總比數</td><td colspan="5">28.5</td><td colspan="6">71.45</td><td>100</td></tr>
</table>

從統計表可知兒童書房的文體是以故事體為主。散文只有兩本：卜貴美《楊小妹在加拿大》及蔡澤玉《小女生世界》。至於文類，無論翻譯或創作皆以小說為主。若加上二十五本的現代兒童文學獎作品，其比例高達百分之七十二・七。

三、小說的內容

小說的分類，可以時代、內容、表現的手法與篇幅等不同觀點加以分類。本文依拙著《兒童文學故事體寫作論》為據，將小說依內容分為現實小說、冒險小說、推理小說、動物小說、歷史小說等五類。以下就翻譯、創作（非得獎作品）與九歌現代兒童文學獎三種分類如下：

翻譯類小說類型表：

類別	現實小說	冒險小說	推理小說	動物小說	歷史小說	科幻小說
別冊	14、23、31、32、45、81	13	3、28、65	52	12	27、40
單計	6	1	3	1	1	2

創作類（非得獎作品）小說類型表：

類別	現實小說	冒險小說	推理小說	動物小說	歷史小說	科幻小說
別冊	2、9、17、20、30、34、35、37、41、42、47、50、51、68、74	57 58 59		59		13、19、25、29、43、82
單計	15	3	0	1	0	6

現代兒童文學獎小說類型表：

類別	現實小說	冒險小說	推理小說	動物小說	歷史小說	科幻小說
別冊	53、55、56、61、62、64、66、69、70、71、72、77、79、80、83、84、85、86、87、88			67		54、63、75、78
單計	20	0	0	1	0	4

從三種不同的表格中，可見小說主要皆已現實小說為主。

四、現代兒童文學獎

從前面的表格，可知得獎作品要皆回歸到現實面。所謂現實面的現實小說，是以現實中的生活、成長、家庭、校園與大環境為主，就是動物小說、科幻小說也是不離現實面。試將九歌歷屆現代兒童文學獎得獎作品列表如下：

年度	屆別	得獎者	獎項	得獎作品	兒童書房編號	內容
81	第一屆	李潼	第一名	少年龍船隊		
		戎林	第二名	九龍闖三江	53	在激流中奮戰的少年
		劉台痕	佳作	五十一世紀	54	科幻環保
		張如鈞	佳作	大腳李柔		
		楊美玲、趙映雪	佳作	茵茵的十歲願望	55	小留學生文化差異
		柯錦鋒	佳作	我們的土地	56	鄉土與環保

82	第二屆	陳曙光	第一名	重返家園	61	鄉土人文
		陳素燕	第二名	少年曹丕	62	少年成長歷程
		胡英音	佳作	安妮的天空・安妮的夢	63	科幻、心理
		秦文君	佳作	家有小丑	64	單親家庭
		馮傑	佳作	飛翔的恐龍蛋	66	失學少年之心路歷程
		屠佳	佳作	飛奔吧！黃耳朵	67	小男孩與狗
83	第三屆	張淑美	第一名	老蕃王與小頭目	69	原住民
		陳素宜	第二名	天才不老媽	70	親子成長
		趙映雪	佳作	奔向閃亮的日子	71	聽覺障礙少年
		黃虹堅	佳作	十三歲的深秋	72	少女成長歷程
		張永琛	佳作	隱形的恐龍蛋	75	科幻善惡之爭
		劉台痕	佳作	護令行動		
84	第四屆	從缺	第一名			
		莫劍蘭	第二名	兩本日記	77	親子雙線互動故事
		盧振中	第二名	阿高斯失蹤之謎	78	科幻、環保、冒險
		馮傑	佳作	冬天的童話	79	老人與棄兒、鄉土、人性、親情

		黃淑美	佳作	永遠的小孩	80	親子間的關愛
		陳素宜	佳作	秀巒山上的金交椅	83	少女成長與鄉土傳說
		李麗甲	佳作	小子阿辛	84	少年成長歷程、鄉土、環保
85	第五屆	從缺	第一名			
		屠佳	第二名	藍藍天上白雲飄	85	少年成長歷程
		陳素宜	第三名	第三種選擇	86	問題學生心路歷程
		趙映雪	佳作	Love	87	受傷少女重拾信心
		林小晴	佳作	紅帽子西西	88	現代人對理想夢土之追尋
		陳惠玲	佳作	少年行星		

從表中可得知，有部分作品並未在九歌出版。

又就作品而論，第三屆作品較為出色。無論在題材、技巧或語彙的運用均有令人驚喜的表現。且得獎作品臺灣、大陸、美國各地區均有，題材有原住民的故事、青春期親子間的情感交流、對殘障者的關愛、有關反毒極富有人性的科幻等多重面貌。

肆、建議

從上述的現象觀察中，不得不佩服九歌出版社的執著。在

《兒童書房》系列出版中，每年最多以兩集八冊為原則。不跟流行，不附俗，以出版文學性讀物為主，且以文學性中純度較高的現實小說為主體。

從《兒童書房》十五年的出版歷程裡，可見作者群的流轉，從早期成人作家的附庸，漸漸轉化為專業的兒童文學作家，內容也漸趨向多元。面對未來的出版，個人有些建議，試分述之。

一、出版的品管。《兒童書房》十五年幾乎都維持一貫的風格，這是品管的保證，但亦有可商榷處。雖然大方簡樸不是缺點，若為感性消費的需求，亦可提升品管。在形式上，文字不用注音符號。基本上高年級讀物不注音，已是常識，過份迎合讀者實無必要。插圖可用幾張彩色，以供收藏。每本書最好都有序跋，以說明作者寫作的動機或因緣。而作者的相關著作資料似乎也不可免。形式上的精美完備，雖屬附加價值卻可決定商品的成敗。在內容上，可出版較多的非得獎作品，選書找書是策略，也是專業。

二、文類的選擇。《兒童書房》的文類，是以小說為主流，而小說中又以現實小說為主。處於雅俗、文類含混與合流的後現代，其消費以感性為取向，且令人難以捉摸。出版的文類是否有拓展的必要，實宜多加思考。今見九歌出版張子樟《閱讀的喜悅》（1998年2月），是否意味著有改變的徵象。

三、現代兒童文學獎。獎項以兒童小說為題，不無爭議，可否正名為少年小說。又徵文辦法可否稍加修訂。至於評審宜公布較為詳細的討論過程。

四、促銷。出版公司出版的目的在銷售，而銷售則須透過發行的管道。以往小型出版社是出版與發行合一的時代，在專業取向的今日，出版社走向企業化經營乃是必然的事實。出版與發行工作分殊化，編輯與業務人員所需具備的是兩種不同的能力。《兒童書房》有它的發行管道，卻不見有效的促銷。感性消費的時代，行銷與商品都有異於往常。《兒童書房》有它的定位，如果能作有效的促銷，如打書、書媒帶路、新書發表會、網站等資訊傳送、現代兒童文學獎討論會等可行的促銷方式。並可將《兒童書房》每集解套出售。

伍、餘言

其實，九歌《兒童書房》定位很清楚，以創作性、文學性與小說類為主，也有它的「書的家族」。有關《兒童書房》所呈現的各種現象，是偶然現象？或圖書（出版）政策的必然現象？則有重新定位的必要。

面對後現代、出版集團、電子書、感性消費等壓境而來，或許不無惶恐。但是，這是一個弔詭的時代，也是一個尋找意義的時代，更是一個多元且分眾的時代，電子書等網路資訊雖然改變了二十世紀的閱讀快感——這種快感直接、具體、強烈，但卻短暫——也掀起認知的革命，然而，卻也降低了學習認知的樂趣，更使知識的獲得成為個人化的行動（只要面對電腦即可），淡化人文性的色彩。

雖然，新形態的消費行為，有失「逃離大價值」（escaping from grand values），這是一種背離過去熟悉價值的現象，這種消費行為傾向「逃離大眾，進入個人」、「逃離現實，進入遊戲」、「逃離熟悉，進入疏離」、「逃離大價值，保住肉身」（詳見《消費主權時代》附錄2，詹宏志〈逃離大價值——幾個新形態的消費行為〉，頁195～199）。但基本上，他們的消費特徵，商品的物質機能不重要，重要的是它的附加價值——精神機能才重要。他們所面對的世界，和他們父母的成長的時代非常不同；沒有太多既定模式可以遵循；他們必須重新建立屬於自己的生活型態、目的、標準與優先順序。可是我們卻相信他們是在極力使自己活得更有意義的人。

面對大型綜合連鎖書店、出版集團的出現，以及霸權文化、殖民文化的支配下，或許「小而專」且具「本土性」的經營方式，更會有它的優勢，也值得鼓勵。

在文化工業的機制體系下，出版從業者多少要有點「文化理想」的色彩，出版不該全然以市場法則為導向，這是我們的關心與呼籲。

（本文刊登於1998年3月《九歌20》，頁150～169，臺北市，九歌出版社有限公司。並見1998年6月《兒童文學家》第24期，頁8～18。）

兒童文學與現代社會

壹、前言

羅・埃斯卡皮（Robert Escarpit）於《文學社會學》一書開頭即說：

> 所有文學活動都是以作家、書籍及讀者三方面的參與為前提。總括來說，就是作者、作品及大眾藉著一套兼有藝術、商業、工技各項特質而又極其繁複的傳播操作，將一些身份明確（至少總是掛了筆名、擁有功名度）的個人，和一些通常無從得知身份的的特定集群串連起來，構成一個交流圈。（見1990年12月遠流版葉淑燕譯本，頁3。）

其實，在所有的文學活動中，無論作家、書籍及讀者等三方面，皆與社會息息相關。何金蘭在《文學社會學》〈緒論〉裡亦說：

> 在所有的文學現象中，社會都佔有一個不可或缺的地位。文學產生之先，社會早已存在，作家無可避免的要生活在社會裡，為社會所制約、限制、影響；作家總是努力反映它、解釋它、表達它，甚至於設法改變它；社會也存在於文學之中，我們可以在文學作品中看到它的存在、它的蹤跡、它的描繪；社會更存在於文學之後，因為文學作品要有讀者、要被銷售、要被閱讀、要被接受。文學與社會的

關係是如此密不可分，因而，自古以來，這種關係一直都是哲學家、美學家、文藝理論家、文學批評家所關注、並致力探討和闡釋的問題。（1989年8月何金蘭著桂冠版，頁1~2。）

以上所引錄者，即是所謂的文學社會學。基本上，文學社會學是採取社會學的角度，運用社會學的方法來研究、探討、考察整體目的文學現象的文學、美學批評理論與方法論。

文本亦擬從社會學的觀點，略加論述兒童文學與社會的關係。

貳、後現代狀況

美國研究社會學與未來學者杜佛勒（A. Toffler）在《未來的衝擊》（*The Future Shock*）一書中，指出未來的社會將具有三個特性：新奇性、多樣性、暫時性。這種未來的社會即是杜佛勒所謂的「第三波」。《第三波》是杜佛勒以深入淺出的文筆，把七十年代美國學術界研究後工業社會成果，用大眾化的方式介紹了出來，轟動非常，引起了廣泛的討論。顧名思義，有第一波（農業社會）、第二波（工業社會）。從人類歷史發展過程來看，自從機械取代人工的工業革命以後，人類即經歷著一個巨大的革命性形變。這個巨大的形變，歷史學者、社會學者所能給予它的名詞之一是「現代化」。這個現代化運動的特色之一是它是根源於科技的；特色之二是它是全球性的歷史活動。這種全球性的科技的形變，自二次大戰後，因電腦的出現與發展，使人類累積、運用知識的方式，又有了革命性的改變，形成了一種累積、轉化、複製知識的全新模式。這種全新的思考模式，再度影響、改變了社會的整體結構，突破了許多工業社會的思考瓶頸及障礙，在傳播、生化、工業……各個領域內，又有了全新的探索及突破。有人稱之為第二次的工業革命。這個再度革命性形變的社會，大家冠之以各種不同的稱呼，如：資訊社會、消費社會、媒體社會、五光十色展覽的社會、後期工業社會、有計畫性衰竭的官僚政治社會、遊戲化社會，而一般統稱為後現代。

隨著電子資訊的到來，彷彿就在一夕之間，網際網路（Internet）、全球資訊網（W.W.W）、資訊高速公路（Information Highway）、虛擬實境（V.R）、網際空間（Cyberspace）……等名詞，如雨後春筍般出現。一種新的世界觀，也隨之默默形成，資訊社會的特色是累積及運用知識的方式電腦化，隨之而來的現象有：強大的複製能力、迅速的傳播方式、商業消費導向、生產力大增、內容與形式分離……。（見75年12月文鏡版《日出金色》，頁12。）總之，後現代社會的特色：

1. 服務業人口的激增。
2. 古今中外所有的資訊，可做無限的相互交流。

參、新人類

「新人類」這一詞為日本著名觀念作家界屋太一所創，用以描述1965年以後出生的日本青年。至於1945年至1965年間出生的稱之為「團塊的世代」，又1945年以前出生的稱為「舊人類」。在美國，1945年至1965年出生的稱之為「嬰兒潮」，1965年以後出生的稱為「反嬰兒潮」，亦有稱之為「X世代」。

日本廣告人藤岡和賀夫形容新人類為「蟋蟀」，舊人類為「螞蟻」。他認為新人類生長在講求玩樂的新時代中，故屬於「蟋蟀世代」；舊人類則喜歡工作重於一切，有如勤勞不輟的螞蟻，故屬於「螞蟻世代」。這兩者擁有截然不同的生活方式和思想觀，甚難互相諒解和溝通。至於「團塊世代」這些人，既愛玩樂，又熱中工作，故屬於「蟻蟀世代」，兼備螞蟻與蟋蟀的特質。（詳見1989年7月遠流版馬家輝《都市新人類》，頁53～58。）

新人類是富庶族群、樂觀族群、消費族群、圖像族群。他們有以下的特點和思考邏輯：

1. 樂觀、凡事充滿期盼及活力。
2. 強調消費享受，而且是感性消費。
3. 講求快速效率，瞬息變化萬千。
4. 功利主義及個人主義，以錢作人生目標。
5. 模仿力、創造力、組合力強大。（同上，頁41。）

至於「新新人類」」一詞，雖然是始於開喜烏龍茶的廣告，卻亦已開始流行。

所謂新新人類，一般是指1975年以後出生者，亦有稱之為「Y世代」。

肆、可能的對話

新人類，是新社會的產物。

新社會，具體言之是指六十年代以後的現代社會。

現今的社會是由螞蟻、蟋蟀以及蟻蟀三個世代所組成。推動社會前進的中堅份子是蟻蟀，螞蟻正面臨遭受淘汰的命運，蟋蟀則正在影響社會的未來發展步伐。持平而論，後現代的許多狀況或許都可以說是某種病態文化。後現代帶給人們最大的困惑，莫過於價值體系（Axiological systems ）的大變動。有關後現代思想的主張，蔡源煌於〈後現代的困惑〉一文中，歸納為反統合、反目的論、反烏托邦等三方面。（詳見1991年11月雅典版《當代理論與實踐》，頁119~128。）這些主張雖然無法使建立在工具——理論思維的價值體系立即改變，但這些主張或許能為二十世紀的哲學與思想揭一線曙光，讓生活在二十世紀末期的人類撇下舊有的思維和它所留下的盲點，打開天窗另覓觀察人生和宇宙的蹊徑。

現代社會的新人類，有人稱之為「遊戲人」，以別於舊人類的「工作人」。簡言之，時代已邁入了中國人所謂的「遊戲人間」的時代，這就是「遊戲化社會」。

有人認為後現代思想是屬於大眾文化的現象，常有反智論的色彩，雅俗文化界線的泯滅，也就是藝術崇高性的破滅。反過來，也就是生活的美學化，美學生活化，「偉大議題」也已告破產，取而代之的是各種「語言遊戲」。

或許我們會認為新人類：對人不感激、對己不克制、對事不盡力、對物不珍惜。其實，世代差異是必然，而年老的弔詭在於：每一代人都認為自己理所當然與前一代不同，但在規畫未來時，似乎又認為下一代應該和這一代相同。

伍、餘言

瞭解時代，瞭解讀者，這是創作者必有的省思。文學活動與社會的關係密不可分。文學的新人類與後現代趨向，不是文學的最後歸宿，它或許只是世紀交替裡，我們精神價值遁入歷史盲點的「文化逆轉」現象。後現代的各種主張確實是立意要打開舊的價值論的瓶頸。我們期待人類精神的重建和世界文化的新格局。因此，我們相信：

時間不是沒有重量的。
我們將通過生活歷史的天平去感受這份沈重。
你與我，都別無選擇。
是以，如何落實生活，以及披閱經典作品，實在是別無選擇之餘地。

（本文刊登於1998年5月《第一屆兒童文學國際會議論文集》頁274-279，臺中市，靜宜大學文學院、臺灣省兒童文學協會。）

兒童文學是什麼？

壹、前言

兒童文學是什麼？什麼是兒童文學？兒童文學究竟是什麼？

或曰：兒童文學是什麼？我本已知曉，你一問，我卻又忘了。

或曰：花非花，霧非霧；夜半來，天明去。來如春夢不多時，去似朝雲無覓處，更似七寶樓臺，眩人眼目。

或曰：發現問題最基本的方式是從「什麼what？」、「為什麼why？」、「如何how？」三方面去尋找，有人稱之為「3W的思考方式」。（註一）

關於「什麼」類型的問題，首先，從語意學言之，即是在於意義的澄清。其次，「為什麼」類型之問題，乃涉及到理由及邏輯的問題。至於「如何」的問題，主要是屬於方法論的問題。一個理想如果沒有具體的方法，就很難形成有效的行動，而往往只形成了一種「口號」式的吶喊。

以上三種類型的問題，其內容有時會有重疊。對於一個字、一句話、一個理論，我們都可同時透過上列三個角度來發掘，而且可以一直重複使用3W，使問題及答案更加深入。可是一般人似乎往往一直執著於「什麼」，而忽略了「為什麼」，更忽略了「如何」的問題。

就兒童文學而言，「什麼」是一個陳舊、古老的話題，也是分歧的話題。「什麼」是思維的起步，也是問題的根源。在兒童文學裡，這個話題能長期被人們一再論述，除了可能是理論探討本身缺乏進步外，也可能是這個話題本身較具重要性或根本性，且有較大的包容性。

申言之，「什麼」類型的思考，就兒童文學而言，有兩種不同的思考方式，即：

兒童文學是什麼？

什麼是兒童文學？

而這兩種不同的思考方式，亦即涉及本質與存在的問題。笛卡爾認為：我思故我在。是屬於唯心的本質先於存在；而沙特卻說：存在先於本質。沙特（Jean-Paul Sartre, 1905～1980）主張用問「文學是什麼？」代替問「什麼是文學？」這對於文學或兒童文學的研究很有啟發。這是兩種不同的思維方式，前者問存在，後者求本質；前者趨向「播撒」、「蹤跡的蹤跡」，趨向一個有相似性的家族，後者趨向一個有自己主權和法則的大獨立國；前者走向一個開放的世界，後者走向一個封閉的國度。概言之，後者是單向思維，是科學意識型態的產物，前者則是多元思維。

身處於新奇性、多樣性與暫時性的資訊社會裡，單向的思維方式，已不足以應付當前的事物，況且藝術本身更具有不穩定性。是以本文就以存在與多元思維的後現代觀點，再度論及兒童文學是什麼。

貳、文學是什麼？

兒童文學是文學的一支，且讓我們從文學說起。

文學一詞，直到十九世紀，其現代意義才真正流行。而本世紀文學理論急遽變化，有人稱之為眾聲喧嘩。但對文學的界定，卻仍是眾說紛紜。泰勒．伊果頓（Terry Eagleton, 1943～）《文學理論導讀》（*Literary Theory An Introduction*）一書〈導言〉，是以〈文學是什麼〉作為標題。他開宗明義的說：

> **假如有文學理論這種東西，似乎就顯然有理論所論，而稱為文學的東西。因此，我們可首先提出這個問題：何謂文學？（頁13）**

什麼是文學？文學是什麼？據說有個學者給他的大學生一些除去標題和作者姓名的詩讓他們進行評論。結果，他們的評論五花八門，長久享譽的詩人身價大跌，無名小卒卻備受讚揚。

文學是什麼？在《文學理論導讀》的〈緒論〉裡有云：替文學定義的企圖五花八門。

例如，有人定義它是「想像的」寫作，意指虛構——不是實情實事的寫作。

有人從它使用語言的方式，認為文學是一種寫作，是一種對日常語言有組織化的暴力。文學轉化和強化了日常語言，有系統的逸離平常的口語。

有人認為文學是一種指涉自我的語言，是一種談論自身的語言。

又有人將文學定義為受高度評價的寫作。

泰瑞．伊果頓辯證了上述各種的文學定義後，其結論是：

> **假如不能將文學視為「客觀」、描述性的範疇，那麼，也**

> 不能說它只是人們興致所之稱為文學的東西。因為，關於如此的種種價值判斷，全無隨興之處，它們根植於諸多更為深沉的信仰結構，這些結構彷彿帝國大廈，不可撼動。因此我們至此所揭發的，不僅是文學不像昆蟲一般存在，以及建構文學的價值判斷具有歷史的可變性，而且是這些價值判斷和社會的意識形態有密切關聯。它們最終不僅涉及個人品味，也涉及某些社會團體藉以行使和維持統治他人權力的種種假說。（頁30）

文學，無論如何，必須是語言、文字的構成。

參、兒童文學是什麼？

一般說來，兒童文學是緣起於教育兒童的需要。且其特點是由其特定的讀者對象所決定的。是以有關兒童文學的界定，更是紛紜。

大陸兒童文學學者湯銳於《現代兒童文學本體論》之〈緒論〉，即標題為：兒童文學究竟是什麼？兒童文學究竟是什麼？這個問題是大陸新時期（1985年以後）以來兒童文學理論紛爭的焦點。據說這個紛爭的議題，涉及到兒童文學的本質、美學特性、創作與接受、讀者範圍創新與發展等等。湯銳認為「幾乎每一要害環節都發生了疑問。」（頁7）於是她終於不由得一再自問——在她看來，這是一個比任何有關兒童文學創作的技巧更重要的根本問題——兒童文學究竟是什麼？於是乎，她有了連串質疑的天問。她質疑：

兒童文學在本質上是否就是教育兒童的文學？

兒童文學諸種流派，其意義何在？

兒童文學的特殊性，是兒童心理年齡的特徵？還是兒童的原始思維？

兒童文學是寫深點好？還是寫淺點好？

兒童文學的主體性何在？

創作主體與接受主體的兩種審美意識要如何協調統一？

兒童文學的淵源何在？

兒童文學是否有當代性、實驗性和探索性？

兒童文學的讀者專利權何在？

兒童文學，無論如何，必須是文學。種種的紛爭與疑慮正似宋朝王慕濟詠〈梅〉云：不受塵埃半點侵，竹籬茅舍自甘心；只因誤識林和靖，惹得詩人說到今。

肆、兒童文學的事實

「兒童文學是什麼」之所以爭論不已，或曰拜科學之賜。科學是對自然現象作有系統了解的知識，也是對現象間的關係，作理性的研究。這種知識和研究，都曾在各個時期的許多文化中產生過。在文化發展過程中，由於對科學客觀理論之注重，以致接受科學方法及其成果的人愈來愈多，而逐漸成為人類生活方式中的主宰者。這種科學意識，其特點有：懷疑、對理性知識的偏愛與肯定人在世上的重要。（註二）至於科學的目的是以解釋、預測及控制為主。簡言之，科學或科學的方法，是從分殊中現出規律，從綜合歸納而求因果關係的解釋。而文學藝術存在的則是著重獨立性、原創性與表達性。

申言之，文學或兒童文學之所以難下定義，其癥結即是在於文學存在的本身。定義，是邏輯學名詞，又稱界說，是想藉簡要而完備的語言來規範或報導一個語文表詞的意義或用法的命題或語句。但是，事物紛紜複雜，如何能說明清楚？因此定義者努力從各種角度入手，於是定義：起源的定義、功能的定義、隱含的定義、描述的定義等等。這些定義也許能顯示文學的起源、功能，但對文學或兒童文學是什麼依然欠缺清楚。換句話說，真正的定義方式應該是本質定義，對於某一概念之所以如此的本質予以限定。可是真正本質，難以覓獲，許多概念在定義時便不免使人手足無措。雖然科技強化了抽象、概括等理則觀念，可是，在所有的意識形式中，藝術是從始就反對任何抽象的一種形式。藝術反對僅僅是思想的東西，反對僅僅是系統、概括的東西，反對純理想。藝術總力圖成為直觀、純粹感覺印象和具體經驗的對象。況且所謂的本質亦在流轉中。

從兒童文學本質觀念的歷史演變、發展和焦點流轉過程中，我們已經了解到，是凡觀念的東西，總是要受到特定時代、社會生活、文化背景等因素影響和制約。因此，兒童文學本質——即是我們對兒童文學的基本觀念，亦是發展中的事物，一種變量，一種歷史性的概念。亦即是沙特所云：存在先於本質。

半世紀以來，兒童文學的觀念經歷了「兒童本位論」、「人生本位論」、「階級本位論」、「教育本位論」、「審美本位論」等階段，而每個階段對兒童文學本質都有新的發現，新的理解。所謂兒童文學的本質正是在每一階段兒童文學作家與時代、讀者的交互作用中不斷挖掘和實現的。隨著對兒童文學本質層面不斷深入挖掘和角度不斷變換，兒童文學的面貌也在不斷脫胎換骨。由此可知，單一微觀的堅持，實在不易見到全貌。豪澤爾（Arnold Hauser）於《藝術社會學》（The Sociology of Art）有云：

> 作為形式結構的藝術作品是一個獨立的系統，它的各個組成部分建立在自己的內在聯繫上，與心理和社會因素無關。從美學角度看，藝術社會學和藝術心理學僅僅在藝術形式所規定的範圍內發生作用，並朝著由這種形式所指引的方向發展。但從心理學或社會學角度看，藝術作品中的所有力量都可以放在與藝術形式無關的層次上予以考察。藝術作為一種心理表現，既不需要美學判斷，也不需要社會學的解釋；藝術作為一種社會現象，並不會因為它的形式價值或心理動機而變得更有意義。從這些不同的角度來看，作為審美對象的藝術似乎失了它的整體性和統一性。美學、心理學和社會學都只能強調藝術作品的意義的一個層次，美學強調的是形式和媒介，心理學強調的是個人動機，社會學強調的是社會目標。因此只有三者相互補充，藝術的整體性和統一性才能得到體現。（頁24）

申言之，所謂兒童文學的價值、功能、功用之說，皆流於工具與目的之間的吊詭。凡有用的東西，必然是在為一個目的服務；它的存在與價值、功能，即在於完成這個目的。所以，它本身只能完成一種工具性效益。是以可見「工具與目的」是不確定的吊詭關係；而可確定的便是不必繫聯著工具而說，只能扣住目的來說：即是目的的自我完成或自我體現。這就是超越工具性、效益性的用，臻至從主體之完滿實現而形成的作用，亦即是中國傳統哲學上所說的「體、用」之說。其實，文學的價值，就是在於它本身的「體」與「無用」，它不能也不必成為任何目的工具。文學作品若能真正體現生命的意義，它便具有無上的價值，且能完成一切功用，因為這一切功用，都是要在文化中發生作用和力量的。而所謂的兒童文學本質，亦皆一一在存在的事實中呈現。

伍、兒童文學的意義

兒童文學的意義，不在「什麼是兒童文學」中索取，理當在「兒童文學是什麼」中拓展與播撒。

基本上，文學當然是以成就美感價值為主，但這並不是說審美功能便是它的本質。因為這所謂的美感價值，與我們看花、夕照不同；看花、夕照是純粹美感的欣賞；而閱讀文學作品，作品中卻含有作者所要傳達、作品所要體現的意義。所以文學作品的美感，是與意義密不可分的。

文學滿足許多人需要，也傳遞許多價值，而這些內容可能是無法直接區辨出來的，它只是在流轉與過程中。布魯諾·貝特爾海姆（Bruno Bettelheim）於《永恒的魅力——童話世界與童心世界》（*The Uses of Enchantment —— The Meaning and*

Importance of Fairy Tales）〈序言〉有云：

> 養育孩子最重要的，也是最困難的任務就是幫助他找到人生的意義。要完成這個任務，需要許多成長經歷。隨著孩子的成長，他必須逐步學會更好地理解自己；這樣，他才能更好地理解別人，最後才能以使雙方都感到滿意和有意義方式與他人和睦相處。
>
> 為了找到更深刻的意義，一個人必須能夠超越以自我為中心的狹窄生活範圍，相信自己能對生活作出有意義的貢獻——如果不是現在，就是將來某時候。如果他要對自己和自己所做的事感到滿意，這種感覺是必要的。為了不受生活中難以預測的變化的擺布，他必須發展內在的應變能力，以便他的情感、想像和理智互相支持，互相豐富。我們的正面情感給予我們發展理性的力量，只有對未來的希望才能使我們經受住不可避免的不幸。
>
> 作為心理嚴重失調孩子的教育者和治療者，我們的主要任務是為他們恢復生活的意義。這工作使我清楚的看到：如果撫養孩子的結果是使得生活對他們有意義，他們就不要特別幫助。我面臨的問題是推斷兒童生活中有什麼樣的經歷最適合提高他發現生活意義的能力和賦予普通生活更多的意義。對於這一任務，父母和其他照料孩子的人的影響力最為重要；其次是我們的文化傳統，但我們必須以正確的方式將它傳授給兒童。在兒童時期，只有文學能最好地傳播這種知識。（頁2）

而Walter Sawyer. 與 Diana E. Comer合著《幼兒文學：在文學中成長》（*Growing Up with Literature*）中亦強調的說：

> **因此，自小鼓勵兒童發展對閱讀和文學的興趣和態度是很重要的，因為那將伴隨他們終生。這樣的態度可幫兒童成為有才能的學生和有思想的成年人；更重要的是，文學將豐富兒童的生活，並幫助他們尋找自身存在的意義。（頁4）**

郭沫若於〈兒童文學之管見〉一文亦曾說：

> **人類社會根本改造的步驟之一，應當是人的改造。人的根本改造應當從兒童的感情教育、美的教育著手。有優美純潔的個人，才有優美純潔的社會。（見1998年8月廣西人民出版社王泉根評選《中國現代兒童文學文論選》（頁203）**

文學因為無用，所以有大用；文學因為不封閉於本質，所以有相似性的家族。這正是莊子於〈知北遊〉中所說：

> **東郭子問於莊子曰：「所謂道，惡乎在？」**
> **莊子曰：「無所不在。」**
> **東郭子曰：「期而後可。」**
> **莊子曰：「在螻蟻。」**
> **曰：「何其下邪？」**

曰：「在稊稗。」

曰：「何其愈下邪？」

曰：「在瓦甓。」

曰：「何其愈甚邪？」

曰：「在屎溺。」

道是無所不在的存在。相應之道則在自然與無為中的行動。就兒童文學而言，亦當作如此觀。期望大人回復到存在的文學本身及兒童的主體性。大人以傳遞者的角色忠實傳遞文學內容，不必作太多的延伸，把文學的想像空間交給兒童。如此，佛經《六度集經》〈瞎子摸象〉的故事就不再是無知與笑譚。

> 臣奉王令，引彼瞽人，將之象所，牽手示之。中有持象足者，持尾者，持尾本者，持腹者，持脅者，持背者，持耳者，持頭者，持牙者，持鼻者。瞽人於象所爭之紛紛，各謂己真彼非，使者牽還，將詣王所。
>
> 王問之曰：「女曹見象乎？」
>
> 對言：「我曹俱見。」
>
> 王曰：「象何類乎？」
>
> 持足者對言：「明王，象如漆筒。」
>
> 持尾者言：「如掃帚。」
>
> 持尾本者言：「如杖。」
>
> 持腹者言：「如鼓。」
>
> 持脅者言：「如壁。」
>
> 持背者言：「如高机。」

持耳者言：「如簸箕。」

持頭者言：「如魁。」

持牙者言：「如角。」

持鼻者對言：「明王，象如大索。」

復於王前共訟曰：「大王，象真如我言。」

其實，所謂的閱讀，猶如瞎子摸象，亦即是各說各話與猜測文學遊戲。由於眾聲喧嘩，所以共生互利。

閱讀，可以是一種行動、一種挑逗、一種互動、一種休閒和嬉戲。寫給兒童看的書，亦是為了引起他們的注意力和好奇心。我們相信：只要可以舞動、品嘗、觸摸、傾聽、觀察，並且感覺周遭的各種訊息，兒童沒有任何學不會的事情。一切的關鍵就在存在與行動之中。

附註：

註一：見1977年1月書林出版有限公司，楊士毅《邏輯與人生——語言與謬誤》頁20～28

註二：見1991年1月幼獅文化事業公司，鄧元忠《認識西洋現代文化》第四章〈科學革命與大機械宇宙觀〉中〈科學意識型態之特點〉，頁73～75。

參考書目

文學散步 龔鵬程著 臺北市 漢光文化事業股份有限公司 1985.9

文學讀解與美的再創造 龍協濤著 臺北市 時報文化出版企業有限公司 1993. 8

文學理論導讀 Terry Eagleton 著 吳新發譯 臺北市 書林出版有限公司 1993. 4

幼兒文學：在文學中成長 Walter Sawyer, Diana E. Comer著 墨高君譯 臺北市揚智文化事業股份有限公司 1996.1

兒童文學的審美指令 王泉根著 湖北 少年兒童出版社 1991. 5

現代兒童文學本體論 湯銳著 江蘇 少年兒童出版社 1995.8

童心世界與童話世界 布魯諾・貝特爾海姆著 舒傳・樊高月・丁素萍譯 重慶市 西南師範大學出版社 1991. 12

藝術社會學 阿諾德・豪澤爾著 居延安編譯 臺北市 雅典出版社 1988. 9

轉型期少兒文學思潮史 吳其南著 上海市 少年兒童出版社 1997. 11

（本文刊登於1999年5月《忘了時間的鐘》頁299-312，嘉義縣，國立嘉義師範學院語文教育學系。）

臺灣兒童文學的建構與分期

壹、前言

兒童文學的產生是緣於教育兒童的需要。從現存的歷史資料看，兒童文學作品幾乎是跟遠古的民間文學同時產生，當然，那只是兒童文學的原始型態，可以說並未完全具備兒童文學的特點與作品的雛形。

至於大陸或臺灣的現代兒童文學，可以說是伴隨著「五四」新文化運動才開始發展起來。

1839年的中英鴉片戰爭，被迫走向現代化。當時的中國，遭遇到亙古所未有的挑戰，產生了巨大深刻的形變，這是中國傳統解組的世紀，也是中國現代化的世紀。

所謂「兒童文學」的出現，即是傳統啟蒙教育的解組，它是整個新文化運動的一環。從近代文獻資料中，我們可以了解，中國近代許多著名的啟蒙思想家與作家，都曾留心於兒童文學，且新時代兒童文學的發達亦與通俗文學、國語運動息息相關。

臺灣新文學運動的展開，是在1895年臺灣淪為日本殖民地之後才發生。臺灣新文學經驗了戰前日文書寫與戰後中文書寫的兩大歷史階段。在這兩個階段，由於政治權力的干預，以及語言政治政策的阻撓，使得臺灣新文學的成長較諸其他地區的文學還來得艱難。而身為弱勢與邊緣的兒童文學，在臺灣地區的發展更是緩慢與充滿困境。

考各國兒童文學的源頭有：

第一個源頭是口傳文學。

第二個源頭是古代典籍。

第三個源頭是一代啟蒙教材。

而臺灣以現代中文書寫的兒童文學，其源流，林良於〈臺灣地區四十五年來的兒童文學發展（1945～1990）〉一文中說：

> 臺灣光復以前，知識界對兒童文學並不陌生。日本的兒童文學活躍在小學裡，日本的兒童讀物活躍在書店、圖書館和家庭的書房裡。傳統的兒歌和民間故事，活躍在廣大的中國人社會中。當年中國大陸兒童文學迅速發展，臺灣的知識界也有相當的認識。
>
> 民間的口傳文學、中國傳統的「三、百、千、千」幼學讀本、日本的兒童文學、中國的兒童文學，構成了臺灣兒童文學的四大資源。在這段期間，有多少人以日文從事兒童文學創作？有多少人以中文從事兒童文學創作？知識界在兒童文學方面有些什麼成績？這是一段急待我們加以充實的兒童文學史。（見〈（西元1945～1999年）華文兒童文學小史〉，頁1～20）

臺灣的現代兒童文學，一般說來，始於1945年，這一年臺灣光復，重回中國。但兒童文學在臺灣地區的發展，卻是緩慢而又閉鎖的。林良於《1980中華民國文學年鑑》中〈兒童文學〉項裡認為（以下詳見1982年11月柏楊主編，時報文化出版企業股份有限公司出版，頁52~58。）：「萌芽期」是「寂寞的一行」，六十年代以後的「成長期」是「活躍的一行」。至八十年文藝年鑑也不再漏列兒童文學的項目。因此，兒童文學工作，更由「活躍的一行」，跳躍到「受尊重的一行」。

其實，兒童文學與兒童讀物的發展是國家教育、社會文明和經濟進步的重要指標，歐美先進國家早在18世紀開始萌芽，19世紀蓬勃發展，並於20世紀設立國際安徒生兒童文學獎，臺灣地區隨著教育普及，工商發達，經濟繁榮，近三十年代兒童文學發展迅速，先後成立高雄市兒童文學協會（1980. 12）臺北市兒童文學教育學會（1987. 10）、臺灣省兒童文學協會（1989. 12）、中國海峽兩岸兒童文學研究會（1992. 6）及全國性的中華民國兒童文學學會（1984. 12），設立世界華文兒童文學資料館（1994. 9），開設兒童文學研究所（1997. 8），推廣兒童文學創作、研究、出版及國際交流活動。

面臨21世紀，迎向未來的是科技化、國際化、民主化與多元化的腦力密集時代，臺灣的兒童文學亦當加以檢視與建構，進而走出屬於我們自己的道路。

貳、發現臺灣

「發現臺灣」似乎是90年代初期臺灣政治文化的一個熱門話題。1991年11月《天下雜誌》發行一本「從歷史出發」特刊，以「『打開歷史，走出未來』發現臺灣」為標題，並於1992年2月印製成書（上、下兩冊），隨即又策劃「認識臺灣系列」。既言「發現」，顯然臺灣過去一直處於被遺忘的狀態。臺灣原本有史，只是幾百年來的被殖民經驗迫使它的歷史回憶被壓抑放逐。如今，臺灣塵封的過去再被發現。

所謂發現，一言以蔽之，即是發現臺灣被殖民的歷史，而「臺灣意識」即是被殖民的事實標記。沒有歷史，沒有記憶是所有被殖民社會的歷史。而重建、重新發現被消逝的的歷史，則是被殖民社會步入後殖民時代，從事「抵殖民」文化建設工作的第一步。

所謂後殖民，德里克（Avif Dirlik, 1940~）於〈後殖民氛圍：全球資本主義時代的第三世界批評〉一文中認為有下列三種重要的意思：

> 「後殖民」這術語在不同用法中帶有多種含義，為了分析起見，需要對它們加以區分。在我看來，這個詞的三種用法格外顯著（和重要）；（a）從字面意義上描述曾是殖民地的社會的狀況，這種用法中它具體有所指，比如「後殖民社會」或「後殖民地知識分子」。不過，需要說明的是，這裡所說的殖民地既包括以前歸屬於第三世界的那些地方，也包括像加拿大和澳大利亞這個通常與第一世界聯繫在一起的移居者的殖民地。（b）描述殖民地主義時期之後的全球狀況，這種用法中它的所指多少有些抽象而不那麼具體，就其模糊性而言也與早期的一個術語，第三世界，不相上下，實際上它本來就是像要替代那個術語的。（c）描述論及上述狀況的一種話語，這種話語是通過由這些狀況產生的認識論和精神的方向來傳達的。（見《後革命氛圍》，頁114）

申言之，後殖民理論家認為，後殖民論述脫胎於被殖民經驗，強調和殖民勢力之間的張力，並抵制殖民者本位論述。換言之，後殖民論述有兩大特點：第一，對被殖民經驗的反省；第二，拒絕殖民勢力的主宰，並抵制以殖民者為中心的論述觀點。

綜觀臺灣近代的歷史，先後歷經荷蘭人佔據三十八年（1624～1662），西班牙局部佔領十六年（1626～1642），明鄭二十二年（1661～1683），清朝治理二百餘年（1683～1895），以及日本佔據五十年（1895～1945）。其中，相當長時間是處於殖民的地位，因此，除了漢人的移民文化外，尚有殖民文化的滲入；尤以日據時期的殖民文化影響最為顯著，荷蘭次之，西班牙最少。是以臺灣的文化在光復前是以漢人文化為主，殖民文化為輔的文化型態。

光復後，大陸人來臺，注入文化的熱血。又1949年12月7日國民黨政府遷都臺北，更是湧進大量的大陸人口。特別是日本統治時代的五十年和光復後的四十年時間，在跟大陸完全隔離的狀態下接受西方歐美與日本的洗禮，一直難以有鮮明的自主性。

自1987年11月戒嚴令廢除以後「發現臺灣」成為口號與流行。其實，所謂的「發現臺灣」，簡言之，即是「臺灣意識」是也。解嚴後，「臺灣意識」從過去潛藏的狀態，如火山爆發似地湧現，成為解嚴後臺灣最引人注目的現象之一。所謂「臺灣意識」是指生存在臺灣的人認識並解釋他所生存的時空情境的方式及其思想。

作為一個思想史現象，「臺灣意識」內涵豐富，方面廣袤，總言之，屬於同時代或不同時代的社會、政治、經濟階級的人，皆各有其互異的「臺灣意識」。就其組成要素而言，「臺灣意識」雖以「鄉土情懷」為其感情基礎，但卻不能等同於「臺獨意識」。黃俊傑於〈論「臺灣意識」的發展及其特質：歷史回顧與未來展望〉一文中，認為「臺灣意識」的發展，可分為四個歷史階段：

> 1. 明清時代的臺灣只有作為中國地方意識的「漳州意識」、「泉州意識」或「閩南意識」、「客家意識」等；
> 2. 到了日本統治臺灣以後，作為被統治者的臺灣人集體意識的「臺灣意識」才出現，這半世紀（一八九五－一九四五）的「臺灣意識」既是民族意識又是階級意識；
> 3. 一九四五年臺灣光復後，「臺灣意識」基本上是一種省籍意識，尤是一九四七年二二八事件之後，作為反抗以大陸人占多數而組成的國民黨政權的臺灣人意識加速發展；
> 4. 一九八七年戒嚴令廢除，臺灣開始走向民主化；近年來由於中共政權對臺灣的種種打壓，「臺灣意識」乃逐漸成為反抗中共政權的政治意識，「新臺灣人」論述可視為這種新氣氛下的思維方式。（見《臺灣意識與臺灣文化》，頁4）

「臺灣意識」的核心問題是認同問題，而以「我是誰？」「臺灣是什麼？」等問題方式呈現。黃俊傑於〈論「臺灣意識」中「文化認同」與「政治認同」的關係〉一文中說：

> 所謂「臺灣意識」內涵複雜，至少包括兩個組成部分：

> 「文化認同」與「政治認同」，兩者之間有其不可分割性，亦即「文化認同」與「政治認同」互為支援，不可分離；兩者之所以不可分割，乃是由於華人社會中的國家認同是透過歷史解釋而建構的。（見《臺灣意識與臺灣文化》，頁4）

綜觀百餘年來的臺灣，一直是處於被殖民的狀態下，是以「臺灣意識」基本上是一種抗爭論述——反抗日本、反抗西化、反抗國民黨、反抗中共。

如果說，殖民主義主要是對經濟、政治、軍事和國家主權上進行侵略、控制和干涉的話，那麼後殖民主義則是對強調對文化、知識、語言和文化霸權方面的控制。如何在經濟、政治、文化方面擺脫帝國主義的殖民統治，而獲得自身的獨立和發展，成為後殖民理論必須面對的問題。因此，後殖民主義理論是一種多元文化理論，且已不限於兩個相爭所產生的政治效應。在後現代用法裡，被殖民者乃是被迫居於依賴、邊緣地位的群體，被處於優勢的政治團體統治，並被視為次等人種。以此觀點視之，臺灣的被殖民經驗不僅限於日據時代，事實上可以上下延伸，長達數百年。

如果我們將後殖民論述納入一個更寬廣的文化思考空間，我們發現後殖民論述呼應了後現代文化「抵中心」的強烈傾向。後現代化強調文化的差異多樣性，並以文化異質為貴。後現代文化「抵中心」論——解構各類中心論——包括男性中心論、異性戀中心論、歐洲中心論、白人中心論等等——的迷思以及潛藏於此類迷思之中的政治意義。此「抵中心」傾向可謂後殖民論述的動力。被殖民者在殖民論述裡，往往被迫扮演邊緣角色。當不同文化對立衝突時，勢力強大的一方經常透過論述來「了解、控制、操縱，甚至歸納對方那個不同的世界」。這個論述行為往往以強勢文化團體為中心觀點，把弱勢文化納入己方營建的論述，並藉政治運作壟斷媒體，迫使對方消音，辯解不得其門。位居劣勢的一方唯有抵抗「消音」（silencing），抵制以對方為中心觀點的論述，才有奪回主體位置，脫離弱勢的機會。

審視「臺灣意識」的發展過程，黃俊傑於〈論「臺灣意識」的發展及其特質〉一文的結論：

> 縱觀近百餘年來，「臺灣意識」的轉折變化，我們可以發現歷史上的「臺灣意識」基本上是一種抗爭論述——反抗日本帝國主義、反抗國民黨威權統治、反抗中共的打壓。展望未來，「臺灣意識」應該從抗爭論述轉化為文化論述，才是一個較為健康的發展方向，庶幾「臺灣意識」才能成為二十一世紀新的世界秩序與海峽兩岸關係中發揮建設性的作用。（見《臺灣意識與臺灣文化》，頁41）。

從後殖民論述的觀點視之，將臺灣意識論述從過去的抗爭論述轉化成為一種文化論述，且以「文化中國」做為基調，使其成為與中國大陸及世界進行有助益的文化對話。

申言之，只有透過「作為文化論述的臺灣意識論述」，才能去殖民，後殖民社會是個從文化對立轉為以平等地位對待，並接受彼此文化差異的世界。從文學理論家和文化歷史學者逐漸意識到，建設和穩定後殖民世界的基礎在於「跨文化性」；對跨文化性的共識可能終止人類被「純種」迷思所惑所造成的互相鬥爭歷史。臺灣從殖民進入後殖民時代，必須達成「臺灣文化即是跨文化」的共識，籍以超越殖民／被殖民的惡質政治思考模式，兼容並蓄才能讓我們真正擺脫被殖民的夢魘。

參、有關臺灣兒童文學史的論述

有關臺灣兒童文學史的論述，擬從海峽兩岸說明之。

一、臺灣地區

自1945年以來，臺灣地區並無正式的兒童文學史著作。所見者要皆以史實或史實的綜合，可見相關成書著作有：

我國兒童文學的演進與展望 許義宗著 自印本 1976. 12
我國兒童讀物發展初探 邱各容著 自印本 1985.4
兒童文學談叢 邱各容著 自印本 1988. 10
中華民國臺灣地區兒童期刊目錄彙編 洪文瓊策劃主編 中華民國兒童文學學會 1989. 12
兒童文學史料初稿 邱各容著 富春文化公司 1990. 8
宜蘭縣兒童文學史料與初稿 邱阿塗著 宜蘭縣教育局 1990.9
（西元1945～1990年）華文兒童文學小史 洪文瓊主編 中華民國兒童文學學會 1991. 5
（西元1945～1990年）兒童文學大事紀要 洪文瓊主

編 中華民國兒童文學學會 1991. 6

臺灣兒童文學史 洪文瓊著 傳文文化公司 1994. 6

一所研究所的成立 東師兒文所 1997. 10

臺灣區域兒童文學概述 林文寶主編 東師兒文所 1999. 7

臺灣兒童文學手冊 洪文瓊編著 傳文文化公司 1999. 8

臺灣・兒童・文學 東師兒文所 1999. 8

臺灣（1945～1998）兒童文學100 主編林文寶 行政院文建會 2000. 3

至於教科用書中，提及臺灣兒童文學史者有：

(1)書名：兒童文學研究

篇名：第七章・我國兒童文學的概況及展望

作者：劉錫蘭

頁數：37-38

出版社／出版年月：臺灣省立臺中師範專科學校叢書・1963. 10修訂再版

(2)書名：兒童文學研究（下）

篇名：第三章・第一節・戊 光復後臺灣兒童文學發展概況

作者：葛琳

頁數：70-73

出版社／出版年月：中華電視臺教學部／1973. 5

(3)書名：我國兒童文學的演進與展望

篇名：壹・五 陽春期（政府播遷來臺以後）

作者：許義宗

頁數：12-29

出版社／出版年月：許義宗／1976. 12

(4)書名：兒童文學論

篇名：第十章．第一節．我國兒童文學的演進概述陽春期

作者：許義宗

頁數：240-257

出版社／出版年月：許義宗／1977

(5)書名：兒童文學綜論

篇名：第二章．第二節．中國的兒童文學發展

作者：李慕如

頁數：28-51

出版社／出版年月：復文圖書公司／1983.9

(6)書名：兒童少年文學

篇名：第伍編　史料存頁篇：中國兒童少年文學發展百三十年大事譜及考索（西元1862～1989）

作者：林政華

頁數：381-473

出版社／出版年月：富春文化事業股份有限公司／1991. 1

(7)書名：臺灣兒童少年文學

篇名：第壹編．第三章．臺灣兒童少年文學發展小史

作者：林政華

頁數：13-36

出版社／出版年月：世一文化事業股份有限公司／

1997. 7

(8)書名：兒童文學

篇名：第二章．第二節．四．清代以後兒童文學發展概述

作者：李慕如．羅雪瑤

出版社／出版年月：高雄復文圖書出版社／2000. 2

又單篇論述重要者有：

〈中國兒童文學七十年〉邱各容　見1987年5月《當代文學史料研究叢刊》第一輯，頁101～126。

〈臺灣兒童文學發展簡史〉陳木城　見1989年8月《大陸兒童文學研究會會刊》第三期，頁1～5。

綜觀以上有關臺灣文學史的撰寫，要以邱各容、洪文瓊兩人最為用心，且成果亦較為豐碩，但皆屬史料未能稱之為史。

邱各容著作以《兒童史料初稿（1945～1989）》為代表作，全書正文共分為四輯：初探篇、采風錄、回相曲、大事記。為25開本，共厚達539頁（不含序和目錄），可見他在兒童文學史料收集、整理方面，確實花費不少功夫。洪文瓊於〈「兒童文學史料初稿」評介——兼談臺灣兒童文學史的方法與途徑〉（見《臺灣兒童文學史》，頁148～154）中論其缺漏：

再者本書既然是有關史料整理方面的成果作品，則有關史實的擷取角度或史實的綜合角度最好能加以交代，就像撰寫學術論文交代研究方法或編纂工具性詞書交代體例

一樣。這一部分本書較為缺漏，不論在作者的自序或各輯的前面，均未見交代文字。只有采風錄在作者自序中稍微提及，但也僅提及「採擷兒童文學發展過程中較為突出或具有代表性人事物」，但究竟怎樣算是有代表性或較為突出，以及包括那些類別，並未再給予具體說明。（頁150）

而洪文瓊著作當以《臺灣兒童文學史》、《臺灣兒童文學手冊》二書為代表。洪氏於〈1945～1993年臺灣兒童文學發展走向〉一文（見《臺灣兒童文學史》，頁1～22）中，曾論及「觀察視點」如下：

由於地緣關係與歷史背景因素，臺灣自十七世紀東西海通以來，一直是列強覬覦之所。也由於這種環境，使得臺灣的文化發展無法保持較高「純」度。尤其二次世界大戰後的歷史變局，更促使臺灣發展成為一個很特殊的華族文化區域——由新統治階層帶來的中原文化，糅合了既有的本地文化和外來的美日強勢文化。整體上它是華族文化的一環，卻與中國大陸、新加坡以及香港地區的華族文化，有著明顯的差異。兒童文學是文化的一個環節，它的發展不能自外於大環境。要觀察臺灣的兒童文學發展，首先必須注意這個歷史大環境。

再者，一地區的兒童文學發展，牽涉到社會環境（政經、教育體制等）、兒童文學工作者（作家、插畫家、編輯、理論研究者等）的素質，和市場成熟度（圖書、期刊出版

> 量、國民所得、文化消費指數、圖書館普及率、版權保護程度等）等因素。因此，要談論一地區的兒童文學發展狀況，不能光從作品創作的角度來觀察。本文即是以這種較為宏觀的角度，把臺灣置於歷史大環境中，觀察二次世界大戰結束（民國三十四年，一九四五年）以後，迄至民國八十二年（一九九三年）這一段期間臺灣地區兒童文學的發展動向，並試著給予歷史分期。（頁1）

嚴格說來，洪氏著作雖不能稱之為「史」，但卻頗具「史識」。

二、大陸地區

大陸地區的兒童文學從業者，在臺灣於1987年7月15日宣佈解除戒嚴令，並同意民眾赴大陸探親之後，對臺灣的兒童文學開始有了瞭解的企圖。兩岸從業者的正式碰面交流，是始於1988年10月8～11日，臺灣兒童文學從業者邱各容赴大陸參加現代文學史料學術研討會，在上海與胡從經、洪汎濤交談兒童文學交流事宜。明年8月13日～23日，「大陸兒童文學研究會」一行七人訪問中國大陸，並舉行三次交流會。

其實，在兩岸兒童文學從業者正式交流之際，大陸地區已有多種臺灣兒童文學的選本：

> 臺灣兒童詩選 達應麟、石四維編 少年兒童出版社 1987. 11
> 臺灣兒童詩選（上、下冊） 藍海文編 湖南文藝出版社 1988. 8

臺灣兒童文學佳作選 黃慶雲、周蜜蜜選編 新世紀出版社 1989.9

臺灣兒童文學 洪汎濤主編 安徽少年兒童出版社 1990.7

九十年代以來，大陸兒童文學從業者在論述中已時常提及臺灣的兒童文學。目前，就大陸已出版兒童文學史中，論及臺灣者如下：

⑴《二十世紀中國兒童文學導論》 孫建江著 江蘇少年兒童出版社 1995年2月。

全書共分五編，第五編專門介紹臺港兒童文學，並說明：大陸與香巷、臺灣之間其實隔絕已久（尤其是臺灣），在彼此了解上十分有限，但基於大中華文化合一的立場，不加以介紹會形成一種缺憾，故以第五編作為一附編（外編）形式加以說明。第一章介紹臺灣兒童文學部分，全章分二節。第一節臺灣兒童文學整體觀，也是依時間分期略述各時期大事，其分為：1945年以前、40年代末－60年代中期萌芽期、60年代中期－80年代初期為成長期、80年代中期以後為全面發展期。第二節介紹作者以為應該著重提到之作家及作品，介紹較多的有：楊喚、蓉子、林良、林煥彰、謝武彰、黃海、李潼、桂文亞、陳木城、林鍾隆、林武憲、林海音、潘人木、嚴友梅、馬景賢、黃基博、杜榮琛、邱杰、木子、陳玉珠、夏婉雲、方素珍、管家琪、孫晴峰等人。

⑵《中華文學通史第八卷》，當代文學編 張炯、鄭紹基、樊駿主編 華藝出版社 1997年9月

《當代文學編》包括兒童文學與詩歌兩部分，全書計462頁。當代兒童文學有163頁，第一章由張錦貽執筆，第二章、第三章、第四章由樊發稼執筆。

第一章〈當代兒童文學的發展概貌〉第一節〈不同地區對兒童文學發展的重視〉對臺灣兒童文學發展做了概括的描述，以臺灣兒童文學為「中國當代兒童文學組成部分」，將臺灣的兒童文學視為是中國兒童文學的一個支流，而非獨立的個體。其後各章節的排列順序，大都是先介紹大陸發展概況及作家，最後才將臺灣與港澳併為一節介紹的模式。

第二章〈兒歌與兒童詩〉第六節〈臺灣地區的兒童詩創作〉：介紹林煥彰、林良兩人。

第三章〈童話與兒童小說的創作〉第七節〈臺港地區的兒童小說與童話〉：介紹作家有，少年小說（大陸稱兒童小說）——李潼、潘人木、陳玉珠。童話——馬景賢、林鍾隆、黃基博、木子、孫晴峰。

第四章〈兒童戲劇與科學文藝〉第五節〈臺灣兒童戲劇與張系國、衛斯理等的科幻小說〉：分別介紹，兒童戲劇（以為兒童戲劇的創作是較薄弱的一個環節）——林良的娃娃劇團、李曼瑰的小劇場運動、兒童戲劇研習班及劇本評選活動。科幻小說——張曉風、張系國、黃海。

(3)中國兒童文學史 蔣風、韓進著 安徽教育出版社 1998年10月。

第四編〈中國兒童文學發展（二上）（1949~1994）〉的第三章為臺港兒童文學概觀。全書除序論外共分五編，第四編〈中國兒童文學發展（二上）（1949～1994）〉中，獨立一章（第三章）介紹臺港兒童文學概觀，書中亦將臺灣兒童文學視為中國一部份，於篇首提「臺灣為我國領土不可分割的一部份」。篇中重點大致可分兩部分，第一部份，依邱各容先生《兒童文學叢談》中對臺灣兒童文學的分期，將臺灣兒童文學史分為：1945－49濫觴期、1950－60年代初為播種期、60年代中期－70年代中期為生長期、70年代後期－80年代末是茁壯期、90年代進入繁榮期。以此分期為基礎，依時間順序，逐一介紹臺灣兒童文學的各時期發展特色及重要事件。第二部份介紹作者認為重要的幾位臺灣兒童文學作家，分別是：林良、林煥彰、林海音、黃海、傅林統等人，做較深入的介紹。

又有：《中國當代文學作品精選．兒童文學卷》，冰心、樊發稼主編，北京十月文藝出版社，1999年9月。

這套書是為慶祝中華人民共和國五十周年編輯出版。全套計有《短編小說卷》（上、下）《中篇小說卷》（上、中、下）《報告文學卷》（上、下）《兒童文學卷》、《詩歌卷》、《散文卷》、《雜文卷》、《戲劇卷》。

在《臺灣兒童文學卷》中，收錄臺灣作品部分：小說有李潼，童話有方素珍、木子、林良，詩歌有楊喚、林煥彰，散文有謝武彰、桂文亞，附錄〈部分優秀中長篇兒童文學作品存目〉有李潼兩本。

大陸學者的書寫，無視兩岸百年來隔離的事實，其心態正似陳芳明於《臺灣新文學史》第一章〈臺灣新文學史的建構與分期〉中所云：

中華人民共和國學者在最近十餘年來已出版了數冊有關臺灣文學史的專書；例如，白少帆等著的〈現代臺灣文學史〉（遼寧大學，1987），古繼堂的〈靜聽那心底的旋律——臺灣文學論〉，黃重添的《臺灣文學概觀（上）（下）》（鷺江，1986），及劉登翰的《臺灣文學史（上）（下）》（海峽文藝，1991）。這些著作的共同特色，就是持續把臺灣文學邊緣化、靜態化、陰性化。他們使用邊緣化的策略，把北京政府主導下的文學解釋膨脹為主流，認為臺灣文學是中國文學不可分割的一環，把臺灣文學視為一種固定不變的存在，甚至認為臺灣作家永遠都在期待並憧憬「祖國」。這種解釋，完全無視臺灣文學內容在不同的歷史階段不斷成長擴充。僵硬的、教條的歷史解釋，可以說相當徹底地扭曲並誤解臺灣文學有其自主性的發展。從中國學者的論述可以發現，他們根本沒有實際的臺灣歷史經驗，也沒有真正生活的社會經濟基礎。臺灣只是存在於他們虛構的想像之中，只是北京霸權論述的餘緒。他們的想像，與從前荷蘭、日本殖民論述裡的臺灣圖像，可謂毫無二致。因此，中國學者的臺灣文學史書寫，其實是一種變相的新殖民主義。（見1999年8月《聯合文學》180期第15卷第十期，頁172。）

肆、臺灣兒童文學史的分期

在前述有關臺灣兒童文學史論述裡，除許義宗《我國兒童文學的演進與展望》，因有關臺灣部分嫌短少不論外，其他可見涉及分期且較為重要者有：

〈從種子長成樹—兒童節談我國兒童文學的發展〉 林良 見1980年4月《書與人》412期，頁4～6。

〈七十年來我國的兒童文學〉 林良 見1981年11月《華文世界》25期，頁17～23。

〈四十年來臺灣地區兒童文學發展概況〉 邱各容 見1989年2月《文學界》28期，頁151～196。

〈四十年來臺灣地區兒童讀物出版概況〉 邱各容 見1989年6月《幼兒讀物研究》第九期，頁45～63。

〈臺灣兒童文學發展簡史〉 陳木城 見1989年8月《大陸兒童文學研究會會刊》第三期，頁1～5。

〈臺灣地區在四十五年來的兒童文學發展（1945～1990）〉 林良 見1991年5月《華文兒童文學小史（1945～1990）》，頁1～4。

〈1945年~1999年兒童文學發展歷史分期〉 洪文瓊 見1999年8月《臺灣兒童文學手冊》，頁49～66。

邱氏兩篇後來皆收錄於《兒童文學史料（1945～1989）初

稿》一書。是將各家分期表列如下：

姓名 / 年代	林良 1981	邱各容 1989. 2	陳木城 1989. 8	洪文瓊 1999. 8
西元	1945 轉口輸入懷舊時期 再播種改寫時期 1961 1962 再吸收的翻譯時期 1971 1972 再生長的創作時期	1945 萌芽時期 1949 1950 發展時期 1963 1964 茁壯時期 1974 1975 蓬勃時期	1945.10. 25 以臺灣光復為出發點 1963 1964. 6 以教育廳兒童讀物編輯讀物為躍昇點 1973 1974. 4. 4 洪健全兒童文學獎為轉捩點 1983 1984. 12 中華民國兒童文學學會的成立為最高點	1945 停滯期 1963 1964 萌芽期 1970 1971 成長期 1979 1980 爭鳴期 1987 1988 崢嶸期

在兒童文學史料的整理與撰寫，邱各容與洪文瓊可說是真積力久者，尤其是洪文瓊更是與時俱進，其「觀察視點」自是無人所能比擬，所以他能看到臺灣兒童文學的本土化運動，是對歷史分期，亦能有合理的解釋。而本文分期是以洪氏分期為依據，並以「後殖民論述」觀點視之，亦即是以「發現臺灣」的「臺灣意識」做為論述觀點。

臺灣的兒童文學本屬臺灣文學的內容，而臺灣文學的內容，是隨著歷史階段的變化而不斷成長擴充，以後殖民論述視之，則臺灣的兒童文學可分為三大歷史階段，亦即是日據的殖民時期，戰後的再殖民時期，以及解嚴迄今的後殖民時期。日據時期的臺灣兒童文學，仍屬有待開發的處女地帶，是以論者皆始於1945年。今以表格方式揭示分期，並與陳芳明的臺灣新文學史的分期對照之：

類別／殖民期	臺灣新文學	臺灣兒童文學
日據：殖民時期	1. 啟蒙實驗期（1921~1931）	
	2. 聯合陣線期（1932~1937）	
	3. 皇民運動期（1937~1945）	
戰後：再殖民時期	4. 歷史過渡期（1945~1949）	萌芽期（1945~1963）
	5. 反共文學期（1949~1960）	
	6. 現代主義期（1960~1970）	成長期（1964~1979）
	7. 鄉土文學期（1970~1979）	
	8. 思想解放期（1979~1987）	發展期（1980~1987）
解嚴：後殖民時期	9. 多元蓬勃期（1987~　）	多元共生期（1988~　）

從分期對照中，可知臺灣的兒童文學是屬於弱勢且平和的一支。至於臺灣的新文學從最初的荒蕪未闢到今日的蓬勃繁榮，臺灣新文學經歷了戰前日文書寫與戰後中文書寫的兩大歷史階段。在這兩個階段，由於政治權力的干預，以及語言政策的阻撓，使得臺灣新文學的成長較諸其他地區的文學來得艱難。考察每一個歷史階段的臺灣作家，都可以發現他們的作品留下被損害的傷痕，也可以發現作品中暗藏抵抗精神。相對於弱勢的臺灣兒童文學，回首眺望兒童文學史的流變軌跡，雖然沒有臺灣新文學的悲情，卻仍然不失為被殖民與政治下的產物。從殖民地文學來定位臺灣的兒童文學，可以清楚看到它的流變過程，為使臺灣兒童文學史的敘述有較為清楚的結構。試將分期略加說明。

「日據殖民時期」的臺灣兒童文學，目前是屬於未開發地帶，日文有游珮芸《殖民地臺灣的兒童文化》（1999年2月 明石書店）書中所論之雜誌作品皆屬日文書寫，趙天儀有〈戰前臺灣文學初探〉（見1999年1月，富春文化股份有限公司《兒童文學與美感教育》，頁194～198）一文，所討論的作品，亦是以日本書寫為主，其間，僅有李獻章編著的《臺灣民間文學集》（1936年，昭和11年）是為中文書寫。是以本文將日據時期闕而不論，亦即是以臺灣光復作為分期的起點。

1. **萌芽期**（1945～1963）

從臺灣光復（1945年10月25日）到臺灣經濟起飛前一年。

臺灣兒童文學的起點，一般要皆以光復為準。臺灣重回中國，最大的改變，就政治而言，是主權歸屬。就文化而言，是語言文學。

戰後的臺灣，猶如一片文化沙漠。有關政治、經濟、文化、皆以中央為主導。若論臺灣兒童讀物的發展，應以1945年12月創立的東方出版社為濫觴。

1945年12月國民黨政府撤退到臺灣，當時知識界渡海到臺灣來的很多，且多參與兒童文學的寫作，並有「促成兒童文學復甦」的理念，其中最著名者當屬楊喚。

由於政權交替，國民黨政府偏安，再加上二二八事件（1947）的影響，此時的新統治階層帶來的抗日、抗共、抗俄大中國文化。

這個時期的兒童文學，是以官方系統為主導。尤其是1960年8月臺灣省師範學校陸續改制為師專，在師專國校師資科語文組開始有了「兒童文學」的課程。

這個時期的兒童文學，由於特殊的環境與局勢。一方面是日本「轉口輸入」，另一方面則是「懷舊與改寫」。因此，較多的作品是民間故事或古籍改寫，以及教訓意味頗濃的生活故事性童話。

2. 成長期（1964～1979）

始於臺灣經濟起的第一年，止於臺灣各縣市正式開始進行籌建文化中心。

1964年，臺灣經濟開始起飛，亦即是外銷工業萌芽時的生財體系，落實的說法是：勞力密集工業。這一年，臺灣省教育廳在聯合國兒童基金會支持贊助下設立「兒童讀物編輯小組」，這是臺灣兒童文學邁向成長期的重要指標。兒童讀物編輯小組第一期、第二期計畫推出的中華兒童叢書和中華幼兒叢書，可視為成長早期的代表作品。

成長後期的70年代，是自我覺醒的時期，其關鍵是緣於政治性的衝擊：

1970年11月的釣魚臺事件。

1971年10月，政府宣佈退出聯合國。12月，臺灣長老教會發表國是聲明，希望臺灣變成「新而獨立」的國家。

1972年2月，尼克森和周恩來發表〈上海公報〉。

1972年9月，日本承認中共，同時廢除中日和平條約。

1975年4月5日，蔣中正總統去世。

1978年，中美斷交。

1979年12月發生高雄事件。

這些衝擊有的是足以動搖國本的毀滅性衝擊，使國人提高了反省的層次，也使得社會上層建築的文化掀起了壯大的覺醒運動。在這覺醒過程中，就文學而言有三件大事：

一、唐文標事件。時間是1972年至1973年。最初是（1972年2月28日、29日）關傑明在《中國時報》發表了〈中國現代詩的困境〉，與〈中國現代詩的幻境〉（同年9月10日、11日）兩篇文章，而後引發詩壇熱烈的反映；但震撼文壇的是唐文標連續發表的四篇文章：

〈什麼時代什麼地方什麼人〉1973年7月《龍族》九期評論專號，頁217～228。

〈僵斃的現代詩〉1973年8月《中外文學》二卷期，頁18～20。

〈詩的沒落〉1973年8月《文季》期，頁12～42。

〈日之夕矣——《平原極目》序〉1973年9月《中外文學》二卷四期，頁86～98。

這四篇文章像一顆炸彈，落在已經爭爭吵吵的詩壇；顏元叔稱之為「唐文標事件」（見1973年10月《中外文學》二卷五期）。這一回，與其說是一場現代詩的論戰，不如當它是對現代文學的本質與意義的考察。

二、報導文學。1975年，高信疆在他主編的《中國時報》「人間」副刊推出「現實的邊緣」專欄之後，「報導文學」這個名詞才開始出現在臺灣文壇；並且逐漸受到矚目，報導文學是從社會關懷出發的。

三、鄉土文學論戰。大約開始於1976年前半期，一直到1979年底王拓和楊青矗雙雙因高雄事件被捕繫獄為止。其中，導火線的關鍵性文章是1977年5月，葉石濤在《夏潮》發表的〈臺灣鄉土文學史導論〉一文（1977年5月，《夏潮》第十四期）。當時《大學雜誌》、《書評書目》、《中外文學》、《夏潮》等刊物，都先後展開有關臺灣文學傳統與特質的座談和討論，終至引爆了一場規模巨大的鄉土文學論戰。

就臺灣的兒童文學來說，此期的發展亦顯現政府、民間都努力在追求自我成長。如省教育廳國校教師研習會舉辦兒童文學寫作班（1971）、洪建全文教基金會設立兒童文學創作獎（1974）與設立視範圖書館（1975）等，在在反映出此時期臺灣兒童文學界在追求自我成長。尤其是70年代所形成的兒童詩創作熱潮，可說是臺灣文學最早較具「軍容」者。

除外，最值得重視的是戰後在臺灣受完整教育的年輕一代，開始成為兒童文學創作、編輯的第一線尖兵，他們不但是現代臺灣兒童文學的開拓者；同時也是臺灣新文化傳遞者。

3. 發展期（1980～1987）

本期始於1980年高雄市兒童文學寫作學會正式成立這一年，止於1987年7月15日零時起宣佈解除戒嚴，實施國安法，10月15日內政部公佈〈赴大陸探親實施細則〉，12月1日宣佈自明年元月起接受新報紙之登記，解除了36年的報禁。

這個時期的臺灣兒童文學，展現出爭鳴與分化的發展態勢，而其主力來自民間的發展態勢顯示在四方面：

> **一、兒童文學社團紛紛成立。**
> **二、理論性刊物開始出現。**
> **三、幼兒文學呈現蓬勃氣象。**
> **四、民間專業兒童劇團開始萌芽。（見洪文瓊《臺灣兒童文學手冊》，頁57。）**

4. 多元共生期（1988～至今）

1987年臺灣解除戒嚴，並開放大陸探親，1988年報禁解除，1989年由李登輝當選總統，可說是臺灣正式告別舊社會的里程碑，也是社會體制重構的時代。對兒童文學而言，是多元共生，且是眾聲喧嘩的時期。

申言之，臺灣舊體制解體與新價值重建，洪文瓊認為基本上可從內外兩方面來觀察，他說：

一九八七年臺灣解除戒嚴並開放大陸探親，一九八八年報禁解除，以及一九九〇年由本土人士李登輝當選總統，可以說是臺灣正式告別舊社會的里程碑。由於時序正好是九〇年代的開始，因此，九〇年代對臺灣來說，其實是社會體制重構的時代。舊制度解體，新價值體系建立，當然不是短期間的事。臺灣舊體制解體與新價值重建，基本上可從內外兩方面來觀察。在內部，它意謂威權時代結束，民主政治獲得更穩健發展，不但促使結社（包括組政黨）、出版自由進一步落實，而且促成經濟鬆綁、教育鬆綁，以及環保意識、本土文化意識、原住民文化意識抬頭，使得社會呈現多元價值奔騰競逐的局面；對外方面，臺灣正式放棄以往「漢賊不兩立」的僵硬政策，不但跟中國大陸展開交流、接觸，也跟其他共產國家積極往來，使「國際化」成為臺灣重要的基底政策之一。這些內外環境的改變，需要新的價值體系以為適應，同時也影響到文化出版的走向。九〇年代中後期，臺灣童書出版展現出多元化、分工化、國際化、本土化、視聽化與學術化的色彩，基本上即是受到臺灣內外社會大環境的影響。而多元化、分工化、國際化、本土化、視聽化與學術化，也正是本崢嶸期臺灣兒童所反映的特色。（見《臺灣兒童文學手冊》，頁59～60）

伍、臺灣兒童文學史的建構

臺灣的兒童文學至今仍未有完整的文學史，其主要原因或許可歸因於殖民地性格，是以臺灣兒童文學的主體性與自主性不斷受到抵制。特別是日本統治時代的五十年和光復後的四十年間，在跟大陸完全隔離的狀態下接受現代化的洗禮，於是又淪入另種的再殖民時期。

而海峽兩岸的關係，更是長期以來政治認同上的抗爭論述。

1939年以來，海峽兩岸的關係，大致可分為三個階段：

> **第一個階段為軍事衝突時期，從民國三十八年到民國六十年代中期。**
>
> **第二個階段為和平對峙期，從民國六十年代中期到民國七十年代後期。**
>
> **第三個階段為交流互動時期，從民國七十年代後期迄今，惟此一階段仍止於民間層次。（以上詳見1993年5月 海峽兩岸交流基金會《兩岸文化交流服務手冊》，頁8）**

其間，1987年是關鍵的一年，至今，兩岸仍處於流而不交的膠著局面。

對臺灣而言，外有全球化與中國大陸的壓力；內有族群與性別的兩大議題。就臺灣的兒童文學而言，亦是難逃此命題。而其建構之道在於主體性與自主性的建立。

所謂臺灣兒童文學史，並非只是史料或史實的累積或堆砌。在歷史敘述中，作者是引導整個敘述活動的主體，作者平時素養，便關係著實錄的實踐。唐朝劉知幾有「史才三長」說，認為史家必須才、學、識三種能力，三者是史家從事歷史敘述時不可或缺的條件。《唐會要》卷64〈修史官〉條下記載劉知幾回答鄭惟忠問史才難求的原因時云：

> 史才須有三長，謂才也、學也、識也。夫有學而無才，猶有良田百頃，黃金滿籯，而使愚者營生，終不能致貨殖矣。如有才而無學，猶思兼匠石，巧若公輸，而家無楩柟斧斤，終不能成其宮室矣。猶須好是正直，善惡必書，使驕主賊臣，所以知懼，此則為虎傅翼，善無可加，所向無敵矣。

從劉知幾的此喻，我們認為：「才」是指史家的敘述能力和技巧；「學」是指史家豐富的知識和史料；「識」是指公平正直的敘述態度，及分辨善惡直偽的判斷力。

在劉知幾眼中，才、學、識三長之中以備識為最難。備識有如虎添翼，在歷史敘述中能發揮所向無敵的威力。

所謂的史識，即是史學方法裡的解釋，也包括批評在內。我們知道，歷史考証的工作，只是在於求得史料的真實，至於歷史的意義和價值，則有待於史家裁斷或解釋。歷史解釋是西方的用詞，我國古人稱之為「史論」、「史識」，日本人稱之為「史觀」。

如何看得1945以來的臺灣兒童文學，如何解釋1945年以來的臺灣兒童文學，個人擬以後殖民論述之，並立足於「臺灣意識」和「文化中國」企圖重視主體性與自主性。

嚴格說來，解嚴以來臺灣地區的兒童文學，已朝向多元共生的時代，且已邁向更自由、寬容、多元化的途徑，所謂的鄉土文學名稱已被揚棄。

當代臺灣兒童文學的首要課題，即是在於主體性與自主性的建立，只有重建主體性與自主體，才可能出現具有「臺灣意識」及世界性觀點的兒童文學。或許宋朝黃伯思〈翼騷序〉仍可借鏡，其序云：

> 屈宋諸騷，皆書楚語，作楚聲，紀楚地，名楚物，故可謂之楚辭。（陳振孫《直齋書錄解題》卷十五引）

只有從自己最熟悉、最關心或最好奇的範圍入手，方能落實與關懷。邱貴芬於〈「發現臺灣」：建構臺灣後殖民論述〉一文中說：

> Bill Ashcroft（1989，36頁）等人談論殖民社會，認為「後殖民社會是個從文化對立轉為以平等地位對待並接受彼此文化差異的世界。文學理論家和文化歷史學者逐漸意識到，建設和穩定後殖民世界的基礎在於『跨文化性』；對跨文化性的共識可能終止人類被『純種』迷思所惑而造成的互相鬥爭歷史」。臺灣從殖民進入後殖民時代，必須達成「臺灣文化即是跨文化」的共識，藉以超越殖民／被殖民的惡質政治思考模式。兼容並蓄才能讓我們真正擺脫

被殖民的夢魘。有此共識，則臺灣語是揉合了中文、福佬話、日語、英語、客家語及其他所有流行於臺灣社會的語文，而臺灣文學和葉石濤定義，是「不受膚色和語言等的束縛……是以『臺灣為中心』寫出來的作品。」（見《仲介臺灣、女人：後殖民女性觀點的臺灣閱讀，頁162）

陸、結語與展望

臺灣自1987年解除戒嚴法，使臺灣從此走向一條多元開放的道路。但就兒童文學而言，仍有本土化與國際化之爭。這種爭執主要是對殖民文化的反動，因此，它也是一種自然的趨勢。每個人都將成為世界公民，但在同時又不能失去本源頭的認同，每個人都必須在所屬的國家與社區扮演積極參與的角色。我們雖然要邁入國際化，但相對的，地方化、區域化的觀念愈來受到重視。國際化和地方本土化到底如何去化除緊張，亦是不可避免的事實。吉妮特・佛斯（Jeannette Vos）、高頓・戴頓（Gordon Dryden）於《學習革命》（*The Learning Revolution*）中認為塑造明日世界有十五個大趨勢，其中之十是「文化國家主義」，他們說：

當全球愈來愈成為一個單一經濟體，當我們的生活方式愈來愈全球化，我們就愈來愈清楚的看到一個相反的運動，奈斯比稱之為文化國家主義。

「當世界愈來愈像地球村，經濟也愈來愈互賴時」，他說，「我們會愈來愈講求人性化，愈來愈強調彼此間的差界，愈來愈堅持自己的母語，愈來愈想要堅守我們的根及文化。」

「即使是歐洲由於經濟原因而結盟，我仍認為德國人會愈來愈德國，法國人愈來法國。」

再一次的，這其中對於教育又有極為明顯的暗示。科技愈加發達，我們就會愈想要抓住原有的文化傳統——音樂、舞蹈、語言、藝術及歷史。當個別的地區在追求教育的新啟示時——尤其在所謂的少數民族地區，屬於當地的文化創見將會開花結果，種族尊嚴會巨幅提升。（見1997年4日《學習革命》，中國生產力中心出版，林麗寬譯，頁43～44）

本土化、國際化，皆不悖離多元化。而所謂多元化、本土化的主張，不是口號，是趨勢。在歷經長期的努力，我們已經有了對臺灣與本土文化自然的情感。其實自1960年代末期，有愈來愈多的作家、學者對另一種殖民作為——新殖民主義，尤其是美國好來塢文化及其商品侵略——開始注意。針對新舊殖民經驗，如何界定自已本土文化，珍視傳統文化再生的契機及其不同之處。申言之，在多元化的弔詭中，我們看到的仍是殖民文學，而非後殖民文學。後殖民文學的一個重要特色，便是作家已自覺到要避開權力中心的操控。這種去中心的傾向，與後現代主義的去中心有異曲同工之處。因此，有人把解嚴後的臺灣兒童文學的多元化現象，解釋為國際化或後現代狀況。不過，我們必須辨明的是後殖民與國際化或後現代狀況之間有一最大的分野，乃在於前者強調主體性；而後者傾向於主體性的解構。國際化或後現代主義並不在意歷史記憶的重建，後殖民主義則非常重視歷史記憶的再建構。

展望臺灣的兒童文學，仍是多元共生與眾聲喧嘩。但在多元中，可見我們的記憶，我們的歷史，更見我們主體性與自主性。

參考書目

壹、

書名	作者	出版地	出版社	出版日期
彩繪兒童又十年：臺灣1945～1998兒童文學書目	林文寶策劃	臺北市	幼獅文化事業股份有限公司	2000. 6
擺盪在感性與理性之間——兒童文學論述選集（1988～1998）	劉鳳芯主編	臺北市	幼獅文化事業股份有限公司	2000. 6
臺灣（1945～1998）兒童文學100	林文寶主編	臺北市	行政院文化建設委員會	2000. 3
臺灣兒童文學100研討會論文集	林文寶主編	臺東市	臺東師院兒童文學研究所	2000. 3
兒童文學	李慕如 羅雪瑤	高雄市	高雄復文圖書出版社	2000. 2
臺灣兒童文學手冊	洪文瓊	臺北市	傳文文化事業有限公司	1999. 8
臺灣、兒童、文學	林文寶主編	臺東市	臺東師院兒童文學研究所	1999. 8
兒童文學與美感教育	趙天儀	臺北市	富春文化事業股份有限公司	1999. 1
中國兒童文學史	蔣風、韓進	安徽	安徽教育出版社	1998. 10
中國兒童文學史（現代部分）	張香還	浙江	浙江少年兒童出版社	1998. 4

兒童文學	林文寶、徐守濤、陳正治、蔡尚志	臺北市	五南圖書出版有限公司	1996. 9
現代兒童文學本體論	湯銳	江蘇	江蘇少年兒童出版社	1995.8
二十世紀中國兒童文學導論	孫建江	江蘇	江蘇少年兒童出版社	1995.2
兒童文學學術研討會論文集～兒童文學教育	臺東師院語教系編	臺東市	臺東師院語教系	1994. 6
臺灣兒童文學史	洪文瓊	臺北市	傳文文化事業有限公司	1994. 6
西方兒童文學史	韋葦	湖北	湖北少年兒童出版社	1994. 5
中國兒童文學理論批評史	方衛平	江蘇	江蘇少年兒童出版社	1993. 8
中國現代兒童文學史稿	張之偉	上海市	華東師範大學出版社	1993. 6
中國童話史	吳其南	河北	河北少年兒童出版社	1992. 8
中國童話史	金燕玉	江蘇	江蘇少年兒童出版社	1992. 7
外國童話史	韋葦	江蘇	江蘇少年兒童出版社	1991. 12
中國當代兒童文學史	蔣風 主編	河北	河北少年兒童出版社	1991. 8
蘇聯兒童文學簡史	周忠和	河南	海燕出版社	1991. 7
西元1945~1990年兒童文學大事紀要	中華民國兒童文學學會	臺北市	中華民國兒童文學學會	1991. 6
西元1945~1990年華文兒童文學小史	中華民國兒童文學學會	臺北市	中華民國兒童文學學會	1991. 5
中國當代兒童文學史	陳子君	山東	明天出版社	1991. 2
兒童少年文學	林政華	臺北市	富春文化事業股份有限公司	1991. 1
世界童話史	馬力	遼寧	遼寧少年兒童出版社	1990. 12

兒童文學史料初稿	邱各容	臺北市	富春文化事業股份有限公司	1990. 8
中華民國臺灣地區民國三十八年～民國七十八年兒童期刊目錄彙編	中華民國兒童文學學會	臺北市	中華民國兒童文學學會	1989. 12
兒童文學論述選集	林文寶 主編	臺北市	幼獅文化事業公司	1989. 5
世界兒童文學史概述	韋葦	浙江市	浙江少年兒童出版社	1988. 3
現代兒童文學的先驅	王泉根	上海市	上海文藝出版社	1987. 9
中國現代兒童文學史	蔣風 主編	河北	河北少年兒童出版社	1986. 6
兒童文學綜論	李慕如	高雄市	復文圖書出版社	1983. 9
西洋兒童文學史	葉詠琍	臺北市	東大圖書公司	1982. 12
晚清兒童文學鉤沈	胡從經	上海市	少年兒童出版社	1982. 4
我國兒童文學的演進與展望	許義宗	臺北市	自印本	1976. 12
師專・兒童文學研究（下）	華視教學部	臺北市	中華出版社	1973. 5

貳、

書名	作者	出版地	出版社	出版日期
二十世紀中國文學史論文精粹：文學史方法論卷	王鐘陵	河北	河北教育出版社	2001. 1
臺灣文學的國度：女性、本土、反殖民論述	陳玉玲	臺北市	博揚文化事業有限公司	2000. 7
書寫臺灣——文學史・後殖民與後現代	周英雄 劉紀蕙編	臺北市	麥田出版股份有限公司	2000. 4

反觀與重構：文學史的研究與寫作	錢理群	上海市	上海教育出版社	2000. 3
觀念的演進：20世紀中國文學史觀	魏崇新 王同坤	北京市	西苑出版社	2000. 3
主體建構政治與現代中國文學	譚國根	香港	牛津大學出版社	2000
1974~1949臺灣文學問題論議集	陳映真 曾健民編	臺北市	人間出版社	1999. 9
文學史的形成與建構	陳平原	廣西	廣西教育出版社	1999. 3
中國小説史學史長編	胡從經	香港	中華書局	1999. 1
小説史：理論與實踐	陳平原	臺北市	淑馨出版社	1998. 12
臺灣文學與本土化運動	陳昭瑛	臺北市	正中書局	1998. 4
中國現代文學史研究史論	許懷忠	廈門	廈門大學出版社	1997. 10
仲介臺灣．女人：後殖民女性觀點的臺灣閱讀	邱貴芬	臺北市	元尊文化企業股份有限公司	1997. 9
臺灣文學與「臺灣文學」	周慶華	臺北市	生智文化事業有限公司	1997. 8
主體思惟與文學史觀	朱德發	山東	山東教育出版社	1997. 6
書寫文學的過去：文學史的思考	陳國球 王宏志 陳清僑 編	臺北市	麥田出版股份有限司	1997. 3
臺灣文學發展現象：50年來臺灣文學研討會論文集（二）	文訊雜誌社	臺北市	行政院文化建設委員會	1996. 6
文學史方法論	鍾優民	吉林	時代文藝出版社	1996. 2
中國新文學史編纂史	黃修己	北京市	北京大學出版社	1995.5

中國文學史之宏觀	陳伯海	北京市	中國社會科學出版社	1995.12
臺灣文學探索	彭瑞金	臺北市	前衛出版社	1995.1
戰後臺灣文學反思	李敏勇	臺北市	自立晚報社文化出版部	1994. 6
文學史新方法論	王鐘陵	蘇州	蘇州大學出版社	1993. 8
中國現代文學史學科論	曾瑞慶	臺北市	智燕出版社	1990. 9
史學方法論	杜維運	臺北市	三民書局	1979. 2

參、

書名	作者	出版地	出版社	出版日期
臺灣意識與臺灣文化	黃俊傑	臺北市	正中書局	2000. 9
全球化：社會理論和全球化	羅蘭・羅伯森 著 梁光嚴譯	上海市	上海人民出版社	2000. 3
爭臺灣的主權 過去 現在 未來	楊新一	臺北市	胡氏圖書出版社	2000. 2
後殖民主義	陶東風	臺北市	揚智文化事業股份有限公司	2000. 2
東方主義	Said, E.著 傳大為等譯	臺北市	立緒文化事業有限公司	1999. 9
中國意識與臺灣意識論文集	夏潮基金會 編	臺北市	海峽兩岸學術出版社	1999. 6
後殖民主義文化理論	羅鋼、劉象愚 主編	北京市	中國社會科學出版社	1999. 4

全球化與後殖民批評	王寧、薛曉源	北京市	中央編譯出版社	1998.11
左翼臺灣：殖民地文學運動史論	陳芳明	臺北市	麥田出版股份有限公司	1998.10
逆寫帝國：後殖民文學的理論與實踐	Ashcroft, B.,Griffiths, G. & Tiffin H. 著 劉自荃譯	臺北市	駱駝出版社	1998. 6
當代文化論述：認同、差異、主體性	簡瑛瑛 主編	臺北市	立緒文化事業有限公司	1997.11
帝國主義與文學生產	李有成 編	臺北市	中央研究院歐美研究所	1997.10
文化民族主義	郭洪紀	臺北市	揚智文化事業股份有限公司	1997. 9
文明衝突與世界秩序的重建	Huntington, S. 著 黃裕美 譯	臺北市	聯經出版事業公司	1997. 9
身分認同與公共文化：文化研究論文集	陳清僑	香港	牛津大學出版社	1997
剪不斷臺灣情結	許永華	臺北市	前衛出版	1996. 1
臺灣新思維：國民主義	蕭全政	臺北市	時英出版社	1995.9
臺灣淪陷論文集	黃昭堂	臺北市	現代學術研究基金會	1994.11
臺灣結與中國結：罣丸理論與自立、共生的構圖	戴國煇	臺北市	遠流出版事業股份有限公司	1994. 5
當代文學的臺灣意識	張文智	臺北市	自立晚報社文化出版部	1993. 6

島國文化	陳偉	臺北市	揚智文化事業股份有限公司	1993. 1
中國意識與臺灣意識	黃國昌	臺北市	五南圖書出版有限公司	1992. 12
探索臺灣史觀	陳芳明	臺北市	自立晚報社文化出版部	1992. 9
發現臺灣（一六二〇～一九四五）上下兩冊	蕭綿綿 周慧菁編輯	臺北市	天下報導	1992. 2
追尋自我定位的臺灣	鄭欽仁	臺北市	稻鄉出版社	1991. 7
認識西洋現代文化	鄧元忠	臺北市	幼獅文化事業公司	1991. 1
臺灣人的歷史與意識	陳芳明	臺北市	敦理出版社	1988. 8
民族文學的再出發	故鄉出版社	臺北市	故鄉出版社	1979. 3

肆、

篇名	作者	出版地	出處	期數	時間	頁.版	備註
臺灣新文學史的建構與分期	陳芳明	臺北市	聯合文學	15卷，第10期，總期數178	1999. 8	頁162~173	
當代兒童文學	張炯 鄭紹基 樊駿主編	北京市	中國文學通史--第八卷.當代部份		1997. 9	頁3~163	華藝出版社

四十年來臺灣地區兒童讀物發展概況	邱各容	北京市	幼兒讀物研究	第9期	1989. 6	頁45~63	
四十年來臺灣地區兒童文學發展概況	邱各容	高雄市	文學界	28期	1989. 2	頁151~196	
中國兒童文學七十年	邱各容	臺北市	當代文學史料研究叢刊	第一輯	1987. 5	頁101~126	大呂出版社

（本文刊登於2001年5月《兒童文學學刊》第5期，頁6-42，臺東市，國立臺東師範學院。）

性別平等與兒童文學

壹、前言

國內性別平等運動自80年代肇始，隨著「性侵害犯罪防治法」和「兩性工作平等法」的通過頒行，繼來「兩性平等教育法」的立法推動，「兩性教育」亦納入九年一貫國民教育的議題之一，諸此在政策面果有長足，顯見政府對於性別議題的重視與努力。然而讓社會大眾對法令政策有一定程度的理解並不難，如何推行、怎樣落實到社會生活運作的各個層面卻亟待若干宣導性的教育舉措來配合，唯此才有實踐性別平等的可能；畢竟，「性別平等」的概念其建構起點是抗拒父權體制架構下男尊女卑的歧視與偏見，要抗拒的是一個涉及文化傳統而根深柢固的階級秩序；如果沒有適當的環境布置來醞釀議題的討論與溝通，且缺乏一定的時間來接受並適應秩序的轉變，那麼父權根本不可能釋放，控制只怕更加強烈。

性別平等運動從揭露不平等之現象開始，進而體認到教育才是避免歧視的根本之道，於是將焦點投向奠定基礎的校園環境。「性侵害犯罪防治法」就明訂中小學每學年必須實施至少四小時性侵害犯罪防治之相關教育。而「兩性平等教育法」亦將進行議題所需的環境提供一定的保障，重點在對於校園空間、課程安排、教材編寫及教師教學等方面，檢視有無性別歧視之現象，藉以促成實施性別平等教育之條件（註一）。教師在正式課程中使用制式教材進行教學當然是教導性別平等概念的方便管道，不過，學生尚透過非正式的潛在課程來認識社會認可的性別建構；課室內外所涉及的不僅是議論概念之異同，亦是個人性別認同的選擇與實踐。性別議題發生的場域並不止於校園課室師生之間，它廣泛整個世界。

我們透過大量的語言文字以及圖畫影像感官整個世界，這些語文圖像正影響我們參與世界的方式。視聽資訊傳播的發達，很早就教會兒童依照商業廣告所塑造的形象去消費符合大眾期望的事物，其中自然隱含文化、經濟、社會地位等系統其控制與階級差異，自然也包括性別差異。

進入學校之後，書本開始對兒童產生較大的影響。書籍是被用來教導社會議題框架的媒介，提供兒童便易學習文化、地誌、倫理及歷史的素養。在帶引兒童分享閱讀的過程中，社會參與、批判思考以及公民價值都一併被教入。至於性別差異，書籍同樣也透過插圖和語言的配置與運用，界定了何謂陽剛與陰柔的行為，為兒童提供了若干角色模式（role models）。

藉由學習角色模式來完成自我認同並無可議，可議的是僵化的角色模式對自我發展及適應變化的妨礙。所謂刻板印象即是被許多社會成員所堅持，對於某人某地某事物的概觀；是透過學習而獲致、在社會上受認可、對於個體加以類型化的一般信念。雖然通常不大正確，但卻廣泛流播被視為事實並且非常有力量。

就兒童文學相關領域來觀察，Peter Hunt 整理了一些既成迷思的概觀（註二），十分值得作為反思的起點：

女生比男生讀的多

女生讀的跟男生大不相同

閱讀模式與實踐是高度性別化的

> 很大多數從事兒童書刊出版的編輯人員是婦女
> 為兒童創作的女性作家實則已然多過男性作家
> 教小學被認定是女性專擅
> 很大多數研究兒童文學的大學生是女性
> 兒童文學主要的講師和教師是女性（高級職位往往為男性所掌握）
> 給兒童說故事和閱讀的大多是女性在擔任

性別顯然在這領域形成不容忽視的議題，Peter Hunt繼續為我們追問一些值得深究處理的關鍵問題：

> 女性的占大多數是否影響到了書籍出版？
> 果然如此，那麼如何影響；要是一點也沒影響到，那又是為什麼？
> 這會對我們親近這些書的方式造成任何差別嗎？

性別正是透過以臆想的行為、特徵及價值的刻板印象來界義的概念。兒童會學習與性別相關特定的行為及活動，然而性別卻是由支配大多權力的男性進而類別化，想而可見，在父權體制下的女性其地位必然低微。甚者，透過各式各樣性別再現的方式將這樣不平等的結構強化，順理成章便影響了兒童對於社會上性別適宜行為的態度和觀感。

性別刻板印象的習得是隨著成長而持續不斷、愈增愈複雜的歷程；同時它也被定義為一個具有一致性、固著不變的形象。看似悖論，卻不難說明：在性別認同的過程中，兒童要抉擇自己是男或女；其抉擇所憑藉的依據卻是所處社會背景認可的薄弱樣本，告訴兒童典型的男或女應該是什麼樣子。因此，兒童或毫不自覺便接受了社會標定的典型，努力使自己成為那種典型；或者根本與天性不合，在成為那種典型、符合大眾期望的過程中百般挫折。然而這個悖論並不是那麼難以瓦解，問題發生在每個人都讓自己處在只有單一性別可以認同的被動處境，忘了自己是一個主體，可以主動去認同性別多元的各種可能性。

文學裡的性別歧視時常難以察覺，以致它默不作聲就決定了男孩和女孩接受他們視見和閱讀世界的方式，因此增強了固著的性別形象；這種增強的形式容易讓兒童不去質疑既有的社會關係。然而，怎樣去鬆動性別歧視建構的僵化關係，讓兒童主體有機會去認同性別多元的可能實是成人責無旁貸，理應經營的方向。

正因為相信兒童會受其閱讀的事物影響，讀物呈現的內容才會備受成人的關注。涉及性、暴力等議題的書籍必然貼上「兒童不宜」的標籤，這種隔離的手段在傳播網絡發達的現代其實施展有限，無疑是反教育。閱讀之所以重要，是因為書卷開掩無法取代的思考與想像；閱讀的影響並不會將一個懂得思考而想像豐富的讀者定型，反而教會讀者理解各種形式的框架，教會讀者更具流動性。兒童既然是一個發展中的讀者，對閱讀技巧與文化具備經驗的成人讀者應有擔任階段性導覽的責任與義務。特別是藉由社會議題進行反思的閱讀，如何透過篩選讀物，便易互動良好的討論模式與空間的建置實有其必要。

徵諸前此，我們相信揀選有角色與性別刻板印象衝突的各式書籍以提供兒童重新檢視他們的性別依據和臆想，這些另類的角色模式適足以啟發他們培養更多元看待性別的態度。

貳、性別平等的追求

性別平等運動因婦女運動而興起，得女性主義而蓬勃，一直與整個世界思想潮流緊密互動，其本質就是抗拒被中心邊緣化的反殖民運動。因此，性別平等一方面固然是一種自覺的意識；另一方面也倚賴同一聯盟的不同論述來調整定位，譬如女性主義、後殖民論述或多元文化論述等等無不先後協助性別平等的推動。

女性主義思潮所及，對許多領域莫不造成影響。麗莎·波（Lissa Paul）（註三）簡扼歸納兒童文學受女性主義理論影響的三個面向：一、對於文本先前隱而未顯的詮釋的重新閱讀（Rereading）；二、對於被低估或忽視的文本再行評估而翻造重生（Reclaiming）；三、女性主義理論的方向改變（Redirection）同時也提供例如兒童文學等等被父權殖民社會邊緣化的文本一個發展的契機。

「重新閱讀」（Rereading）：以女性主義為視角的閱讀欲望來自對於構成優秀文學作品的若干意識型態之假設的不耐。凱特米·列特（Kate Millett）在《性的政治》裡說有關優秀文學的假想，是早就先入為主地認為成人白種男性是正常的，而很自然地就把其他人當作是離經叛道或者邊緣的。就因如此，讓女性主義者萌發批評的欲望，就是為了要看看女性文學的傳統和女性文化是否能因此顯見。藉由討論當代意識型態、解構和主體性的一些技巧，女性主義評論者開始看文本裡意識型態假想被操弄的方式，兒童文學自然也在女性主義演練操作之列。重新閱讀的操作方式是將文本重新詮釋、予以平反或再創作。重新詮釋（Reinterpretation）所講的是對一些既定文本重新勘查，以女性主義視角一方面揪出鬼祟進行批判；另一方面則從女性角色人物的觀點出發以不同的聲音（in different voice）來詮釋文本。譬如《小婦人》，原先被解讀成婦人女子在戰時後方全心全意支援沙場父兄；如今女性主義卻特別看重故事中姊妹情誼的相互扶持。又比如坎伯（Joseph Campbell）或榮格（C. G. Jung）所解說的「探索」（quest）故事都是以男孩為主角，目的在使男孩歷險之後脫胎換骨成為男人，所說的盡是「英雄」（hero）的故事，那麼有沒有「英雌」（heroine）的故事傳統呢？「英雌」探索的過程及目的會和「英雄」一樣嗎？這些問題都很清楚告訴我們：不是將主角換個性別，故事就會煥新，「英雌」故事絕不是男扮女裝就能充數。這種重新詮釋的方式對於這些具備傳統結構模式的故事其解構是非常顯著的，許多經典童話或民間傳說裡的女性角色都在重新詮釋的批評式閱讀中被喚醒，甚者，在改寫故事中獲得主體主動的權力地位（註四）。復權（Rehabilitation）是說許多被特定時空湮滅的女性作家在作品陸續出土之後，一部以作家作品繫連的女性文學史，一個女性的文學傳統於焉形成。隨之而有「雌性評論」（gynocriticism）的產生，係指與女性創作的文學其歷史、主題、文類以及結構有關的評論，側重「女性為文本意義的生產者」。這部分是專指作家在文學史上的地位的重新界定。過去被低估或錯估的女性作家，在女性主義視見下得到平反的機會。重新創作（Re-creation）則是受女性主義影響的作家在意識到自己複製父權敘事的書寫之後，對自己的作品進行改作或全新創作（註五）。

「翻造重生」（Reclaiming）：女性主義使許多久被忽視或被遺忘的作家作品出土，甚至進一步走出學術研究的領域到達閱讀市場，重新贏得讀者青睞。一些以女性主義作為視角編選的文集不僅顯見異於父權書寫的敘事，也提供我們自身關於性別的意識型態假想其形成的歷史脈絡，讓讀者思索何謂優秀文學，所謂經典又怎麼形成，這些都促成讀者閱讀視野的改觀。

「轉變方向」（Redirection）：西方女性運動到了60年代晚近開始有新的變化，女性主義者發現即便推動女性運動時間已久，仍舊被主流論述排拒被外緣化；因此，70年代起就不斷有自覺性高的團體發出要打入主流的輿論。可以察覺到女性主義研究在80年代轉為性別研究，更在90年代與後殖民及文化研究締盟，連成同一陣線。兒童文學評論亦步亦趨受其影響，不斷新變的論述路線同時也改變了文本的創作及其閱讀的方式。

女性主義研究從後殖民論述認識到政治權力和性別權力上演的劇碼極其類似，兩者都有強大的父權結構在支撐。藉此，女性主義得以剝除原本歐陸中心、中產階級的外觀，避免自身在推動性別平等運動時複製了父權政治打壓異己的本質。這個經驗也幫助兒童文學評論者或者從事兒童文化推動的工作者反思，思考成人中心在看待兒童時的一些盲點，例如兒童是天真未鑿的（primitive）這個童年假想。

後殖民論述說明了政治權力在對他者行使殖民主權時，慣用手段即是以保護他者為名，使其原始天真。而成人認為兒童是天真未鑿的這個假想，看待兒童就像原始雨林一樣須要保護，似乎沒有不妥之處；但是，也正因為這麼理直氣壯，導致許多箝制、檢查甚至滌清、禁治等等以「保護兒童」為名的劇碼上演。不可否認，長久以來兒童就是教育、心理學、圖書館或家政學的殖民對象，而這個「兒童／天真」的假想在各個學門的普遍存在更說明了殖民主權牢不可破的結構。標示許多兒童不宜的事物逕以保護兒童之名加以禁止，這就成為行使主權的標準程序。譬如死亡、暴力，當然也包括性，這些議題的認識一直遭到禁治，認為兒童還沒準備好或沒有能力去處理這些議題的說法，說穿了還是「兒童是天真無邪」的想法在作祟，為了維持天真無邪的狀態最好的方式就是讓兒童無知。

以兒童為對象（object）的論述也須要藉由後殖民論述剝除成人中心、知識掌控階級的外觀，思考以兒童為主體（subject）的建構。沒有不可碰觸的議題，如何進行議題的認識才是癥結所在。我們在以兒童為對象推行性別平等教育的方式上，就應該思考如何以兒童為主體來進行議題的認識，落實到讀物編選、閱讀導覽及課室教學等層面。

參、兒童文學中的性別議題

對於兒童讀物進行全面嚴密的檢查，姑且不論成效多大，幾乎所有的成人都不會有異議；畢竟，意識到兒童是有別於成人而屬性特別的一群，會臆想他們可能心智尚未成熟，會心生憐憫疼惜，這樣的童年發明與想像確實值得標舉，因為不是每個時代、任何地方都具備這樣的條件。但是，就正當性和合法性來看對童書的檢查制度（censorship），很明顯呈現的就是成人行使主控權的權力不平等關係。根據這一套制度（應該說，每個成人都有一套）運作所剩下來的東西，即符合主流價值（多是中產階級價值觀），成為唯一通行的價值判斷標準，順理成章成為對兒童進行殖民教化的利器。

不乏理論為我們演示如何透過教化殖民使這樣一套社會主流的價值標準被接受，社會學習理論（social learning theory）就告訴我們兒童會觀察他人行為，雖不致立即模仿，但卻學會留到記憶裡待後來派上用場。兒童時常向掌握權力者模仿，特別是自己的父母。不過模仿學習的途徑也未必就要經由周遭生活真人實事，以圖像示意或言辭表達，這些具象徵作用的模式也同樣能夠呈現效果，透過電視或其他傳播媒介，影響愈是無遠弗屆。兒童一旦表現被認可的適切行為便受褒獎進而得到正面的增強；反之，如果表現的行為得到懲罰、不被接受或者就只是不鼓勵，這都會讓兒童意識到負面評價去「修訂」自己的行為以期符合主流價值。這暗示兒童學習具典型的性別正是透過一連串對於表現「性別適切行為」與否的獎懲來增強而固著。

也有理論強調個體持續不斷變化的過程和社會歷程兩者相互作用，彼此影響。個人和社會要產生有意義的對談交流就是靠意義共有的符號，譬如語言；在對話時解讀彼此的態度和作為也是在這個基礎上來詮釋。因此，他人的態度在交流過程中就會在個體心裡漸漸形成社會態度，這個社會態度會影響「我」和他人及社會的關係。兒童在自我發展或者說剛開始社會化的過程，原本是無意識模仿周遭人物的舉止行為，之後會臆想這些人的角色，透過和其他人參與角色扮演進而獲得社會期望的梗概。一旦理解社會對角色的期望，兒童就能把別人期待的角色扮演好，而所謂的自我發展也才得以完整；男性或女性亦即在社會舞臺的基礎上的一種扮演，衣著扮相一舉一動無不是角色扮演成功與否的象徵。

從文化承傳的角度看來，每個文化自有其深植在社會各個層面的信念及臆想，遍及日常生活卻察而不覺、視而不見，並且透過社會化和文化深植的過程代代相承。要讓兒童習染文化就必須經歷兩個過程：一是讓個體每日的經驗透過社會正軌遵循文化對於什麼可以接受的概念；其次，個體一向是後設認知訊息（metamessage）的接受者，一些潛在的教學內容就教授了深植文化的期望和臆想。然而兒童並非一味只是受領者，同時也是參與者，兒童接受訊息也詮釋接受到的訊息。與其說文化是一門要被教授的課程，更或可說是要被一個主動建構意義的讀者所閱讀的文本。

概括而言，當前主流文化對性別比較盛行的說法有性別兩極論（gender polarization）、男性中心論以及生物本質論（biological essentialism）。兒童一旦接受性別兩極化的訊息就會開始用非女即男的二元觀點來看世界，就會相信對這個性別來說是適當的物事，對另一個性別而言就是不合宜的。男性中心論架構在不僅男女大不同，而且男性事實上比女性優越的主張底下；它會利用強調社會分工、宣揚文化傳統或遴薦楷模典範等等方式來例證或確認社會以男性為中心的建構方向。生物本質主義則用宣稱凡事皆源於性別之間生物差異的方式來合理化這些臆想。Kate Millett就指明：「只有在性的領域內，被壓迫者的處境直至今日還被解釋為她們的自然狀況；僅僅在這裡，生物學上的區別才繼續被用來解釋被剝奪者的地位」（頁349，《性的政治》）。

兒童不是生來就有性別刻板印象，他們必定是經由社會化才學習得來的。兒童模仿周遭的特定性別行為，因為獲得讚美或獎勵而重覆。同時也整合了他人的期望，並以此評估自我；來自父母、媒體和同儕的偌大影響力是顯而易見不可否認的。

藉助這些學說理論為檢視文本的基礎，許多分析童書中性別歧視現象的研究傾向關照三個面向：女性和男性人物的可見度（visibility）、語言的使用、角色及其行為。

無論是以固定年限為範圍隨機取樣，或者選擇獲獎作品進行分析，結果都告訴我們女性極度被忽視，不僅以女性為主角的童書在比例上遠低於以男性為主角的童書，甚且有很大比例的童書連女性人物都沒有。從計量的分析除了可以說明整個社會以男性為主體的建構方向之外，同時也可以藉由量的變化來觀察女性運動推行以來，童書的創作與出版的方向是否受到影響？然而量的計數並不能詳盡女性受忽視的其他面向，即便童書出現再多的女性角色人物，在數量上果真與男性角色人物相匹，然而盡把這些女性都描寫成溫順被動、宜室宜家、大門不邁的刻板印象又有何益？

女性的可見度當然不僅在量的增長上要關注，在職業、活動、個性、興趣等等可見、可想像的類型及模式的多樣化益加重要。

語言除了達成日常生活與他人的溝通及互動之外，同時也是傳播價值、觀念有效的工具。語言固然在某方面反映甚或增強了社會的主流價值，另一方面卻也是促成社會主流價值鬆動很好的媒介。這種兩面性顯然關於語言的使用之道，文學講究的也正是語言使用的藝術。以童書的文字語言使用來看性別歧視現象，通常檢視落在形容詞和述詞是否性別化的重點上。在透納．保克（Turner-Bowker）（1996）的相關研究裡用四個方向來檢視童書中描述男性和女性的形容詞：該形容詞具有的效力（potency）、該形容詞是被動或主動（activity）、該形容詞的屬性是負面或正面（evaluation）、該形容詞在刻板印象上是陽剛或陰柔（gender association）。結果並不意外，形容男性的言詞比起女性都要有力量的多，男性遠比女性主動，而且吻合陽剛的刻板印象；形容女性則多半是被動、陰柔，並且比男性正面的多。表面上正面的形容詞似乎比較好，但是就故事而言並不代表角色人物整體表現的評價，甚者，正面的形容詞還有可能侷限角色人物發展。比方故事說女主角一向「乖巧孝順、從不嬉鬧」，這些描述都很正面，但是卻完全符合父權社會的期望，並不利女性角色人物的多樣開展。

事實上語言並無性別屬性，是刻板印象將語言性別化。並不是多描述一些陰柔的男性，或者多給女性一些陽剛就能夠去除語言的性別刻板化；如果只是持續將語言用非男即女的極端二分法配對使用，而不是根據故事裡角色人物的個性及其遭遇的處境予以適情適性的描述，那麼性別刻板化的語言仍舊會持續成為社會主流的溝通與互動的工具。

除了「看見」女性，「描述」女性之外，更重要的恐怕是女性如何成為主體在故事裡「再現」。這方面的研究多半指出女性在角色扮演上缺乏故事形成典範，角色貧乏的結果就進一步導致刻板印象。比方故事若是提到醫生和護士，大部分故事都將男性再現為醫生，而女性再現為護士，因此我們持續接受男性專業而女性協助專業的敘述模式，很自然地，就算故事沒有講明醫生和護士的性別，我們也會臆想出一幅男尊女卑的性別刻板畫面。

設想女性如何再現為消防員、飛行員、等等一些專業、位高權重、主動救援又具備主導性的領導角色，不僅樹立典範，同時也如實揭示女性在當代日趨重要的地位。

以更多特定的職業或身份演出固然豐富女性形象，但是性別刻板印象運作的方式往往更細微，例如情節的推演鋪陳、角色人物的決定等等，讓作者最初也許有意突破傳統敘事，但是結果卻不由自主陷入窠臼。Tetenbaum and Pearson（1989）分析童書裡角色人物的道德決定及其性別的關係，顯示男性常被描述為具備正義感、對事物保持客觀態度且臨事果決的個體；而女性總是滿懷愛心，處事優柔寡斷。這表示社會對男性展現決策能力的期許，也顯見一般認為女性容易感情用事的刻板印象。值得注意的是，賦予女性溫柔婉約等等特質，這種正面屬性的形容詞其實很難抗拒；也正因此，越是把所謂的「女性特質」給本質化，甚至逕以生理本然合理化許多後天作為；於是，女性「天生」就適合這麼做或不能做什麼都有了正當合理的解釋。一旦敘事認為女性不擅長或無能力處理事情的時候，機會和權力就讓渡給了男性，而父權社會即循此模式增強並鞏固核心。

不是只有真實人物才能扮演性別角色，在兒童文學的領域裡由擬人化動物或非生物所傳遞的性別訊息恐怕更多、更潛隱不顯。Crabb and Bielawski（1994）曾經分析著名圖畫書裡角色人物的性別與人工製品的類型之間的關係。 人工製品被分為家事用品（處理家務的必需品）、生產用品（在外工作被使用的器具物品）、私人用品（非實用但對使用者有影響作用的物品）。而女性角色人物常與鍋碗瓢盆等家事用品一起被描繪，男性則多有機會使用生產用品；他們觀察到即使在女性運動影響下，男性使用家事用品的畫面變多了，可是女性使用生產用品的描繪卻仍舊罕少，這也暗示女性除了生育之外並不被寄望有其他創造生產的技藝和能力。至於諸如玩具等私人用品跟性別的關連顯然也會和社會主流價值相符，消費文化的產品設計和行銷策略正是藉反映社會主流價值以獲利的運作模式，因此，商品的顏色、形狀等等「定位」的依據莫不依賴刻板印象。從這個觀點看來，性別的定位似乎也符合流行的定律，一方面是由社會主流價值決定，但另一方面也會隨消費者的喜好及接受度而流動。

肆、童書與性別平等教育（教師選擇、教導、檢核表）

Jett-Simpson & Masland（1993）曾經要求一群小學生完成一個小女孩起初想要加入一個團體遊戲受到拒絕到最後才加入的故事。結果發現小學男生寫小女孩成功的原因是因為她自己的決定和充分的練習，而小學女生卻認為是團體裡男生的讓步才允許小女孩加入。這暗示女性覺得她們備受男性對手的支配與控制。這個在課室的實驗觀察同時告訴我們性別平等教育可以小從一個簡單的團體互動開始實踐，也提醒我們課室作為一個性別互動團體在實踐性別平等教育的關鍵地位。

在教科書開放民間編寫出版之後，不乏檢視教科書中性別議題的分析研究，果不其然仍舊充斥性別刻板印象，「非但未能反映社會變遷中性別角色與當今社會文化的現狀，以及人與人的關係，反而模糊扭曲這些事實與現狀」（註六）。教科書在升學競爭的社會環境下固然不是受歡迎的讀物，但不可否認確實最普及且最有力量，特別在形塑道德觀及價值判斷等層面，教科書所承載的很可能就形成國家社會整個世代共有的觀念。教科書的中庸立場對於不同議題或許無法面面俱到，但是隨著讀者（師生）主動的閱讀行為（不同類型的課室活動）卻能夠盡量周全。教科書所提供的文本僅是進行任何議題討論的起點，需要更多的引導、互動的配合以及相關讀物、資料的提供，如此才能進一步深廣議題。

理想來說，使用在課室的所有童書應該有完整的男性和女性圓型角色人物。然而，教師對他們使用的童書少有太多掌控，當他們選書時常受限於價廉、取得便易，或來自父母以及立意甚佳者的提議的時候。先且不論這些限制，採取積極步驟以確保促進各種性別之間性別平等的書籍的利用是有可能的。

主動尋求以積極面描繪女孩／女人為主動、有活力的角色的書籍，或尋求不以刻板印象的方式描繪單一性別的書籍或故事，都是極其可行的方式。教師可以在閱讀文本後，根據角色人物與情節內容簡易檢視文本是否性別中立：要描寫的是角色人物在故事裡被發展出來的多樣化個性，而不是性別；職業的類別和成就的高低不會因為性別而有不同考量或評價；一個人的穿著打扮是基於情節或功能的需要才描寫，而不是為了強調性別；角色人物在故事情境表現理性或感性，不會因為性別而有所限制；角色人物的用語應該視情節需要而設計，語言文字應無性別考量。諸如此外，教師還可以選擇具有反性別歧視者態度的書籍，例如可以幫助兒童辨識性別刻板印象訊息的女性主義文本；或者，併用傳統和非傳統的讀物來進行教學也可以激發關於性別在不同書籍中如何被描繪的討論。

然而，不管選了什麼類型的書，尊重兩性的訊息根本上應該被涵蓋在文本裡。重要的是避免對性別平等有反效果的書籍，所謂「過分詳盡地闡述論點即扼殺論點的闡述」，選用書籍就應避免教條。

在運用策略去辨識性別刻板印象並發展兒童彼此間性別平等的感受能力之前，教師應該自行釐清並調適自我的態度（Rudman, 1995），之後才有辦法使用一些建構式策略引導兒童變得有批判力：教師要有能力統整性分析隱藏在文本裡的性別假設；要有能力引發與角色人物描寫相關的問題；在閱讀活動進行的過程中能帶領兒童進行反思，譬如要求兒童倒置主角的性別，看看睡美人、白雪公主、灰姑娘或小紅帽讓男生擔綱，結局會有什麼不同？甚至就要他們自己編寫一個跟原版不同的故事；或者試著寫一個無明顯性別描寫的故事，要其他同伴猜猜看主角的性別，反過來也可以猜猜看故事作者的性別；在非單一性別團體中，兒童可以藉由非常性別化的議題中採用對立性別的觀點來討論文本。這些都可以誘發兒童培養自我的性別敏覺度。

對教師而言重要的是張貼誘發想法的問題，並且佈置便易學生意見交流的環境和氣氛，藉此以支持兒童的團體討論。設計不同的團體活動諸如戲劇、繪畫等等更能多方面達成促進性別覺察的目的，並探索更多議題所涵蓋的內容：尊重自己及他人、男女間的相似和差異、傳統和非傳統的性別角色、性別刻板印象以及男女間的友誼等等。大一點的學生甚至還可以進行調查，透過訪談以瞭解不同性別觀點，使他們自己敏覺於呈現在文本閱讀和現實生活中的性別議題。

Trites（1997）提醒我們在與兒童討論的時候，重要的是讓女性和男性的聲音都有效力，並且傾聽個別異議。教師須要瞭解許多孩子可能只對特定議題有性別刻板的態度；學生必須被容許做出與自己個性相符的選擇，而這是自己有資格去做的事。更重要的一點是：重新思考性別角色並非一蹴可幾，而是一個不斷繼續，一個流動的歷程。

今將Narahara, May（1998）有關「兒童文學裡的性別歧視」檢核表轉列如下：

1. 女孩是不是得到技藝和能力而不是美貌作為回報？
2. 是不是很寫實地看見母親在外工作的部分？
3. 母親的工作是不是除了行政和專門技術以外的工作？
4. 有沒有顯見父親在撫育小孩或花時間陪小孩？
5. 是否家庭所有成員都平等參與家務？
6. 是否男女都平等參與體能活動？
7. 是否男女角色人物都平等尊重彼此？
8. 男女是不是很明顯的都能獨當一面、聰明而勇敢……有能力面對他們自己的問題並且找到自己的解決之道？
9. 角色人物有沒有任何詆毀的、性別刻板的刻畫，例如「男孩是最棒的創造者」或「女孩傻瓜」？
10. 男女是不是都明顯擁有廣幅的情緒、感覺和反應？
11. 男性代名詞（比如說mankind, he）是不是用以指代所有人？

12. 女孩受重視的是否是因為成就，而不是她們的衣著或外型？
13. 非人類角色人物和他們的關係是否被以性別刻板擬人化（例如狗被寫成陽剛，貓則是陰柔）？
14. 女人和女孩是不是被描繪成溫順、被動而且亟待幫助？
15. 資料是否反映了女人在今日社會的情況和貢獻？
16. 女性在主流之外的其他文化是否適切被描述？
17. 諸如力量、同情、進取、溫情和勇氣等特質是否被視為人性而非性別特性？
18. 題材是否鼓勵男女看待自己是對一切福利和選擇有平等權利的人類？

伍、性別平等兒童文學作品編選的原則

檢視一本書是否構成性別議題，可以從作者對性別認同的態度考量起。並不是所有女性作家的創作都符合性別平等，在父權社會的書寫優勢下，女性往往不自覺複製刻板模式。因此，作者性別不能據以為鑑別文本性別平等之指標。作者對性別認同的態度遠比作者的生理性別重要，對於長期關注性別議題、對性別議題十分敏覺的個別創作者，其作品當然不容忽視；譬如女性主義者以鬆動僵化的性別角色模式為目的的創作，很明顯的就應該成為我們揀選的指標。

女性運動以降，促使諸多性別不平等的境況浮現，女性主義確實扭轉男性凝視的世界；然而性別平等並不全然等同於女性主體、女性特質的追求，性別平等應看作是持續不斷以抗拒既有性別建構為核心概念的運動。因此，作品敘事能夠顛覆性別刻板印象，甚而豐富性別想像，顯然該被標舉。「既有性別建構」是以男性為中心的建構，許多針對童書所做的性別分析研究都發現男性形象佔據了大量主要的童書。例如，Ernst（1995）做了一個童書標題的分析就發現出現的男性名字幾乎是女性名字的兩倍。她也發現即使書的標題有女性或性別中性的名字，事實上卻經常圍繞著男性角色人物。很多經典和受歡迎的故事裡即便不乏女性形象的描繪，但卻時常刻板化男性氣質和女性氣質角色的印象。如是性別刻板印象不僅顯露在一般通俗童書裡，甚且也出現在紐伯瑞及凱迪克獎獲勝者的作品中。童書常常把女孩描寫成被動而非積極，再現為甜美、樸實、溫順而依賴的形象；男孩則典型就是強壯、富冒險精神、獨立又有能力。男孩被賦予的角色常是打擊手、冒險者和救援者；女孩則位居被動角色，常是看護者、母親、需要被拯救的公主或者支援男性形象的角色人物。在故事裡的女孩時常需要別人的幫助才能夠達成她們的目標，男孩卻是因為他們展現了創造力和堅持不懈而功成名就。要是女性起初在故事裡被再現為積極、有主見，通常到了故事末了，她們會以被動的一面被描繪，譬如接受了男性的追求，以幸福快樂過一輩子的敘事將故事收尾。諸如此類無不顯示童書裡不僅女性的描繪比男性少，並且性別也更常以刻板印象的方式再現。鑑此，我們在篩選文本時傾向採取積極差別待遇的立場，盡量多選取以積極面描繪女性為主動、有活力的角色的書籍，希望透過這些抗拒既定敘事的角色，呈現女性角色模式更多經營的可能性。

性別平等一方面固然抗拒既有性別建構，另一方面也積極正面建構自我性別認同。以男性為中心的性別建構其實不只壓迫女性，同時也壓抑男性；女性被假定是軟弱而感性的，男性則強悍的只許理性。二元化的刻板印象同時限制住男女表達自我的自由，並且強制他們表現出合乎性別刻板假想的行為而不是最適合他們個性的行為。因此，假若文本在自我性別認同的過程有積極正面的敘述自是我們選擇的指標之一。

性別認同並不是衝突對立，無論是同性之間的姊妹情誼（sisterhood）、兄弟交盟（brotherhood），或者異性之間感情的發展交流，都應該是相互尊重、學習，具流動性的歷程。一個具有男性特質的女性如何與同儕姊妹或兄弟建立情感，一個具女性特質的男性又如何融入同儕團體，或者與相同特質的男性締結非傳統的交盟模式……這些透過作者想像而實踐的敘述都能增益我們理解性別平等的意涵，豐富（或者瓦解）我們對性別的想像。

事實上發生在校園裡的性別平等議題遠比文本所呈現的還要複雜，根據研究顯示，發生在校園主要的性別平等議題包括（註七）：女性瀕臨中途輟學、師生互動間的性別偏見、女性在數學和科學的參與及成就、選擇非傳統性別認定之職訓課程的學生、標準化測驗的性別偏見、學習型態的性別差異、少年男女懷孕及擔任親職、同儕性騷擾及熟識者強暴等等。然而文學文本並不是社會議題或社會現象的報導紀實，它處理社會議題，但更關心的是文本裡的角色人物如何面對所在環境所處問題；也正是這些文字情節的衝突與轉折，會讓讀者感同身受，開始檢視自己的立足點，甚而願意設身處地去理解他人的弱勢。然而同理弱勢，理解優勢與弱勢之間不平等的權力關係，再沒有事物能比閱讀文學更有力量，此亦即以文學為主編選性別平等讀物之緣由，簡要依據如示：

明顯以性別議題為目的的作品	係指作者敏覺於性別議題，例如女性主義者或同志運動參與者等意圖明顯的創作。
改寫性別刻板敘事模式的顛覆作品	係指針對已經存在的文本進行改寫，賦予時代新意的創作；特別是經典童話或民間傳說等傳統故事的重新詮釋。
豐富性別敘事模式的創新作品	係指作者在故事裡呈現男女角色人物的身份、地位及情節發展模式有異於刻板化的處理、設計。
以積極主動的女性形象為主角的作品	係指作品不僅以女性為主角，並且賦予主角非傳統刻板化的形象，能呈現女性主體價值的創作。
不以二元化性別刻板印象建構性別認同的作品	係指在建構自我性別認同的過程中能避免以強弱、尊卑等二元對立方式來認同性別的成長故事。
闡釋性別平等意識，豐富性別多元想像的作品	係指講述同性或異性同儕相彼此尊重相待，不以性別刻板印象相互傾軋的故事；譬如呈現姊妹情誼、團隊精神等不以團體傳統價值目標壓縮個體發展空間的故事。或者探索個體性向，呈現流動性之性別認同的故事；譬如同性戀、變性欲、雙性戀、扮裝癖等等被異性戀社會視為不正常被邊緣化的故事。

陸、結語

如前所提，性別平等運動其本質就是抗拒被中心邊緣化的反殖民運動。「去除以男性為中心的既有性別建構」就運動進程而言仍是初階，「實踐平等多元」才是推行運動臻至的理想境界，而這一段歷程卻沒有絕對「進步」的保證，就像逆水行舟，隨時都可能折返原點，重頭來過。性別平等運動若僅視為男女兩性之間的戰爭確是一種簡化，事實上，社會議題總是環環相扣，譬如一個受高等教育的白人異性戀男性和一個缺乏教育機會的黑人殘障女同志，兩者在同一個社會所呈現的優勢與弱勢的不平等關係，更或顯示性別議題不僅關乎男女、性取向或態度，也與種族、文化、階級息息相關。

進行性別平等教育是希望藉由性別議題的討論，讓每一個社會成員具備性別平等意識，對於各種形式的文本能夠進行反思性閱讀與批判；唯此，我們才能檢視自己的立足點，從容調整自己建構的性別想像，益加理解「中心」與「多元」的對位關係，而隨時有能力在反思過程中重頭來過。

公式化的類型故事總是不斷深化單一的社會價值觀，並無法在閱讀的過程中提供讀者差異觀點的衝撞。然而在多元文化的環境中，我們確實需要差異的觀點來讓我們有機會反思。倘若我們將閱讀兒童文學視為引領兒童瞭解當代社會議題的方式之一，就不免期待作家作品在敘事上要一反傳統價值觀的單一，要深廣課題的涵蓋面；也唯有如此，我們才能期待自己以及建構社會未來樣貌的兒童有實踐反思的能力。

附註：

註一：有關「兩性平等教育法」之立法緣起、進展及說明可參見蘇芊玲、沈美真、陳惠馨及謝小芩四人〈兩性平等教育法立法說明座談會〉

之記錄，載於《兩性平等教育學術研討會論文集》（杏陵基金會承辦，2001年11月19～21日）。

註二：Peter Hunt，'Gender'，*Children's Literature*（Oxford: Blackwell Publishers 2001）。頁278～280。本文引用〈性別〉之專文討論，這些迷思適足以檢視我們慣常以男女性別差異影響文學素養、閱讀實踐、創作出版或職業取向等等面向之廣幅脈絡。

註三：Lissa Paul，'From Sex-Role Stereotyping to Subjectivity：Feminist Criticism'，in Peter Hunt（ed.）*Understanding Children's Literature*（London: Routledge 1999）。頁112～123。

註四：例如〈紙袋公主〉就改變了英雄救美以及王子公主情投意合才算結局圓滿的敘事模式。又如Margaret Atwood以民間傳說故事〈藍鬍子〉為藍本創作以女性為主體的小說*Bluebeard's egg*（《藍鬍子的蛋》）。Angela Carter編選多本以女性主義視角而版本多元的童話故事選集*The Virago Book of Fairy Tales*, *The Second Virago Book of Fairy Tales*。

註五：譬如著名的科幻小說家Ursula Le Guin以男性為主角創作《地海三部曲》（1968～1972），在屢受女性評論者要求政治正確的影響下，亦不免以自身性別為起點，於十七年後出版以女性為主角的第四部曲*Tehanu*。

註六：黃婉君，〈國小新版國語科教科書性別意識形態之內容分析研究〉，1998年11月《兩性平等教育季刊》第五期「兩性平等教育的學理與實踐」，頁26～37。

註七：根據The Mid-Atlantic Equity Consortium, Inc. & The NETWORK, Inc. 在1993年9月發表 "Beyond Title IX: Gender Equity Issues in Schools" 顯示校園性別議題日益複雜，益須各個層面的資源整合才能處理。詳見http://www.maec.org。

參考書目

壹：中文

一、

Patricia Ticineto Clough著，夏傳位譯：女性主義思想欲望、權力及學術論述。臺北：巨流圖書有限公司，1998年1月。

王逢振著：女性主義。臺北：揚智文化事業股份有限公司，1995年2月。

林麗珊著：女性主義與兩性關係。臺北：文南圖書出版公司，2001年10月。

培利・諾德曼（Perry Nodelman）著，劉鳳芯譯：閱讀兒童文學的樂趣。臺北：天衛文化圖書有限公司，2000年1月。

張京媛主編：當代女性主義文學批評。北京：北京大學出版社，1992年1月。

陳曉蘭著：女性主義批評與文學詮釋。甘肅：敦煌文藝出版社，1999年12月

陶東風著：後殖民主義。臺北：揚智文化事業股份有限公司，2000年2月。

凱特・米利特（Kate Millett）著，鍾良明譯：性的政治。北京：社會科學文獻出版社，1999年1月。

羅瑞玉編著：性別角色態度量表之編製與常模建立之研究。屏東：國立屏東師範學院初等教育學系。2000年11月。

蘇芊玲著：兩性平等教育的本土發展與實踐。臺北：女書文化事業有限公司，1999年8月。

顧燕翎主編：女性主義理論與流派。臺北：女書文化事業有限公司，1996年9月。

二、

教育部：兩性平等教育季刊。1998年2月創刊。

黃婉君：國小新版國語科教科書性別意識形態之內容分析研究。兩性平等教育季刊第五期，1998年11月，頁26～37。

貳：英文

一、

Peter Hunt (ed.), *Understanding Children's Literature* (London: Routledge 1999)

Peter Hunt, *Children's Literature* (Oxford: Blackwell Publishers 2001)

Trites, R.S. (1997). Waking sleeping beauty: Feminist voices in children's novels. Iowa City: University of Iowa.

二、

Crabb, P. B. & D. Bielawski, "The Social Representation of Material Culture and Gender in Children's Books" *Sex Roles* 30(1/2): 69-79, 1994.

Davis, Albert J., "Sex-differentiated Behaviors in Nonsexist Picture Books" *Sex Roles* 11(1/2): 1-16, 1984.

Ernst, S. B. (1995). Gender issues in books for children and young adults. In S. Lehr (Ed.). *Battling dragons: Issues and controversy in children's literature*. (pp. 66-78). Portsmouth, NH: Heinemann.

Fox, M. (1993). Men who weep, boys who dance: The gender agenda between the lines in children's literature. *Language Arts*, 70 (2), 84-88.

Jett-Simpson & Masland, "Girls Are Not Dodo Birds! Exploring Gender Equity Issue in The Languages Arts Classroom " *Language Arts* 70: 104-108, 1993.

Lissa Paul, 'From Sex-Role Stereotyping to Subjectivity: Feminist Criticism', in Peter Hunt (ed.) *Understanding Children's Literature* (London: Routledge 1999).

Manjari Singh, "Gender Issues in Children's Literature", ERIC Clearinghouse on Reading, English, and Communication Digest #135, 1998.

Narahara, May, "Gender Bias in Children's Picture Books: A Look at Teachers' Choice of Literature" *Exit Project EDEL 570*, (University of California, Long Beach: 1998).

Narahara, May, "Gender Stereotypes in Children's Picture Books" *Exit Project EDEL 570*, (University of California, Long Beach: 1998).

Rudman, M. (1995). Children's Literature: An issues approach. (3rd edition).White Plains, NY: Longman.

Tetenbaum, T. J. & J. Pearson, "The Voices in Children's Literature:

The Impact of Gender on The Moral Decisions of Storybook Characters" *Sex Roles* 20(7/8): 381-395, 1989.

Turner-Bowker, Diane M., "Gender Stereotyped Descriptors in Children's Picture Books: Does " Curious Jane " Exist in The Literature?" Sex Roles 35(7/8): 461-488, 1996.

參：網站資料

The Mid-Atlantic Equity Center：http://www.maec.org。

教育部訓育委員會：http://www.edu.tw/displ/。

兩性教育平等網站：http://140. 111. 1. 41/gender/。

（本文與邱子寧合著刊登於2003年5月《兒童文學學刊》第9期，頁1～29，臺東市，國立臺東師範學院。寫作緣於主持教育部訓委會「性別平等教育優良讀物100」的編寫計畫，時間是2003年7月～2003年12月，其後結寫有兒童版、少年版各壹冊。）

海峽兩岸兒童文學的交流與研究

壹、前言

1949年以後，國共分治，臺海兩岸敵視對立。雖然，對臺灣而言，當時中國知識界渡海到臺灣來的很多，就兒童文學而言，可說是海峽兩岸兒童文工作者的第一次結合。但由於意識型態的分歧，致使海峽兩岸從此分道揚鑣，各自發展，幾無交集可言。

至1987年7月15日零時，臺灣政府宣布解除長達38年之久的「戒嚴令」，同年11月15日以後，同意臺灣民眾可以赴大陸探親，兩岸關係從此展開另一新頁，非官方的民間接觸，次第展開。政府並鼓勵民間多從事學術文化的交流活動，兒童文學界亦無法置外於這股交流的熱潮。

海峽兩岸兒童文學交流以來，亦已有近二十年的歷史，其間有交流、有合作，但過程並非順暢。個人自1996年負責籌設兒童文學研究所以來，即投入海峽兩岸兒童文學交流的實際與研究。其間，並有國科會專題研究計畫成果報告《海峽兩岸兒童文學交流之研究》，（計畫編號WSC87-2411-H-143-001，執行時間自1996年8月1日至1998年7月31日）。是以本文擬以個人及兒童文學研究所為例，試說明後半期海峽兩岸兒童文學交流的實際與現象。

貳、海峽兩岸兒童文學的交流的歷史

有關海峽兩岸兒童文學交流的論述成書者，除本人專題研究計畫成果書外；另有中華民國兒童文學學會的《（西元1987年－1998年）兩岸兒童文學交流回顧與展望專輯》（1998年10月）。

拙著《海峽兩岸兒童文學交流之研究》一書，計有正文陸章，表15，附錄6，其正文陸章附錄如下：

第壹章　緒論

　　第一節　前言

　　第二節　兒童文學的交流

　　第三節　研究方法與進行步驟

　　第四節　預期的成果

　　第五節　小結

第貳章　海峽兩岸兒童文學交流的概況

　　第一節　海峽兩岸兒童文學交流活動記事

　　第二節　大陸兒童文學作品在臺出版實錄

　　第三節　小結

第參章　海峽兩岸兒童文學交流現況

　　第一節　海峽兩岸兒童文學交流現況調查

　　第二節　訪談（洪志明執筆）

　　第三節　小結

第肆章　臺灣地區兒童文學從業人員對大陸童話在臺出版

品之反應初探（游鎮維撰）

第一節　前言

第二節　臺灣童話作家問卷結果及分析

第三節　國內出版公司童書總編輯訪談結果

第四節　小結

第伍章　文化中國——交流理論的架構

第一節　海峽兩岸互動的演變

第二節　兩岸交流的事實

第三節　兩岸文化交流的迷思

第四節　文化中國的意義

第五節　文化中國——交流理論的建構

第六節　小結

第陸章　結論與建議

《兩岸兒童文學流回顧與展望專輯》，除序文外，另有四部分，今將其四部分轉錄如下：

壹、座談會紀錄

一、兩岸兒童文學座談會

二、兩岸兒童文學交流之聞見思座談會

三、兩岸兒童文學交流回顧與展望座談會

引言

林良、沙永玲、林文寶、陳信元

貳、兩岸兒童文學交流感言

馬景賢、許建崑、洪志明、蔡清波、曾西霸、謝武

彰、余治瑩、徐守濤、方素珍、杜子

參、歷年討論兩岸兒童文學交流相關資料

李 潼、林 良、邱 傑、陳衛平、木 子、洪文瓊、帥崇義、邱各容、陳木城、周慧珠、沙永玲、陳月文、許建崑、曹正方、余治瑩

肆、附錄

- 海峽兩岸兒童文學交流活動記事
- 大陸兒童文學作品在臺出版書目
- 臺灣兒童文學作品在大陸出版書目
- 臺灣出版兩岸兒童文學相關論述書目
- 大陸兒童文學作家在臺灣得獎記錄
- 臺灣兒童文學作家在大陸得獎記錄
- 兩岸合辦兒童文學得獎記錄
- 交流活動照片

至於，個人致力於海峽兩岸兒童文學交流研究者，首推邱各容。

邱氏於1988年10月初，首度前往上海參加中國社科院和上海社科院合辦的「中華文學史料學學術研討會」，期間，結識豐子愷之女豐一吟、胡從經、洪汛濤、北師大朱金順等人。滬上之行，是開啟了海峽兩岸的兒童文學界從間接轉為直接的一扇窗口。邱氏返臺未久，即收到洪汛濤托人帶來的墨寶——「首航」，是祝福，也是期待。

邱氏在〈本是同根生，交流共此時〉一文中（見《兒童文學學刊》第6期上卷，頁222～246），曾以「搭起一座座交流的橋

樑」為標題，敘述兩岸兒童文學交流的過程。今以邱文為主，試簡述如下：

有關組織與組織的交流，始自「大陸兒童文學研究會」。該會係由林煥彰、謝武彰、陳木城、杜榮琛、陳信元等人發起籌組的。於1988年9月11日成立，以研究大陸兒童文學為主的臺灣兒童文學團體，成員大多為兒童詩的創作者。

該會成立第二年，即1989年8月11日～23日，林煥彰、謝武彰、陳木城、方素珍、杜榮琛、李潼、曾西霸等七人連袂前往大陸，在合肥（12～13日），上海師大（17日）、北京（21日）與大陸兒童文學工作者舉行三次的交流與座談，即是所謂的破冰之旅，首開海峽兩岸兒童文學交流的先鋒，成為臺灣對大陸兒童文學交流的重要窗口；同時，也是大陸了解臺灣兒童文學的跳板。因此，大陸兒童文學研究會的成立，以及該會會刊創刊，無形中具有積極的時代意義，對兩岸兒童文學的交流掀起了往後交流的高潮。邱氏稱之為建構兩岸兒童交流的第一座橋樑。

1989年，親親文化公司捐資成立「楊喚兒童文學獎」，該獎給獎對象為兒童文學創作品傑出者，或是對華文兒童文學有特殊貢獻者。從歷屆得獎名單（見邱文，頁231），可知該獎主要給獎對像是以大陸作家為主。文學獎有7次，特殊貢獻獎有9次，這是建構兩岸兒童文學交流的第二座橋樑。

民生報桂文亞小姐十餘年來，一直致力於促進華文兒童文學作品的出版和兩岸兒童文學的交流。無論是合辦徵文活動，作家作品討論，學術研討會，桂氏無不事必躬親，以力求盡善盡美。此外，民生報還數度邀請大陸兒童文學作家及學者來臺參觀訪問，活動內容豐富多元，有助相互了解與交流，這是建構兩岸兒童文學交流的第三座橋樑。

1996年東師兒文所一成立，即加入兩岸兒童文學交流的行列，讓交流的層面更寬廣、更多元。一方面於寒暑假帶領師生赴大陸各有兒童文學研究生的學校進行交流；一方面邀請大陸學者到兒文所作短期訪問教學，或參加學術研討會。

這是建構兩岸兒童文學交流的第四座橋樑。

兩岸兒童文學交流的實質和具體成果是出版。臺灣主要兒童讀物出版部大都有和大陸出版社合作的紀錄，這種合作出版是建構兩岸兒童文學交流的第五座橋樑。

隨著兩岸兒童文學交流的日益頻繁，對兩岸兒童文學作家作品也有更深入的認識和理解，並給予肯定與獎勵，十餘年來海峽兩岸兒童文學作家作品獲獎，是建構兩岸兒童文學交流的第六座橋樑。

邱氏在〈開花結果滿園香——1990年以來，臺灣兒童文學的發展〉（下）一文中，曾對兩岸交流有扼要的概括：

> 在兩岸兒童文學交流過程中，由林煥彰等成立的「大陸兒童文學研究會」（1988年），後來擴大成立「中國海峽兩岸兒童文學研究會」，居中扮演相當重要角色。而民生報少年文藝版主編桂文亞則在出版合作、徵獎徵文合辦、作家邀訪等方面的努力。他們的心血是值得肯定的，他們的熱忱是值得喝采的。
>
> 至於1996年獲准設立的國立臺東師院兒童文學研究所，更是國內兒童文學學術研究向上提升的指標。這所全國首創的兒童文學研究所意味著兒童文學的研究已經朝專業研究

的領域。首任所長林文寶教授，更因為長期從事兒童文學的學術研究與推廣，培養兒童文學理論研究的尖兵，在2000年的5月，連中三元，分別是文訊雜誌的「教育貢獻獎」、中國文藝協會的「兒童文學獎」（兒童文藝獎）、信誼幼兒文學獎的「特殊貢獻獎」。這份殊榮，反映出國內相關機構對林所長長期致力於兒童文學的貢獻和精神的肯定，對他個人而言，的確是實至名歸。（《全國新書資訊月刊》36期，頁10）

參、兒童文學研究所的交流活動

本節即以個人及兒童文學研究所為主軸，列表說明自1996年以來有關海峽兩岸兒童文學交流活動的現象與事實：

日期	活動內容	活動類別	主辦單位
1997年1月19日至29日	1. 由東師語教系與兒文所籌備處共同籌組至大陸從事兒童文學交流活動，其間曾拜訪西南師範大學王泉根教授及參訪金華浙江師範大學兒童文學研究所。	參訪	⊙臺東師院語教系 ⊙兒文所籌備處
1998年3月12日至4月1日	1. 重慶市西南師範大學王泉根教授應東師兒文所邀請來臺作短期訪問。	參訪	⊙臺東師院

1998年3月12日至4月1日	2. 3月14日-17日王泉根教授於臺東師院兒文所作短期密集授課一學分，科目：「大陸兒童文學研究」，除對東師學生作專題演講、兒文所學生專題討論並與教師作討論對談、參加「臺灣地區（1945年以來）現代童話學術研討會」，又與相關民間團體、媒體合辦演講及座談。	短期授課	⊙臺東師院 ▲依行政院國家科學委員會「補助邀請大陸地區重要科技人士來臺短期訪問」辦法辦理。
	3. 3月12日晚上與臺北市出版商業同業公會，《出版界》雜誌主編楊月素、林武憲、邱各容等會談兩岸兒童文學創作與出版。	座談會	
	4. 3月19日上午由林文寶教授陪同拜訪板橋國民學校教師研習會。	參訪	
	5. 3月20日拜訪毛毛蟲兒童哲學基金會。	參訪	
	6. 3月21日參加「1997年度最佳少兒讀物獎」頒獎典禮，並參觀臺北市立圖書館總館。	參訪	
	7. 3月22日-23日「參加1998年海峽兩岸兒童文學童話研討會」。	研討會	
1998年3月20日至31日	1. 中國海峽兩岸兒童文學研究會與聯合報文教基金會共同主辦「1998年海峽兩岸童話研討會」，與會學者、作家有湯銳、方衛平、王泉根、金燕玉、孫建江、葛競、趙冰波、張秋生。	研討會	⊙中國海峽兩岸兒童文學研究會 ⊙聯合報文教基金會

1998年3月20日至31日	2. 3月22、23日於聯合報大樓舉行「1998年海峽兩岸兒童文學童話研究會」。	研討會	⊙聯合報文教基金會 ⊙臺東師院
	3. 3月26、27日，大陸與會學者作家參與東師兒文所「臺灣地區（1945年以來）現代童話學術研討會」。	研討會	⊙臺東師院
1999年6月9日至20日	1. 大陸學者班馬、韋伶、方衛平教授應聯合報文教基金會邀請來臺參訪與研究。	參訪	⊙聯合報文教基金會
	2. 班馬、韋伶於6月6-12日，方衛平教授於6月14-20日，至臺東師院兒文所作短期授課一學分，科目：大陸當代文學理論與作品。	短期授課	⊙臺東師院
1999年8月31日至9月12日	1. 臺東師院校長方榮爵率兒文所與本校同仁及師生至北京師範大學、東北師範大學、瀋陽師範學院，進行兒童文學學術參觀、訪問。	參訪	⊙臺東師院 ▲經教育部同意學校編列89學年度派員赴大陸經費83萬7千元本次費用45萬元 ▲行政院文化建設委員會補助3萬元。
	2. 9月1-2日參加北京師範大學「首屆海峽兩岸兒童文學教學研討會」，兒文所並出版《臺灣‧兒童‧文學》一書。	研討會	
1999年8月31日至9月12日	3. 9月9日參訪長春東北師範大學中文系。	參訪	
	4. 9月11日參訪瀋陽師範學院中文系。	參訪	

2000年2月10日至2月23日	1. 臺東師院校長方榮爵率兒文所師生與本校同仁及大學院校兒童文學教師至廣州師範大學、浙江師範大學、上海師範學院，進行兒童文學學術參觀、訪問，並出版《交流與對話》一書。	參訪	⊙臺東師院 ▲經教育部同意學校編列經費38萬7千元。 ▲中華發展基金管理理委員會15萬元。 ▲翰林文教基金會5萬元，印製《交流與對話》。
	2. 2月11日參訪廣州師範學院中文系。	參訪	
	3. 2月13日參訪金華浙江師範大學中文系兒童文學研究所。	參訪	
	4. 2月20日參訪上海師範大學中文系兒童文學研究所。	參訪	
2000年7月5日至25日	1. 大陸學者至臺東師院兒文所暑期部作短期授課。 朱自強開設「幻想文學研究」二學分課程、梅子涵開設「大陸新時期小說」二學分課程。	短期授課	⊙臺東師院
	2. 7月23日於國語日報舉行「兩岸兒童文學創作趨勢座談會」，與會人士有蔣竹君、林良、楊孝濚、馬景賢、許建崑、張子樟、朱自強、梅子涵等。	座談會	⊙臺東師院 ⊙國語日報 ⊙中華民國兒童文學學會
2001年2月2日至13日	1. 臺東師院兒文所所長帶領暑期部、夜間部在職進修專班學生至大陸北京師範大學、東北師院大學參觀與教學。	遊學	⊙臺東師院

2001年2月2日至13日	2. 2月5日拜訪參觀北京師範大學中文系。	參訪	
	3. 2月7-9日於長春東北師範大學進行3天的教學，科目：中國兒童文學的歷史演進及現狀。授課教授：馬　力－童話研究 朱自強－兒童小說研究 高雲鵬－兒歌、兒童詩研究。	短期授課	
2001年11月2日至4日	1. 臺東師院舉辦「華文世界兒童文學學術研討會」，邀請鄭師渠、潘明珠、林阿綿、楊熾均、劉鳳鸞、秦文君、束沛德、馬力、李學斌、王泉根、王林等大陸香港專家學者進行論文發表、討論，並舉行「海峽兩岸三地兒童文學交流」及「華文世界兒童文學的未來」座談會。	研討會座談會	⊙臺東師院
2002年1月22日至2月1日	1. 臺東師院兒文所所長帶領在暑期部、夜間部在職進修專班學生至大陸浙江師範大學、上海師範大學，以及浙江少兒出版社、上海少年報參觀訪問與教學，科目：大陸兒童文學的發展與現況。	遊學參訪短期授課	⊙臺東師院
	2. 1月23-24日於金華浙江師範大學進行參訪遊學，授課教授： 蔣　風－大陸童詩教學 方衛平－無序時代的文學想像 黃雲生－動物小說創作現象的觀察與思考（以沈石溪作品為例）	短期授課	

2002年1月22日至2月1日	3. 1月26日參訪浙江少兒出版社。	參訪	
	4. 1月29-30日於上海師範大學遊學，授課教授： 梅子涵－兒童文學經典閱讀 彭 懿－幻想文學 劉緒源－兒童文學三大母體	短期授課	
	5. 1月31日參訪上海少兒出版社。	參訪	
2002年4月20日至28日	1. 華中師範大學文學院張永健、邱紫華、王匯等教授、崔玉平（遼寧少兒出版社編輯）等人為蒐集臺灣兒童文學創作與理論來臺參訪臺東師院兒文所，並南下訪問參訪高雄師範大學及大海洋詩社。	研究與交流	⊙臺東師院
2002年5月29日至6月4日	1. 臺東師院兒文所所長帶領同仁及本所師生參訪瀋陽師範大學、北京師範大學，並與瀋陽師大商討舉辦20世紀「兒童90年代兩岸童話研究學術研討會」。	研討會	⊙臺東師院
2002年6月7日至12日	1. 秦文君應九歌文教基金會邀請來臺參訪。	參訪	⊙九歌文教基金會
	2. 6月8日參加於市立圖書館舉行的「臺灣少年小說學術研討會」。	研討會	⊙臺東師院
	3. 6月10-11日參訪臺東師院兒文所。	參訪	⊙九歌文教基金會 ⊙臺東師院
2002年7月5日至8月	1. 大陸學者至臺東師院兒文所暑期部作短期授課，方衛平教授「兒童文學史理論研究」二學分課程，梅子涵教授「兒童文學寫作藝術」二學分課程。	短期授課	⊙臺東師院

2002年7月5日至8月	2. 7月25-26日兩學者參加於國家圖書館舉行的「安徒生童話之學術表現及影響學術研討會」。	研討會	⊙青林國際出版有限公司 ⊙臺東師院
	3. 7月27日於聯合報會議室舉行「2002年海峽兩岸兒童文學教流座談會」，與會人員方衛平、梅子涵、林良、馬景賢、林文寶、張子樟、桂文亞等。	座談會	⊙臺東師院 ⊙聯合報文教基金會
2002年8月22日至28日	1. 校長率系所主管做武漢三峽重慶七日行。	參訪	⊙臺東師院
	2. 8月22日拜會武漢、華中師範大學。	參訪	
	3. 8月27日拜會西南師範大學。	參訪	
	4. 8月27日下午個人去拜會重慶師範學院中文系西部兒童文學研究所。	參訪	
2002年10月11日至16日	1. 北京師範大學教授曹文軒、東北師範大學文學院副院長朱自強應社團法人臺中市國語文研究學會邀請， 12日在東海大學於省政府研究大樓國際會議廳參加91年度「海峽兩岸當代兒童文學研討會」，並於晚上七時在臺中長榮桂冠酒店視聽會議室舉行「兒童文學創作座談會」。	研討會	⊙社團法人臺中市國語文研究學會
	2. 10月14日由民生報於臺北舉行曹文軒新書發表會，書名《感動-曹文軒的小說世界》。	座談會	⊙聯合報文教基金會
	3. 10月15日大陸學者曹文軒、朱自強教授至臺東師院兒文所進行專題演講。	演講	⊙臺東師院

2002年10月	1. 中華發展基金會91年度第三期獎助大陸地區研究生來臺申請案，同意北京師範大學兒童文學博士生王林來臺研究二個月，並支付來回機票等七項費用。	研究	⊙王林因故未能成行
2002年11月1日至3日至5日	1. 11月1-3日由臺東師院兒文所舉辦「兒童文學與兒童文化學術研討會」，邀請邱士龍、彭斯遠、盧曉莉等大陸專家學者參加研討會。	研討會	⊙臺東師院
	2. 11月4日由臺東師院兒文所與民生報合辦座談會，邀請邱士龍、彭斯遠、盧曉莉、楊熾均、霍玉英與臺灣出版從業者進行座談。	座談會	⊙臺東師院 ⊙聯合報文教基金會
	3. 11月5日由臺東師院兒文所帶領邱士龍、彭斯遠、盧曉莉等學者參訪國語日報及中華民國兒童文學學會。	參訪	⊙臺東師院
2002年9月25日至11月8日	1. 臺東師院兒文所杜明城老師至大陸交流、授課、參訪。	授課 參訪	
	2. 9月25日抵達北京，至北京師範大學與研究生王林、澳洲Macquarie University文學院院長John Stephens會面，進行兒童文學三邊的學術交流活動，並邀請John Stephens教授於2003年5月至臺東師院作短期講學、授課。	交流	

2002年9月25日至11月8日	3. 9月25日至10月7日於北師大做短期授課與講座，日期及講題如下： 第一講 9/25「文學社會學的教育想像」 第二講 9/28「通識教育與兒童文學」 第三講 10/7「飲食、男女、鬼神與意識型態」 第四講 10/8「希臘、啟蒙、浪漫主義與童年的概念」	授課交流	
	4. 10月9日-10日與張嘉驊同行至京華浙師大，並與浙江少兒社孫建江會晤，交換海峽兩岸當地出版與研究的方向。	參訪	
	5. 10月12日-25日至金華浙江師大拜訪方衛平所長，並與蔣風、周曉波會談。	參訪	
	6. 10月13日起於浙師大進行四場專題演講： 第一講 「從制度面談兒童文學的研究」 第二講 「從Plato 到Postman：兼談童年概念的發展」 第三講 同上 第四講 「意識型態在古典文學與影像媒體中的呈現」	短期授課	
	7. 10月25日至上海拜訪前瀋陽師大中文系系主任趙慧萍教授（目前於復旦大學進修）。	參訪	
	8. 10月28日至上海師大拜訪梅子涵教授，並與學生對談講座。	參訪交流	

2003年1月21日至1月31日	1. 臺東師院兒文所所長帶領日間班、暑期部、夜間部學生至大陸瀋陽師範大學、北京大學，以及中國人民教育出版社、中國少年兒童新聞出版社、參觀訪問與教學，授課科目：大陸兒童文學的發展與現況。	遊學參訪座談交流	⊙臺東師院
	2. 1月24、25日與瀋陽師範大學、東北師範大學碩士生舉行「20世紀90年代兩岸童話研究研討會」。24日上午由東北師範大學研究生主講，下午由瀋陽師範大學研究生主講。	研討會	
	3. 1月25日將場地移至市區繼續討論，由本校研究生主講。下午由遼寧省作家協會主辦「海峽兩岸兒童文學交流研討會」，參加者有遼寧省兒童文學學者、作家、教師、和三校研究生。	座談會	
	4. 1月27日上午於北京大學中文系與北京作家座談，與會作家有：曹文軒、金波、樊發稼、葛競、湯鋭、林阿綿、李玲、楊鵬、張之路、孫幼軍等。	座談交流	
	5. 1月27日下午拜訪北京人民教育出版社，並舉行「兩岸教科書編輯座談會」。	參訪座談	
	6. 1月28日上午參訪中國少年兒童新聞出版、中國少年報、中國少年兒童出版社。	參訪	

2004年1月27日至2月7日	1. 1月28日參訪昆明師專兒童文學研究所兒文所副教授王昆建女士演講雲南兒文作品特色與會者：吳然、韋葦、鍾寬洪、王昆建、康復昆、李晉德、林莉、張祖渠。		
	2. 1月31日拜訪浙江師大兒童文學研究所吳其南講授安徒生研究與會者：管家琪、方衛平、蔣風、程麗萍。		
	3. 2月4日拜訪,上海師大兒童文學研究所彭懿講授宮澤賢治的童話文匯報劉總編講授兒童文學的三個母題參與座談者：、梅子涵、沈石溪、唐兵、劉緒匯、彭懿。		
2004年5月10日至5月30日	1. 應浙江師範大學校長徐輝邀請作短期交流和研究。期間，除對浙江師大研究生作兩場演講與兩場對談外，並參與應屆五位碩士答辯，且拜訪了上海師大梅子涵教授；另參加了桂林書展中《新語文讀本》農村版發表會。又拜訪北師大王泉根教授，參與應屆三位博士答辯。		
2004年9月4日至9月22日	1. 9月4日至9月11日由校長;帶隊與浙師大進行兩天交流與學術研討會。		
	2. 9月8日參訪浙江大學。		
	3. 9月13日個人至華中師大拜訪張永健教授，並作兩場專題演講。		

	4. 9月18至21日參加揚州市教育局主辦「第一屆中國兒童閱讀教育論壇暨新母語兒童閱讀教育研討會」，並於21日下午作一場專題演講。		
	5. 21日晚上於南京拜訪南京師大劉曉東教授。		

肆、兩岸交流的迷思

有關兩岸兒童文學界的交流，邱氏在〈開花結果滿園香－1990年以來，臺灣兒童的發展〉（下）一文中，則頗為樂觀，且多給予正面的肯定，邱氏云：

> 政府自1987年年底正式開放探親以來，兩岸兒童文學界的交流，日趨多元。從早期的單向參訪到現在的雙向交流；從個人的定點訪問到團體的全面交流；從個人單向的參加兒童文學獎徵獎到共同主辦徵文活動；從個人作品的出版到作家作品的討論會；從作家單一作品的出版到一作家作品以全集形式的問世；從早期僅從作家作品的書面閱讀到實地作實質的訪問。從作家作品的討論到專題式的學術研討；從出版社的邀訪到兒童雜誌媒體的參訪；可以說是兩岸兒童文學的交流是漸進式的，是全方位的。（頁9）

其實，兩岸兒童文學的交流，仍是有許多問題，而這些問題則是屬於兩岸文化交流的迷思，這種的迷思，根本上即是政治、統獨與意識型態的角力。

兩岸的統或獨是條長遠的路，而兩岸對談，也是個複雜而敏感的話題。

1995年，伴隨著李登輝總統的訪美，臺灣要求加入聯合國，中共針對臺灣發射導彈及進行大規模海上軍事演習，使臺海兩岸陷入空前的谷底。

大陸對1996年3月的臺灣大選，抱有深刻的擔憂，無論誰當選，都可能導致或慢或快的臺獨進程。為了影響這次選舉，大陸接二連三的在臺灣海峽進行軍事演習，亦即是所謂的文攻武嚇。結果不僅並沒有改變選舉的結果，且讓兩岸關係雪上加霜。

1997年7月1日，香港回歸中國，所謂一國兩制維持五十年不變。然而，在臺灣選舉期間，美國航空母艦突然出現在臺灣海峽，又臺灣在國發會的共識，以及六、七月的修憲。是以在世紀之交的海峽兩岸，呈現出「死胡同」狀態。

這種死胡同狀態，表現在如下方面：

1. 雙方的試探都達到極點。
2. 怕的說不怕，急的說不急。
3. 口中說和平，鼻孔吐硝煙。
4. 既悲觀失望，得過且過，又沈於幻想，寄託僥倖。（詳見王兆軍《兩岸啟示錄》，頁2～6）

以上四項矛盾的現象，構成兩岸的關係的現況，而後民進黨執政，這種矛盾的現象則更形撲朔迷離。

文化交流是維持兩岸良性互動、化解敵意對峙的良方。但因兩岸隔絕將近四十年，長期不相往來，造成政、經社會體制及意識型態、價值觀念等嚴重的差異。在兩岸敵意未除之前，所謂文化的交流，臺灣首先要考慮人民的安全福祉，因而特別重視開放交流的對象、過程與目的。是以目前的文化交流仍停留在近程的民間交流階段。而大陸對臺灣文化交流策略，則有下列幾個特徵：

1. 以泛政治化心態，推展各項交流活動。
2. 預設立場。
3. 運用新聞媒介擴大對臺宣傳工作。
4. 重視其幹部的涉臺教育，以鞏固心理戰線。（詳見《兩岸文化交流理念、歷程與展望》，頁55～57）

綜觀十年來兩岸文化交流相對應措施的比較分析，有下列三點可供參考：

1. 就文化規範與制度而言，兩岸有極大的差異性。
2. 文教官員的互訪開放尺度，影響兩岸實質的交流活動。
3. 兩岸對於人員及物品交流活動，亦各有所限制。（同上，57～59）

總之，兩岸文化交流雖趨頻繁，但衝突的現象未見緩和，在交流的過程中，仍有相當程度的障礙和困難亟待克服。其犖犖大者：

1. 中共泛政治化作為。

2. 兩岸資訊交流失衡。

3. 兩岸交流廣度與深度均顯不足。

4. 兩岸交流民間力量不對等。（同上，頁119～121）

就以兒童文學交流而言，種種的障礙和困難仍屬存在。其中，1999年8月在臺北市舉辦的第五屆亞洲兒童文學大會，大陸的學者，作家皆未能入境，而2002年8月在大連所舉行的第六屆大會，臺灣的學者、作家亦遭遇杯葛，致使放棄參加。

以下謹就學術觀點略述兩岸兒童文學交流的困境。

首先，我們不得不承認兩岸確實有許多基本的差異，甚至形塑不同的社會與文化。沈清松在〈兩岸文化交流的現況與展望〉一文中，認為兩岸在文化上大致可歸納出三點最基本的差異：區域性的差異、雙方在現代化步調上的差異、政經框架的差異（詳見《文化與視野的反省》，頁181～189）。期間，尤其是政經框架的差異，更是兩岸文化差異的關鍵所在。

大陸地區有關兒童文學的學術研究或機構，頗異於臺灣地區，「兒童文學」在大陸的高教裡，它是歸屬於中文系的「現、當代文學學門」中，或寄生，或明列為專業的一個研究方向。它沒有獨立的兒童文學碩士，基本上它是屬於三級學科，專任教師只有一、二位。目前，大陸地區有兒童文學的研究所者如下：

1. 浙江師範學院於1978年成立兒童文學研究室，1979年招收兒童文學碩士研究生。1982年吳其南首先完成學業取得碩士，

1985年2月浙江師範學院改為浙江師範大學。

2. 北京師範大學中文系於1955年成立兒童文學教研室，由穆木天主持。1984年開始招收兒童文學專業碩士研究生。負責教授穆木天後有蒲漫汀、張美妮，今為王泉根。北師大於2001年5月招收博士生。

3. 長春東北師範大學，有朱自強（現為副院長），有碩士生，2002年招收博士生。

4. 上海師範大學，有兒童文學研究生，2002年招有博士生，由梅子涵負責。

5. 瀋陽師範大學，有馬力，目前有碩士生。

6. 重慶師範學院中文系「西部兒童文學研究所」，由彭斯遠負責。

7. 吉林延邊大學朝鮮、韓國研究中心兒童文學研究所，於1997年3月成立，所長金萬石。

8. 原廣州師範學院（現為廣州大學），有兒童文學研究所之名。但無研究生之實。

9. 昆明師專民族兒童文學研究所，無研究生，所長李晉德。

10. 重慶西南師範大學，因王泉根離去而終止。

基本上各校研究所軟、硬體設備皆嫌不足，亦皆不足做為兩岸兒童文學交流的對等窗口。目前，較為可行的作法是個別交流，且由我方採主動出擊。

伍、「文化中國」的交流理論

兩岸交流，雖有諸多矛盾的現象，亦有困境。解決之道，或許可將意識型態、統獨、國家定位等爭議放兩邊，而以「文化中國」做為切入點的交流理論。

有關「文化中國」的相關論述，拙著《海峽兩岸兒童文學交流之研究》中，已有詳實的分析（詳見第伍章〈文化中國－交流理論的架構〉，頁126～171）

把「文化中國」視為正面積極的「文化出擊」政策，且是海峽兩岸文化交流的原則指導，自當首推傅偉勳其人（同上，頁159～162）。

何以「文化中國」能作為兩岸兩岸文化交流的原則？或交流之理論？

文化是人類傳達與溝通訊息的體系，透過文化交流可以增強彼此的認識與了解，並具有培養互信建立共識，促成文化融合彌平岐異的功能。是以錢穆曾說：「一切問題由文化問題產生，一切問題由文化問題解決。」（註一）英國文化人類學者李奇（Edmund Leach）在《文化與交流》一書中，認為文化是人類傳達與溝通訊息的體系，而解讀文化現象所傳達的信息密碼其意義，則為人類學家最重要的任務。又美國哈佛大學教授亨廷頓（Samuel P. Huntington）似乎更強調文化的衝突面，他於1993年發表〈文化的衝突〉一文，認為未來新世界衝突的根本源頭，不會出於意識型態，也不會出於經濟。人類的大分裂以及衝突的主要源頭在於文化，國際事務當中最有力的行為者依然是民族國家，但是國際間的重大衝突，會發生在隸屬不同文化體系的國家與群體之間。文化與文化的衝突會主導未來的全球政治，而文化與文化之間的斷層線，會是未來的主戰場。本文的結論雖受批評責難，但亨氏所指宗教信仰和文化價值觀論為衝突的關鍵之見解，確極具啟發意義，並為傳統的「經濟利益」與「政治權利」衝突增添新義。（註二）

一般而言，所謂「文化交流」是指兩個異質文化之間的互動歷程，並常利用跨文化比較的研究方法，思考種族與文化的差異。然而，臺灣與大陸基本上都屬於一個同質的文化，兩岸在中華文化大傳統之下，已形成了差異，因此，兩岸文化交流應可視為中華文化在不同空間、時間、制度差異之間的一種溝通歷程。且兩岸領導階層與海內外學者亦皆已有繼承和發揚中華文化的共識。尤其臺灣地區，歷來以維護及發揚固有文化為職志，也主張以文化作為兩岸交流的基礎，提升共存共榮的民族情感，培養相互珍惜的兄弟情懷。在浩瀚的文化領域裡，兩岸應加強各項交流的廣度與深度。因此，以中華文化或「文化中國」為基礎增進兩岸文化交流，似已成為彼此間的共識與期待。

兩岸的文化交流，實質上是透過接觸、溝通和交流，增進彼此的認識與了解，學習對不同文化和意見的尊重，亦即是中國文化和現代相互接引的過程。在交流的理論裡，其基本的起點和立足處皆在於中國文化。而所謂的「文化中國」之理念，足以統合當前諸多紛擾的、片面的、狀況的；政治中國的分裂、經濟中國的多樣，皆可統合於「文化中國」這一理念之下。以「文化中國」作為統合點與可行途徑的指引，似不失為一可行之道。在以

「文化中國」作為交流的理論或原則指導的交流過程中，仍會有面臨文化衝突與價值選擇的問題，在〈海峽兩岸文化交流的歷程與展望中——文化衝突與價值選擇的省思〉研究報告中，認為最合乎現代社會思潮與人民實際需求的交流模式應含蓋三個不同的面向，以下試以該報告依次說明：（註三）

一、就兩岸文化交流的理念：

（1）正統史觀的剖析與反省：

歷史文化應以人民為主體，若一味堅持「正統論」，或從歷史上的分與合強調統一的必然性，則亦形成政治一元論、文化一元論、及我族中心主義的偏差。正統史觀為專制王朝尋求政權合法的基礎，是一不合時宜的歷史意識，對內將導致國民在意識上發生國家認同的危機，對外則外交失敗，國格喪失，甚至國家缺乏安全保障。因此，兩岸文化交流的過程中，應避免陷入正統史觀的糾葛與競爭。

（2）民族主義的詮釋與適用：

中國是一個多民族國家，各民族應該一律平等。「漢民族中心主義」已經無法適用於臺灣或中國大陸，也為重視民族平等、尊重人權的國際社會所不容。因此，兩岸應在對等互惠的基礎上，透過各項交流建立溝通管道，以增進了解，最後，尋求文化的認同而完成國家的統一。

（3）自由開放的精神與三個市場機制的推廣：

臺灣是個自由開放的社會，我們對應中共管制封閉的作法，似更應充分發揮自由開放的精神。另為建立交流的秩序，則應發揮自由經濟市場、知識份子的理念市場、及協商解決衝突的政治市場等三個市場機制，實踐自由、民主、均富的普世價值理想。

（4）前瞻的規劃與長期的觀點：

文化教育的工作，需經由長時間的潛移默化，才能看出成果，故切忌短視近利急於事功。兩岸文教交流的工作，事關中華文化長遠之發展，更須堅持長期的觀點，進行前瞻規劃與務實推動，並不宜因突發事件而中止，阻礙文化的涵化與累積的功效。

二、就兩岸文化交流的原則：

（1）平等尊重互補互惠：

兩岸文化交流應本相互尊重與平等的立場，不要刻意的矮化或打壓，交流始能順利進行。

（2）共同合作分潤分享：

兩岸文化交流初期係以「相互了解」為目的之「水平式」交流，但為善用兩岸文化資源，增進交流的深度與廣度，則應加強以「文化合作」為目的之「垂直式」交流，俾獲致較大之文化成果，並分潤分享，加速兩岸文化的共同發展。

（3）結合民間共同推動：

現階段兩岸交流以民間為主，臺灣民間藏有豐沛資源，且有許多熱心於兩岸文化交流人士，與大陸相對團體建立密切管道，政府政策勢需民間人力及資源結合，共同推動兩岸交流，藉多元管道進入民間社會，以發揮影響力。

（4）協商談判建立規範：

經貿交流是兩岸利益的結合，文教交流是理性的結合，而在交流過程中所衍生之衝突與糾紛，則需透過務實的協商來解決。因此，隨著「協商的時代」的來臨，兩岸應以談判解決交流紛爭，並尋求建設性協議的達成，成為建立規範鋪設坦途。

三、就兩岸文化交流的具體作法：

（1）社會菁英為交流主體：

社會菁英掌握文化領導權，帶動國家社會的發展。參與變遷，具有社會示範與學習效應，故兩岸交流宜以社會菁英為主體，共同致力中國大陸的啟蒙革新，追求中華文化的創新發展。

（2）生活文化為交流起點：

具有實用性、開放性、大眾性、商業性、娛樂性、及傳播性等特徵的生活文化，最易引起共鳴，而其背後亦蘊藏著經濟、政治、社會及文化的意識，可帶動資訊的流通，並誘發民間社會的興起。

（3）人文精神為交流內涵：

中國文化的特點在人文精神，臺灣承繼此一優良傳統，並溶入近代西潮，展現出勤勞、效率、創意、公平競爭、多元化、民主化、及國際觀的文化內涵，兩岸若能本此精神，在文化的行為、表現、規範、認同、信仰五大項目中充分交流，則必形成文化認同的基礎。

（4）文化合作為交流重心：

兩岸可選擇增進民生福祉、提升文教品質、 及充實人民心靈生活的交流項目，採專題性、區域化的研究方式，進行學術文化合作，共同出版刊物分享成果，培養互信合作的精神，使文教交流成為兩岸關係邁入「國家統一綱領」中程階段的踏腳石。

（5）行政簡化為交流服務：

輔導性、服務性的便民措施，取代禁止、設限的管制方法，促使兩岸交流朝正常化發展，並加強各機關的協調統合能力，給予民間在推動交流上的實質便利與協助。

兩岸文化交流是種互動的過程；而互動的過程在於瞭解；而瞭解則是一個永無止境，永遠開放的過程，也是「文化的接引」。兩岸文化在差異中克服差異，接引共同點的過程。文化的接引可以透過教育、出版、人員的互換、科技的引進以及價值觀的調整來促進現代，這個觀點是值的我們注意的。兩岸文化的交流其實是一個文化相互接引的過程。四十多年來，兩岸文化有區域性的差異、現代化的差異和政經制度的差異，可是同時又有對中國特色的強調和對現代化的追求這兩個共同點，因此個人覺得兩岸文化的互動，不但促進雙方的了解，克服原有的差異，而且能夠把中華文化原有發展的力量當做現代化的資源，並將中國文化的動力在現代化的脈絡中發揚出來，使它能夠面對未來世界產生一個嶄新的文化。所以我們認為兩岸文化交流的過程就是接引中國文化和現代化的過程。這個接引包含了以中華文化為本，來進行現代化的意思，另一方面也包含在現代化裡發揚中華文化的特色和動力的意思。

陸、結語

文化交流是維持兩岸良性互動、化解敵意對峙的良方。而所謂「文化中國」的交流理論，更是無庸置疑，因為現今的中國仍處於分裂的狀態中，不僅政治對峙與領土分割問題尚無法看到解決的曙光，兩岸社會體制亦極為不同，因此，以「文化中國」作為統合點與可行途徑的指引，似不失為可行之道。「文化中國」呼籲之所以被提出，除了文化角度之思考外，亦呼應政治的現實形勢與需要。所謂「文化中國」的交流理論，一方面想以中國歷史文化作為兩岸統合的基礎（因為兩岸雖已分裂，畢竟仍擁有共同的歷史文化）；一方面也想以重建一個文化中國做為未來的目標。

兩岸文化交流雖然日益密切，但就兒童文學的角度視之，我們仍有下列的建議：

1. 在各種文化交流中，兒童文學應該是最中性、最純潔的場域，可是我們似乎仍然看不到官方有效的助力。為今後之計，宜加強與重視兩岸的兒童文學交流。

2. 在兩岸的交流活動中，一般而言，大多認為文化交流是最不涉及政治層面，最直接、最有共通性，而且雙方都能互惠互利，但是兩岸面對文化交流的問題，仍然心中有結，又愛又怕。

一方面希望有突破性的發展；一方面又怕受到傷害。究其原因，一是雙方的互信不夠，對立的戒心還未解除；再者是兩岸的制度不同，生活方式差距很大，彼此對很多事情的認知不同。換言之，兩岸的文化交流，雙方能摒除泛政治化的心態建立互信，則是當務之急。

附註：

註一：見1983年，正中書局，《文化學大義》，頁2。

註二：有關李奇、亨廷頓之說皆見〈海峽兩岸文化交流的歷程與展望——文化衝突與價值的省思〉一文，該文見《兩岸文化交流理念歷程與展望》，頁116。

註三：該報告全文見《兩岸文化交流理念歷程與展望》，頁87～134。以下所謂交流模式所含蓋三個不同的面向，皆以該報告為依據。

參考書目

壹：

「文化中國」與中國文化 傅偉勳著 臺北市 東大圖書有限公司 1985.4

文化中國：理念與實踐 陳其南、周英雄主編 臺北市 允晨文化公司 1994. 8

文化與視野的反省 劭玉銘編 臺北市 聯合報系文化基金會 1995.11

兩岸文化交流理念、歷程與展望 蘇起、張良任主編 臺北市 行政院大陸委員會 1996. 3

海峽兩岸兒童文學交流之研究 計畫主持人林文寶 臺東市 臺東師院 1998. 7

兩岸兒童文學交流回顧與展望專輯（1987-1998） 林煥彰策劃主編 臺北市中華民國兒童文學學會 1998. 10

兩岸啟示錄 王兆軍著 臺北市 世界書局 1997. 3

貳：

開花結果滿原香－1990年以來，臺灣地區兒童文學的發展（上） 邱各容 見1991年10月《全國新書書訊月刊》34期，頁8～14。

開花結果滿園香－1990年以來，臺灣地區兒童文學的發展

（下） 邱各容 同上 36期，頁5～12。

本是同根生，交流共此時 邱各容 見2001年11月《兒童文學學刊》第6期上卷，頁222～246。

（本文刊登於2004年3月《回顧兩岸五十年文學學術研討會論文集》下冊，頁765～797，臺北市。）

臺灣兒童文學研究「外來論述」的現象考察

壹、前言

臺灣地區兒童文學的發展，一路走來，雖非坦途平順，卻也由緩慢、單一而邁向多元。如今，面對國際化、全球化的衝擊，身為學院中人，且長期以來致力兒童文學的研究，而其堅持是本土與傳統，這一種堅持並非民粹或狹義的民族主義，而是期盼發展中比較弱勢的文化傳統不至於被全球化統一，被現代化淘空，從而能有眾聲喧譁與多元共生的盛況。是以擬從「論述」的現象考察入手。所謂「論述類翻譯」，亦即是所謂的「外來論述」。而洪文瓊則稱之為「外來兒童文學理論」。 申言之，「論述類」，是個人整理兒童文學書目沿用的語詞，是指廣義的兒童文學研究，而翻譯是指經由其他地區或其他語文轉譯為華文者為主。因此，本文擬稱之為「外來論述」。

個人自1972年投入兒童文學的行列以來，即致力相關資料的收集與書目的整理。而真正執筆撰寫書目則始於1983年4月《海洋兒童文學》第一期。其中有〈好書書目——兒童文學入門必讀〉（頁33～35）、〈兒童讀物超級市場〉（頁46～50），而後即致力年度書目的整理。

1998年10月，值幼獅文化出版公司40週年慶，再度委請我策劃編纂1988年～1998年間的「兒童文學選集」，稱之為「兒童文學的希望工程」。於是，進行相關編選的工作。又一年（1999）7月至12月，臺東師院兒文所有機會受文建會委託承辦「臺灣兒童文學（1945～1998）100」評選與研討會（2000年3月24～26

日），其間為評選用，編有《臺灣地區1945～1998年兒童文一百本評選活動」候選書目》。

幼獅文化為配合兒童閱讀年，且為全套選集出版舉行學術性研討會（2000年5月27、28日，臺北市圖總館），是以將候選書目略加整理，交付幼獅出版，書名為《彩繪兒童又十年——臺灣1945～1998兒童文學書目》，全書計收：小說、散文、兒童戲劇、兒歌、兒童詩、故事、民間故事（含神話、傳說）、寓言、童話、圖畫故事書、論述等十一類，所收書目以中文書寫為主。除論述類收大陸在臺出版者與外來翻譯外，要皆以臺灣地區之本土創作為主。

又1996年8月16日臺東師院「兒童文學研究所」獲准籌設。個人旋即負責籌畫相關事宜，於隔年5月29日正式招進首屆研究生。洪文瓊於《臺灣兒童文學手冊》中〈影響臺灣近半世紀兒童文學發展的十五樁大事〉一文，將東師兒文所列為地十五件具有指標性的事件，其說明如下：

> 兒童文學理論的建構、研究，在臺灣可說是極為薄弱的一環。這從臺灣一直缺乏有份量的理論刊物，以及研究所很少以兒童文學方面問題為學位論文，可獲得例證。當然有關研究社群的形成以及研究風氣的激發，需要長期的培育。七〇年代洪建全文教基金會配合文學獎徵獎舉辦的專題講座與研習，八〇年代兒童文學社團，特別是中華民國兒童文學學會舉辦論文研討會，以及八〇年代師院改制後，連續舉辦八屆的兒童文學學術研討會，可說都有助於臺灣兒童文學研究社群的形成與研究風氣的激發。這些講

> 座或研討會也可說是導致臺東師院兒童文學研究所得以籌設的熱身運動。東師兒文所獲准成立，正式表示兒童文學學術化的需求，在臺灣已經趨於成熟，同時意謂兒童文學理論建構與解釋權將逐漸回歸學術單位，終而走上理論與創作正式分工的道路。就長遠來看，東師兒童文學研究所的成立，象徵臺灣兒童文學新典範已在形成。東師兒文所將是新典範的建立者，在健全的發展情況下，如果近一、二十年沒有第二家兒文研究所的成立，則東師兒文所將主導臺灣兒文理論的建構與詮釋。因而東師兒文所成立不但涉及新典範的建立，也涉及未來新典範的主導權的爭奪。從而它的設立是有劃時代意義的。（見頁82 ）

兒文所於2003年5月又招收博士生，計自成立以來亦已六年有餘。六年以來臺灣兒童文學研究的環境與成果，實在有再檢視的必要，是以擬就「外來論述」現象作為檢視的切入點。

至於本文論述文本，即以上述《彩繪兒童又十年》中的「論述類翻譯」的外來論述為主，其論述年代止於2003年，不足書目，則補之於1998年以後的年度書目。

貳、文學與文學研究

文學與文學研究是有區別的。

美國文論家韋勒克（René Wellek）和華倫（Austin Warren）合著《文學論》，第一章即是〈文學與文學研究〉，且開宗明義宣示：

> 首先，我們要把「文學」和「文學研究」區別一下。這兩種不同的作業：一種是創作的，是藝術。另一種，如果不完全是一門科學，也可說是知識或學問的一個科目。（頁19）

其次，所謂的「文學研究」，韋勒克和華倫在《文學論》第四章〈文學的理論、批評、和歷史〉中，將文學研究的範疇分為三個主要部分：

1. 文學理論：文學的原理、類別、標準等問題
2. 文學批評：具體的文藝作品的研究（其主要是採靜態方法。）
3. 文學史：具體的文藝作品的研究（主要是採動態方法）。（詳見頁59～69。）

美國華裔學者劉若愚於《中國文學理論》中，將文學的研究分成兩個主要部門：

一、文學的研究
- A. 文學史
- B. 文學批評
  - 1. 理論批評（Theoretical criticism）
    - a. 文學本論 （Theories literature）
    - b. 文學分論（Literary theories）

2. 實際批評（Practical criticism）

a. 詮釋（Interpretation）

b. 評價（Evaluation）

二、文學批評的研究

A. 文學批評史

B. 批評的批評

1. 批評的理論批評（Theoretical criticism of criticism）

a. 批評本論（Theories of criticism）

b. 批評分論（Critical theories）

2. 批評的實際批評（Practical criticism of criticism）

a. 詮釋（Interpretation）

b. 評價（Evaluation）（見頁2～3）

而沈謙於《文學概論》第十章〈文學研究〉中，則盱衡各家之言，斟酌損益，分為四個主要部門：

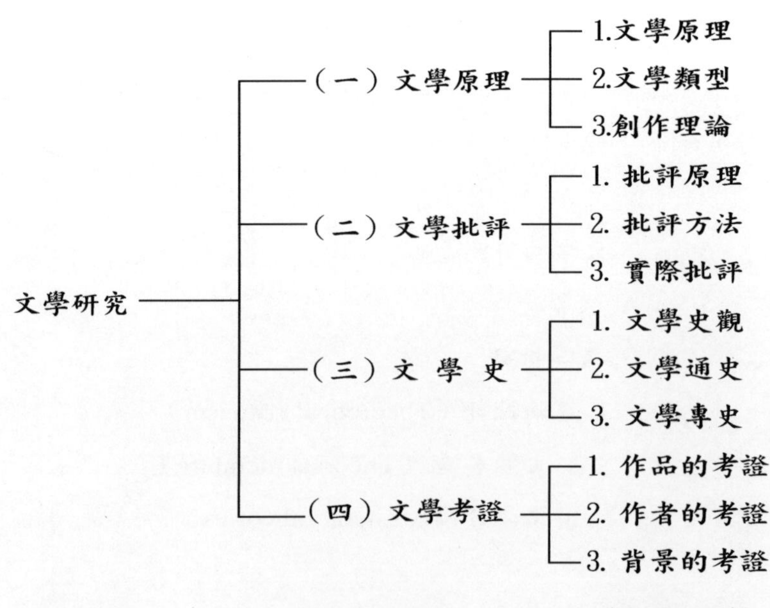

（見頁279）

參、臺灣的兒童文學研究

洪文瓊於1991年即認為：兒童文學是立基於兒童文學的文學，以美為本質，而以如此東西為研究對象的就是兒童文學。兒童文學學本身具備成立條件已無疑義，但是要在學術殿堂形成一個學門，還得取決於有無獨立的研究領論和專屬研究方法，從先進國家的發展情形來看，目前兒童文學學在這兩方面都不成問題。（見文末附註）

至於，華文世界中論述兒童文學研究者，似乎仍不多見。就大陸而言，是以蔣風為多；而臺灣地區，仍以洪文瓊為代表。以下試說明之：

蔣風有關兒童文學的論述頗多，其中就研究而言，則以1998年4月所主編《兒童文學原理》最為代表。該書〈引言〉中認為兒童文學的學科性質有三：特殊性、系統性與科學性。（見頁7～9）。在「系統性」中則認為兒童文學的系統性有四：

1. 兒童文學理論。
2. 兒童文學史。
3. 兒童文學批評與鑑賞。
4. 兒童文學文獻與資料。（見頁8）

蔣氏將全書分為：本質論、文體論、創作論、作家論、接受論、文本論、方法論、發展論等八部分，並於〈引言〉中說明之：

全書共分八編，分別從本質論、文體論、創作論、作家論、接受論、文本論、方法論和發展論八個方面闡述了兒童文學的基本原理。一、二兩編（本質論、文體論）從兒童文學的內容與形式兩方面回答了「什麼是兒童文學」這一最基本的學科命題，是全書其他各編立論的基礎。三、四兩編（創作論、作家論）著重從創作主體與創作客體兩方面闡述了兒童文學創作過程中的一些基本規律。兒童文學質的規定性及其文體特徵決定了兒童文學生產的特殊性及兒童文學作家的特殊素質。五、六兩編（文本論、接受論）運用接受美學理論來探討兒童文學消費過程中最一般的規律。文本既是作家創作的成果，又是兒童讀者接受的物質前提，而沒有兒童讀者對文本的解構，文本的價值無以實現，作家的創作（作品）便沒有意義，兒童文學的生產也因之沒有最終完成。七、八兩編（方法論、發展論）闡述了認識兒童文學的一些基本方法及其兒童文學作為一種歷史的存在所表現出的某些帶規律性的東西。兒童文學內涵的豐富性與兒童讀者接受的複雜性就決定了認識兒童文學方法的多樣性，發展的觀點便是一例。發展論將兒童文學原理還原到生成它的歷史過程中去考察，不僅使得關於兒童文學原理的其他論述不至於是無源之水，而且歷時性的動態審視與現時性的多重視角，便將兒童文學這一文學現象生動而富有立體感地凸現在讀者面前。上述八論涉及到兒童文學的方方面面，各自成章，但組合起來又是一個有機的整體，有它內在的邏輯。然而，兒童文學畢竟只是一種文學現象，八論只不過是取八個視面對同一客體所做的觀照，因而，各論中難免有觸及其他某論的內容，但也因視角不同，結論也不一樣，這也說明了兒童文學理論內涵的豐富性與理論系統的開放性。（見頁9～10。）

臺灣地區論述兒童文學研究者，仍以洪文瓊為多。洪氏於1982年6月《兒童圖書與教育雜誌》（二卷六期，頁18～24。）中發表〈兒童文學研究的新趨向〉一文，他認為兒童文學的範疇有八：

1. 兒童文學史。
2. 兒童文學理論（本質論、類型論、創作原理、修辭學）。
3. 兒童文學美學。
4. 兒童文學批評理論。
5. 兒童讀物插畫研究。
6. 兒童讀物功能研究（兒童讀物內容特質分析、兒童讀物效度調查）。
7. 兒童讀物應用研究。（教學活動的應用研究、心理治療的應用研究）。
8. 市場調查研究。（本引文詳見《兒童文學見思集》，頁50～53。）

至於兒童文學研究的發展趨勢，則有三：

1. 追求建立完整獨立的理論體系。
2. 科技整合的研究導向。
3. 功能與應用性的研究日漸擴增。（同上，詳見頁54～54）。

其後，洪氏於1991年8月《中華民國文學學會會訊》（七卷4期，頁12～13。）又發表〈兒童文學與兒童文學「學」〉一文，文中對於研究範疇的用詞則略有不同：

1. 兒童文學文藝理論（本質論、功能論、類型論、創作理論、修辭學、美學、批評理論都可納入此一範疇。）
2. 兒童文學插畫學。
3. 兒童文學作家作品論。
4. 比較兒童文學。
5. 兒童文學史。
6. 兒童文學書誌文獻學。
7. 兒童文學研究方法論。
8. 兒童文學導賞學（作品導讀、讀書治療等）。（同之，詳見頁7。）

1991年5月《華文兒童文學小史》中有洪文瓊〈臺灣地區兒童文學研究發展概況〉一文（見頁105～112。）洪氏認為認為臺灣的兒童文學研究環境尚未孕育成熟；其研究只有零星的點成果，尚未構成普遍成系統的面成果。他說：

> 研究環境的因素，無疑的會影響到研究的成果。由於臺灣的兒童文學研究環境尚未成熟，在成果方面，可說只有一些點的成就，以教科書式通論性的著作居多。專題性的研究，則泰半是屬於兒童文學邊緣性研究，如閱讀興趣，兒童讀物出版趨勢等等，以兒童文學各種類型或作家作品等做專題研究的，只有童詩這一部份較為可觀。
>
> 從研究方法來看，使用較嚴謹的現代學術規範來從事研究的，幾乎屈指可數。一般而言，較時髦的是使用調查研究法，其餘仍以蒐集各家資料，加以綜合論述的居多。由於缺乏原創性，因此對於理論的系統化與研究面的構成，亦即研究品質的整體提升，助益不大。這一方面也是臺灣兒童文學研究者亟待努力的。（頁108）

肆、外來論述的事實

本文所指論述，即是兒童文學研究的事實，也是兒童文學研究的成果。至於「外來論述」，則可見文化的交流與文化的定位，更見認同、差異與主體性等問題。

本文所收錄外來論述，為求比較研究用，凡國人對國外兒童文學進行編譯或書寫等論述，亦在收錄之列。又海峽兩岸由於長期分治的事實，就兒童文學發展而言，自是屬於外來，是以將大陸在臺灣出版之論述亦列為外來論述。

今就個人長期收錄所及，將臺灣地區所出版的外來兒童文學論述書目詳見於附錄。

又為研究方便之計，列有原作者的國別，以及論述內容的性質。論述內容的性質，基本上只是採用洪文瓊〈兒童文學與兒童文學「學」〉一文的觀點，而用詞則更為簡短。至於有關童年的相關論述，則不在收錄之列。總計所收書目有153種，最早的年代是1958年4月。

伍、「外來論述」的現象考察

本文擬以「外來論述」書目為主，並就原作者國別，論述性質、臺灣主體、與專業素質等觀點分析其現象。

一、原作者國別

依作者（或編選者）國別統計如下：

國別	臺灣	美國	日本	中國	英國	法國	加拿大	澳洲	德國	丹麥
作者（編者）	43	42	29	20	13	2	2	1	1	1

考各國兒童文學的源頭有三：口傳文學、古代典籍與歷代啟蒙教材。而臺灣地區由於特殊的境遇，個人認為臺灣兒童文學的源頭，除上述三種以外，似乎應該再加上：日本的兒童文學、中國的兒童文學與其他外來的兒童文學。日本、中國都曾經統治過臺灣，其影響是必然的現象。至於所謂的其他外來的兒童文學，則以美國為主，國民黨政府撤退臺灣以來，長期即是在美國的影

響下立國。以上這些事實，亦皆可以在兒童文學外來論述的出版書目中呈現。

二、論述性質

所謂論述性質，即是指論述的內容而言。本文「專論」是泛指專對某一種文類進行論述即是，其間不涉及專深與空泛。又凡將與閱讀有關者，基本上皆歸之於「導賞」，試將外來論述性質列表如下：

性質＼國別	美國	日本	中國	英國	法國	加拿大	澳洲	德國	丹麥	合計
理論		2				1				3
專論	19	3	8	1						30
通論	2		2		1					5
作家作品	2	2	2							6
文學史			2	1						3
導賞	18	19	6	5	1	1	1	1	1	53
創作	1	1		1						3
傳記		1		4						5
文獻		1		1						2
合計	42	29	20	13	2	2	1	1	1	110

總體來說，缺少較為嚴謹的學術性論述，更不見系統化的理論，以下依國別說明之。

1. 美國

從美國翻印的外來論述書目列表如下：

書名	作者/譯者	出版社	出版日期	國別	論述類別
世界文學名著的小故事	蒙特高茂來著 張劍鳴譯	國語日報	1977. 12	美國	導賞
説故事	艾蓓德著 胡美華譯	中國主日學協會出版部	1979. 2	美國	專論
畫圖畫說故事	凱茲．湯姆遜著 高堅譯	中國主日學協會	1983. 4	美國	導賞
創作性兒童戲劇入門	Barbara T. Salisbury著 林玫君編譯	心理出版社有限公司	1994. 6	美國	專論
幼兒文學：在文學中成長	Walter Sawyer, Diana E. Comer合著 吳幸玲校閱，墨高君譯	揚智文化事業股份有限公司	1996. 1	美國	通論
新新人類．老老故事	愛莉絲． 博等（Sophia Lyon Fahs & Alice Cobb）著 林瑞永譯	大鴻圖書有限公司	1996. 4	美國	導賞
鐵約翰——一本關於男性啟蒙的書	羅勃．布萊（Robert Bly）著 譚智華譯	張老師文化事業股份有限公司	1996. 6	美國	導賞
個人成長寓言	米蘭坦．萊尼克（Melinda Reinicke）著 王介文譯	九儀出版社	1996. 7	美國	導賞
超越英雄——成人的童話故事	Allan B. Chinen, M.D.著 陳芝鳳譯	新苗文化事業有限公司	1996. 9	美國	導賞

直昇機・男孩——教室裡說故事的魅力	維薇安・嘉辛・裴利（Vivian Gussin Paley）著 楊茂秀等譯	成長文教基金會	1996. 9	美國	專論
醜女與野獸——女性主義顛覆書寫	芭芭拉・G・沃克（Barbara G. Walker）著 薛興國譯	智庫股份有限公司	1996. 12	美國	專論
神聖故事	查理・辛普金森&安・辛普金森編 賴惠辛譯	雅音出版有限公司	1997. 5	美國	導賞
喚醒睡美人	Jean Freeman著 廖瑞雯譯	探索文化事業有限公司	1998. 1	美國	導賞
幼兒文學	Mary Renck Jalongo著 李侑蒔、吳凱琳譯	華騰文化股份有限公司	1998. 11	美國	通論
全語言的「全」，全在哪裡？	Ken Goodman著 李連珠譯	信誼基金出版社	1998. 11	美國	專論
談閱讀	Ken Goodman著 洪月女譯	心理出版社有限公司	1998. 11	美國	專論
孩子說的故事——了解童年的敘事	蘇珊・恩傑（Susan Engel）著 黃孟嬌譯	成長文教基金會	1998. 12	美國	專論
手拿褐色蠟筆的女孩	維薇安・嘉辛・裴利（Vivian Gussin Paley）著 楊茂秀譯	成長文教基金會	1999. 2	美國	專論
鞋帶劇場——輕輕鬆鬆玩戲劇	奈莉・麥克瑟琳（Nellie McCaslin）著 馮光宇譯	成長文教基金會	1999. 10	美國	專論

大人心理童話	艾倫・金著 郭菀玲譯	晨星出版社	1999. 10	美國	導賞
我就是如此創造了哈利波特——J・K羅琳的故事	馬克・夏畢洛（Marc Shapiro）著 劉永毅譯	圓神出版社有限公司	2000. 8	美國	創作論
華利的故事——幼兒園裡的對話	維薇安・嘉辛・裴利（Vivian Gussin Paley）著 蔡慶賢譯	成長文教基金會	2000. 10	美國	專論
孩子的天使心	維薇安・嘉辛・裴利（Vivian Gussin Paley）著 黃又青譯	財團法人成長文教基金會	2001. 1	美國	專論
巫婆一定得死——童話如何形塑我們的性格	雪登・凱許登（Sheldon Cashdan）著 李淑珺譯	張老師文化事業股份有限公司	2001. 7	美國	專論
教育訓練者的故事寶盒	瑪格利特・帕金（Margaret Parkin）著 賴淑麗；史宗玲譯	稻田出版有限公司	2001. 7	美國	導賞
即興表演家喻戶曉的故事	Ruth Beall Heinig編著 陳仁富譯	心理出版社股份有限公司	2001. 9	美國	導賞
踏出閱讀的第一步	M . Susan Burns, Peg Griffin, and Catherine E.Snow, NRC編輯群著 柯華葳、游婷雅譯	信誼基金出版社	2001. 11	美國	導賞
戲劇抱抱	Kathleen Warren著 周小玉譯	財團法人成長文教基金會	2001. 11	美國	專論

朗讀手冊——大聲為孩子讀書吧！	吉姆・崔利斯 Jim Trelease著 沙永玲、麥奇美、麥倩宜譯	天衛文化圖書有限公司	2002. 1	美國	導賞
故事與心理治療	亨利・羅克斯 Henry T.Close著 劉小菁譯	張老師文化事業股份有限公司	2002. 1	美國	專論
灰姑娘睡美人站起來	溫蒂・巴莉絲 Wendy Paris著 林明秀譯	方智出版社股份有限公司	2002. 4	美國	導賞
哈利波特的魔法世界	寇伯特 David Colbert著 鍾友珊譯	城邦文化事業股份有限公司	2002. 6	美國	導賞
兒童故事治療	傑若德・布蘭岱爾（Jerrold R. Brandell）著 林瑞堂譯	張老師文化事業股份有限公司	2002. 7	美國	專論
陶靈老師的教室—— 一所幼兒園的故事	維薇安・嘉辛・裴利（Vivian Gussin Paley）著 楊茂秀譯	毛毛蟲兒童哲學基金會	2002. 10	美國	專論
奇幻文學寫作的十堂課	泰瑞・布魯克斯（Terry Brooks）著 林以舜譯	奇幻基地出版	2003. 3	美國	專論
魔鏡，魔鏡，告訴我—當代女性作家探索經典童話 輯1	凱特・柏恩海姆（Kate Bernheimer）編 林瑞堂譯	唐莊文化事業集團有限公司	2003. 4	美國	作品論
魔鏡，魔鏡，告訴我—當代女性作家探索經典童話 輯2	凱特・柏恩海姆（Kate Bernheimer）編 林瑞堂譯	唐莊文化事業集團有限公司	2003. 4	美國	作品論

故事治療——說故事在兒童心理治療上的運用	Richard A. Gardner著 徐孟弘等譯	五南圖書出版股份有限公司	2003. 4	美國	專論
讀寫新法——幫助學生學習讀寫技巧	Robert J.Marzano、Diane E. Paynter著 王瓊珠譯	高等教育文化事業公司	2003. 5	美國	導賞
百變小紅帽——一則童話的性、道德和演變	凱薩琳・奧蘭絲坦著 楊淑智譯	張老師文化事業股份有限公司	2003. 8	美國	專論
中學生閱讀策略	蘿拉・羅伯（Laura Robb）著 趙永芬譯	天衛文化圖書有限公司	2003. 10	美國	導賞
托爾金——魔戒的魅力	馬克・艾迪・史密斯〈Mark Eddy Smith〉著 鄧嘉宛譯	校園書房出版社	2003. 10	美國	導賞

有42本，佔全部外來論述的百分之37. 6。其中以專論、導賞佔絕對的多數。而專論、導賞多以閱讀、說故事、故事治療、童話為多，且專論又以心理分析、女性主義為論述觀點。一般說來，所謂美國的外來論述，缺乏經典的輸入，皆以流行、應用為主。

比較可注意者：是薇薇安・嘉辛・裴利（Vivian Gussin Paley）、兒童戲劇、幼兒文學的輸入。

2. 日本

從日本輸入的外來論述書目列表如下：

書名	作者/譯者	出版社	出版日期	國別	論述類別
童話與兒童研究	松村武雄著 鍾子岩譯	新文豐出版社	1978. 9	日本	專論
怎樣寫兒童故事	寺村輝夫著 陳宗顯譯	國語日報附設出版部	1985.10	日本	創作論
幼稚園繪本．童話教學設計	岡田正章等監修	武陵出版社	1989. 7	日本	導賞
童話的世界	相沢博著	久大文化股份有限公司	1990. 6	日本	專論
書．兒童．成人	保羅．亞哲爾著 傅林統譯	富春文化事業股份有限公司	1992. 3	日本	理論
童話之王——迪斯耐	大森民戴著 趙之正編譯	先見出版有限公司	1993. 3	日本	傳記
幸福的種子——親子共讀圖畫書	松居直著 劉滌昭譯	臺灣英文雜誌社有限公司	1995.10	日本	專論
白雪公主的復仇	梁瀬光世著 呂紹鳳譯	尖端出版股份有限公司	1997. 6	日本	導賞
童話裡看人生	森省二、森恭子合著 于佳琪譯	駿達出版有限公司	1999. 4	日本	導賞
令人戰慄的格林童話	桐生操著 許嘉祥譯	旗品文化出版社	1999. 8	日本	導賞
令人戰慄的格林童話 II	桐生操著 許嘉祥譯	旗品文化出版社	1999. 10	日本	導賞
歡欣歲月——李利安．H．史密斯的兒童文學觀	李利安．H．史密斯著 傅林統編譯	富春文化事業股份有限公司	1999. 11	日本	理論
探索成人世界的童話故事	森省二、森恭子合著 于佳琪譯	駿達出版有限公司	1999. 12	日本	導賞

美麗城堡的禁忌傳說	桐生操著 許嘉祥譯	旗品文化出版社	2000. 1	日本	導賞
透視恐怖的格林童話	金成陽一著 劉子倩譯	旗品文化出版社	2000. 5	日本	導賞
令人戰利的血腥女伯爵	桐生操著 許嘉祥譯	旗品文化出版社	2000. 6	日本	導賞
日本現代兒童文學	宮川健郎著 黃家琦譯	三民書局股份有限公司	2001. 4	日本	專論
格林兄弟在家嗎——踏遊德國童話大道	磯田和一等著 楊芷玲譯	書泉出版社	2001. 5	日本	導賞
安徒生，請——踏遊丹麥、荷蘭和比利時	磯田和一等著 楊芷玲譯	書泉出版社	2001. 5	日本	導賞
鵝媽媽跌倒了—踏遊倫敦和英國鄉間	磯田和一等著 陳惠莉譯	書泉出版社	2001. 5	日本	導賞
伊索寓言的人生智慧	加藤諦三著 林雅慧譯	台灣廣夏有聲圖書有限公司	2001. 7	日本	導賞
英國妖精與傳說之旅	森田吉米著 劉滌昭譯	馬可孛羅文化	2001. 12	日本	導賞
哈利波特魔法解密書——帶你進入9又3/4月臺	七會靜著 蕭志強譯	世茂出版社	2002. 5	日本	導賞
哈利波特魔法教室	World Potterian Association著 許倩珮譯	臺灣東販股份有限公司	2002. 7	日本	導賞
童話心理測試	亞門虹彥著 曹雪麗譯	寶島社	2003. 3	日本	導賞
哈利波特聖經	寺島久美子著 許倩珮譯	臺灣東販股份有限公司	2003. 7	日本	文獻

哈利波特魔法之旅	植木七瀨著 郭玉珊譯	尖端出版股份有限公司	2003. 7	日本	導賞
手塚治虫	中尾明著 傅林統譯	小魯文化事業股份有限公司	2003. 8	日本	傳記
哈利波特魔法之盃	World Potterian Kyoukai著 沙子芳譯	尖端出版股份有限公司	2003. 9	日本	導賞

從日本外來的論述以導賞為多，而這些導賞又多不以日本自己作品為主。正是貨多且雜，缺乏自己的特色。其間最可注意者：是兩本理論的翻譯，這兩本理論書（《書、兒童、成人》、《歡欣歲月》）馬景賢稱之為兒童文學理論的雙璧，前者作者是法國保羅・亞哲爾（Paul Hazard, 1878～1944）；後者是加拿大李利安・史密斯（Lillian H. Smith, 1887～1983）。我們感謝傅林統的用心，可是我們也得記住這兩本書是二手的翻譯。另外，是松居直的《幸福的種子——親子共讀圖畫書》，是有關圖畫書的導賞。

3. 中國

從大陸地區引進的論述書目如下：

書名	作者/譯者	出版社	出版日期	國別	論述類別
中國民間童話研究	譚達先著	木鐸出版社	1982. 6	中國	專論
中國動物故事研究	譚達先著	木鐸出版社	1982. 6	中國	專論
中外童話音樂欣賞	金裕眾、戴逸如著	丹青圖書有限公司	1987. 4	中國	導賞
中國古代音樂故事與傳說	開拓出版社編輯室	開拓出版有限公司	1987. 6	中國	導賞
中國古代寓言史	陳蒲清著	駱駝出版社	1987. 8	中國	文類史
兒童詩初步	劉崇善著	千華出版公司	1989. 8	中國	專論
童話藝術思考	洪汛濤著	千華出版公司	1989. 8	中國	專論
童話學	洪汛濤著	富春文化事業股份有限公司	1989. 9	中國	專論
兒童文學	祝士媛編著	新學識文教出版中心	1989. 10	中國	通論
中國本土童話鑑賞	陳蒲清著	駱駝出版社	1994. 6	中國	導賞
寓言：哲理的詩篇	顧建華著	淑馨出版社	1994. 11	中國	專論
世界童話史	韋葦著	天衛文化圖書有限公司	1995.1	中國	文學史
讀她寫她——桂文亞作品評論集	金波主編	亞太經網股份有限公司	1996. 8	中國	作家作品論

桂文亞探論——走通散文藝術的兒童之道	斑馬著	亞太經網股份有限公司	1996. 8	中國	作家作品論
世界幻想兒童文學導論	彭懿著	天衛文化圖書有限公司	1998. 12	中國	專論
遇見安徒生——世界童話大師的人、文、圖	安徒生、葉君健著	遠流出版事業股份有限公司	1999. 4	中國	作家論
兒童文學概論	黃雲生主編	文津出版社有限公司	1999. 7	中國	通論
哈利波特與中國魔法	劉天賜著	尖端出版股份有限公司	2003. 1	中國	導賞
達芬奇寓言的智慧	列奧納多·達芬奇（Leonardo da Vinci）著 鮑李豔改寫	培真文化企業有限公司	2003. 2	中國	導賞
芝麻，開門	徐魯編	民生報社	2003. 9	中國	導賞

整體說來，從大陸引進的論述著作，是比美、日兩國較為專業，不是以流行或實用為主。

4. 英國

英國與兒童文學相關論述，在臺灣出版者可見如下：

書名	作者/譯者	出版社	出版日期	國別	論述類別
男孩：我的童年往事	羅爾德·達爾著 趙映雪譯	幼獅文化事業股份有限公司	1998. 7	英國	傳記

鞋帶劇場——輕輕鬆鬆玩戲劇	奈莉・麥克瑟琳著 馮光宇譯	成長文教基金會	1999.10	英國	專論
單飛：人在天涯	羅爾德・達爾著 趙映雪譯	幼獅文化事業股份有限公司	2000. 2	英國	傳記
打造兒童閱讀環境	艾登・錢伯斯（Adian Chambers）著 許慧貞譯	天衛文化圖書有限公司	2001. 1	英國	導賞
説來聽聽——兒童、閱讀與討論	艾登・錢伯斯（Adian Chambers）著 蔡宜容譯	天衛文化圖書有限公司	2001. 2	英國	導賞
J.K羅琳傳——哈利波特背後的天才	辛・史密斯（Sean Smith）著 黃燦然譯	遠景出版事業有限公司	2002. 2	英國	傳記
巫婆就是這樣的！	馬柯曼・柏德（Malcolm Bird）著 羅婷以譯	遠流出版事業股份有限公司	2002. 5	英國	導賞
哈利波特的秘密——與J.K羅琳對話	J.K.羅琳（J. K. Rowling）& 琳賽・費瑟（Lindsey Fraser）著 莊靜君譯	皇冠文化出版有限公司	2002. 7	英國	導賞
托爾金傳	麥克・懷特（Michael White）著 莊安祺譯	聯經出版事業股份有限公司	2002. 10	英國	傳記

英語兒童文學史綱	約翰·洛威·湯森（John Rowe Townsend）著 謝瑤玲譯	天衛文化圖書有限公司	2003. 1	英國	文學史
巫師的魔法手冊	奎爾·漢米頓·伯克爾 & 珍·漢米頓·伯克爾（Craig Hamilton Parker & Jean Hamilton Parker） 著 連毓容譯	海鴿文化出版圖書事業有限公司	2003. 2	英國	文獻
哈利波特的魔法與科學	羅傑·海菲德（Roger Highfield）著 王柏鴻、吳國欽譯	時報文化出版企業股份有限公司	2003. 2	英國	導賞
遇見小兔彼得	卡蜜拉·赫利南（Camilla Hallinan）著 蔡正雄譯	青林國際出版股份有限公司	2003. 2	英國	導賞

相較於前三者。英國與臺灣的各種關係顯然不如前者，但是英國卻是兒童文學的真正殿堂，因此翻譯的書雖不多，卻頗具代表性。尤其是趙映雪翻譯羅爾德·達爾（Roald Dahl）的兩本自傳，謝瑤玲翻譯約翰·洛威·湯森（John Rowe Townsend）的《英語兒童文學史綱》，以及艾登·錢伯斯（Aidan Chambers）的引進。

5. 其他

所謂其他，含法國、加拿大、澳洲等地，其論述翻譯可見如下：

書名	作者/譯者	出版社	出版日期	國別	論述類別
歐洲青少年暨兒童文學	D.Escarpit著 黃雪霞譯	遠流出版事業股份有限公司	1989. 9	法國	通論
誰喚醒了睡美人	伊林．費屈著 陳貞吟譯	三久出版社	1996. 7	德國	導賞
童話許願戒	亞瑟．羅森著 陳柏蒼譯	人本自然文化事業有限公司	1999. 7	加拿大	導賞
閱讀兒童文學的樂趣	Perry Nodelman著 劉鳳芯譯	天衛文化圖書有限公司	2000. 1	加拿大	理論
童話的故鄉，哥本哈根	Ulrich Sonnenberg著 左欣玉譯	商智文化公司	2000. 12	丹麥	導賞
閱讀的十個幸福	丹尼爾．貝納（Daneil Pennac）著 里維譯	英屬維京群島商高寶國際有限公司臺灣分公司	2001. 3	法國	導賞
奇靈精怪——精靈、巫師、英雄、魔怪大搜尋	羅伯英潘（Robert Ingpen）著 張琰等譯	格林文化事業股份有限公司	2002. 2	澳洲	導賞

其中最重要的自然是劉鳳芯翻譯Perry Nodelman的《閱讀兒童文學的樂趣》一書，這是西方當代兒童文學觀念與理論的正式

引進，其觀念與理論有異於前面提及的雙璧。

三、臺灣的主體性

所謂主體性或自主性，無涉及本土化或國際化，單元與多元，反而是指身份的認同。申言之，臺灣自1987年解除戒嚴以來，臺灣從此走向多元開放。就兒童文學而言，仍有本土化與國際化之爭。這種爭執主要是對殖民文化的反動，因此，它也是一種自然的趨勢。每個人都將成為世界公民；但同時又不能失去根本源頭的認同，每個人都必須在所屬的國家與社區扮演積極參與的角色。我們雖然要邁入國際化，但相對的，在地化、區域化的觀念也愈來愈受到重視，而這種的重視，即是在於有臺灣本身的主體性。

本文所指主體性，是指我們有權利、有能力，選擇合適我們需要的事物。

從臺灣的主體性觀點來看外來論述出版書目，除前述各國論述的翻譯外，又可從我們編寫外國兒童文學相關論述的著作做為切入點。以下試將臺灣地區地位編寫外國兒童文學相關論著書目表列如下：

書名	作者/譯者	出版社	出版日期	國別	論述類別
美國兒童文學名著選集	趙麗蓮選編 朱瑾章譯	今日世界社	1958. 4	臺灣	作品選
「世界兒童文學名著」欣賞	藍祥雲等著	國語日報社	1972. 9	臺灣	作品論

日本童話文學研究（以五大童話為中心）	邱淑蘭著	名山出版社	1978. 1	臺灣	作品論
西洋兒童文學史	許義宗著	臺北市師專	1978. 6	臺灣	文學史
西洋兒童文學史	葉詠琍著	東大圖書公司	1982. 12	臺灣	文學史
兒童文學名著賞析	許義宗著	黎明文化事業股份有限公司	1983. 10	臺灣	導賞
小小書評佳作選（一）——世界兒童文學名著篇	邱阿塗編選	富春文化公司	1989. 6	臺灣	導賞
海峽兩岸現代兒歌研究	杜榮琛著	培根兒童文學雜誌社	1990. 12	臺灣	比較
海峽兩岸兒童詩比較研究	杜榮琛著	培根兒童文學雜誌社	1991. 6	臺灣	比較
世界傑出插畫家	鄭明進著	雄獅圖書股份有限公司	1991. 12	臺灣	導賞
伊索寓言的人生智慧	李赫著	稻田出版社	1992. 6	臺灣	導賞
海峽兩岸寓言詩研究	杜榮琛著	先登出版社	1993. 3	臺灣	比較
觀念玩具——蘇斯博士與新兒童文學	楊茂秀、吳敏而著	遠流出版事業股份有限公司	1993. 6	臺灣	導賞
美加兒童文學博士論文提要		中華民國兒童文學學會	1993. 11	臺灣	文獻
童詩童話比較研究論文特刊		中國海峽兩岸兒童文學研究會	1994. 5	臺灣	比較
日文版與中文版〈小紅帽〉的比較研究	吳淑琴著	傳文文化事業有限公司	1994. 11	臺灣	比較

經濟騰飛為兒童文學帶來什麼？	桂文亞等著	中國海峽兩岸兒童文學學會	1995.12	臺灣	通論
大陸新時期兒童文學	林煥彰、杜榮琛合著	文建會	1996. 6	臺灣	文學史
這一路我們說散文——96江南兒童文學散文之旅	桂文亞主編	亞太經網股份有限公司	1996. 8	臺灣	專論
故事與討論	趙鏡中譯寫	臺灣省國民學校教師研習會	1997. 6	臺灣	導賞
一九九八海峽兩岸童話學術研討會論文特刊	馮季眉主編	中國海峽兩岸兒童文學研究會	1998. 3	臺灣	比較
一九九八海峽兩岸童話學術研討會論文特刊		臺北市立圖書館	1998. 5	臺灣	比較
海峽兩岸兒童文學交流之研究（國科會專題研究計畫成果報告書）	主持人：林文寶		1998. 7	臺灣	比較
兩岸兒童文學交流回顧與展望專輯	林煥彰策劃主編	中華民國兒童文學學會	1998. 10	臺灣	文獻
第五屆亞洲兒童文學大會——二十一世紀的亞洲兒童文學論文集	林良等六十四人	中華民國兒童文學學會	1999. 8	臺灣	通論
新世紀兩岸兒童文學研究發展〈論文集·大陸卷、臺灣卷各一本〉	陳子君等十六人	中華民國兒童文學學會	1999. 8	臺灣	比較

傑出圖畫書插畫家——歐美篇	鄭明進	雄獅圖書股份有限公司	1999. 11	臺灣	導賞
傑出圖畫書插畫家——亞洲篇	鄭明進	雄獅圖書股份有限公司	1999. 11	臺灣	導賞
編織童年夢——波拉蔻故事繪本的世界	楊茂秀、黃孟嬌等著	遠流出版事業股份有限公司	2000. 2	臺灣	作家作品論
傑出漫畫家——亞洲篇	洪德麟	雄獅圖書股份有限公司	2000. 4	臺灣	導賞
尋找大野狼的小紅帽——德國格林童話大道	欒珊瑚著	商周出版社	2000. 9	臺灣	導賞
試論我國近代童話觀念的演變——兼論豐子愷的童話	林文寶著	萬卷樓圖書有限公司	2000. 10	臺灣	專論
「兒童文學學刊」第四期——臺灣童書翻譯專刊	阮若缺等	富春文化公司	2000. 11	臺灣	通論
藝出造化，意本自然——Ed Young楊志成的創作世界	楊瑞怡、葉青華、宋珮、黃迺毓等著	和英出版社	2001. 2	臺灣	作家作品論
寫實與幻想——外國青少年文學作品賞析	張子樟著	國語日報社	2001. 10	臺灣	導賞
西班牙兒童文學導讀	宋麗玲著	中央圖書出版社	2002. 1	臺灣	專論
認識裴利	毛毛蟲兒童哲學基金會編	毛毛蟲兒童哲學基金會	2002. 10	臺灣	導賞

讀繪本，遊世界：著名繪本教學與遊戲	紀明美、黃金葉等著 吳淑玲主編	心理出版社股份有限公司	2003. 4	臺灣	導賞
童話點心屋	林滿秋著	臺視文化事業股份有限公司	2003. 5	臺灣	導賞
動畫大師——宮崎駿的故事	凌明玉著	文經出版社有限公司	2003. 5	臺灣	傳記
三分之二個兔子假期	謝金玄著	馬可孛羅文化	2003. 7	臺灣	導賞
因動漫画而偉大	傻呼嚕同盟著	大塊文化出版股份有限公司	2003. 8	臺灣	導賞
少女魔鏡中的世界	傻呼嚕同盟著	大塊文化出版股份有限公司	2003. 8	臺灣	導賞

基本上，我們編寫的主體性非常不定，其原因並非單一，於此不論。今就其現象考察說明如下：

1. 缺乏理論編著，且論述方法亦不嚴謹。

2. 比較研究，僅限於臺海兩岸。

3. 文獻史料不多。其中有《美加兒童文學博士論文提要》較具用心。

4. 缺乏通論性教材。其中有《美國兒童文學名著選集》、《西洋兒童文學史》（許義宗、葉詠琍各一本）《西洋兒童文學名著賞析》，尚稱用心。其實通論性或文學史教材正式認識外國兒童文學的入門書。

5. 缺乏作家、作品的深入專論，但見廣泛論述，亦即是導賞介紹而已。就以時下最為主流的圖畫書亦僅見鄭明進的的介紹與賞析，不見真正的理論性著作。其間《觀念玩具——蘇斯博士與新兒童文學》，是遠流出版事業股份有限公司當年出版《蘇斯博士小孩學讀書全集》（十八冊、並有《蘇斯博士兒童英語字典》）的相關產品，可惜並非造成預期的影響。

四、專業素養

所謂專業是指專門從事某種學問或技藝，而素養是指修養而言。顧名思義，本文所指專業素養即是指對兒童文學（或稱兒童讀物）應有的觀念與認識而言，尤其是指兒童文學工作者，這些工作者有：作家（含文字、影像等）、編輯、出版者、銷售者、研究者等。

從外來論述出版書目看來，我們仍質疑兒童文學工作者的專業素養。為何外來的論述一直缺乏嚴謹性或理論性的著作？為何圖畫書盛行中不見圖畫書的專論？為何外來的論述總是不離流行與實用？為何我們的少兒出版社不願意出版論述？

又僅就外來論述的譯者而言，姑且不論其專業素養如何，而其隨意性與缺乏主體性亦處處可見。在眾多的譯者中，卻可見幼教學界的身影。

陸、結語

總結上一節的現象考察，我們並無苛責兒童文學工作者之意。我們知道，一個地區兒童文學的發展，首先，是該地區的地緣關係與歷史背景等的歷史大環境。其次，則是涉及社會環境

（政經、教育體制等）、兒童文學工作者的素養，和市場成熟度（圖書、期刊出版量、國民所得、文化消費指數、圖書館普及率、版權保護程度等）因素。亦即是產、官、學的互動。當然，兒童文學工作者是發展的主力，可是市場指向與使命感，則是無解的魔咒。但專業素養是可養成的；而主體性、自主性則是屬於自覺與身份認同的意識覺醒。

綜觀臺灣地區的論述著作（不論外來或本地論述），所謂共有的三個源頭，似乎皆隱而不見。明顯可見的皆屬於外來論述，且又似乎皆以實用性、邊緣性為多，缺乏深入的專論與理論研究，究其原因，不得不歸咎於主體性、自主性與專業素養的不足。由於主體性、自主性與專業素養的不足，是以不知選擇，也不能了解理論與工具性基本資料的重要性。

申言之，所謂工具性基本資料，即是指史料，史料是研究的基礎，大陸學者朱金順在《新文學資料引論》中，舉出幾種常見的資料研究成果：

1. 輯佚句沉著作
2. 專題研究資料
3. 作家研究資料
4. 匯校匯釋集解
5. 考辨札記和文壇史料
6. 年表年譜和大事記
7. 目錄和索引（依1995年6月《文訊》總號116期，頁81）

韋勒克與華倫頗為重視史料，他們在《文學論》一書第六章標示為〈資料的整理與確定〉，他們說：

> 學問的初步工作之一是蒐集資料，細心地剔除時代所給與的影響，鑑定作品的撰者、真偽，以及確實的年代。對於這些問題的解決，到目前為止，學者已經付出了相當多的心血與努力，然而文學研究者必須要了解到這許多工作不過是學問最終任務的準備。這些作業的重要性是非常明顯的，因為如果沒有它們，則批評的分析和歷史的理解便幾乎要陷入相當困難的地步。（頁87。）

總之，史料是基礎，至於它們有沒有價值，則視使用這些方法的結果而定。

質言之，在產、官、學的互動中，最該具有主體性、自主性、與專業素養及使命感者，自當是臺東大學兒童文學所，它是臺灣地區唯一的研究所，它有責任擔當起學術研究的火車頭。建立完整的史料，翻譯外國經典理論、編譯基本手冊或工具書，則是義不容辭的任務。

在兒童文學研究所籌備之時，洪文瓊即在〈國內兒童文學史料整理小檢視〉一文中，呼籲建立兒童文學資料庫（見1995年6月《文訊》，頁12）。2003年2月美國馬里蘭大學與網際網路資料庫合作成立「國際兒童數位圖書館」（International Children's Digital Library www.icdlbooks.org）網站，收集全球不同文化的童書，免費提供全球兒童下載。又2004年1月，中文版《科學人》有曾志朗〈社會生活基因A.T.G..C〉一文中，亦強調建立人文數位資料庫的重要性與迫切性（見頁1。）

臺東大學兒童文學所近年來積極規劃建立兒童文學資料庫，91年度兒文所以「兒童文學」學門為重點，其目的在建構數位典藏，向教育部申請「輔導新設國立大學健全發展計畫」，教育部評稱「衡諸國內以本計畫最具輔助價值，宜優先補助。」且臺東大學亦規劃成立「數位兒童文學館」，寄望在產、官、學的共同努力下，臺東大學兒童文學研究所不只是華文世界兒童文學研究的中心，更期盼早日臻至世界級兒童文學研究重鎮。

附註：

以上論述見洪文瓊《兒童文學見思集》，頁7。

有關西方兒童文學研究，劉鳳芯1998年3月中有〈關於當今美國兒童文學方向的一些觀察〉一文，見中華民國兒童文學學會《會訊》14卷2期，頁4～8。又西方有關兒童文學研究可見：
（一）在《拼綴百衲被：兒童文學其研究及專業資源》（*Research & Professional Resources in Children's Literature: Piecing a Patchwork Quilt*）（International Reading Association; January 1, 1995）中，收錄三部分研究目錄，除兒童文學研究專書及專業期刊之外，另將兒童文學研究論文篇目細分範疇如次（頁17～168）：

1. 理論分析（Theoretical Analysis）
2. 主題式內容分析（Thematic Content Analysis）（如文化、社會議題、人生階段、性別等）
3. 文本及文學分析（Text and Literary Analysis）
4. 歷史研究（Historical Research）
5. 作家及插畫家探究（Author and Illustrator Studies）
6. 閱讀取向及興趣（Reading Attitudes and Interests）
7. 家庭及學前讀寫能力（Family and Preschool Literacy）
8. 以文學為基礎的課程活動（Literature-Based Curriculum）（如

有關以文學為基礎的教室的情境、方法比較、文學融入課程活動、教師其信念與實踐等）

9. 教學技巧（Instructional Strategies）（如朗讀研究、自發性閱讀、其他教學技巧、科技等）

10. 讀者反應研究（Reader Response Research）（如文本其影響、讀者特質、教學脈絡及技巧、反應過程等）

11. 兒童文學選介（Review and Selection of Children’s Literature）

（二） 在Peter Hunt在其著作《兒童文學》（Children's Literature）（Blackwell Publishers; 2001），〈批評與理論〉一章中提到（頁262～265）：

兒童文學領域中主要有三大研究主題與方法：

第一項介於以下兩者：有人認為「真正的」兒童與批評是沒有關連的，因為兒童太不成熟、太沒有經驗，所以無法做出可靠的判斷，就算可以，也無法明白地表達。另外，有人認為文本中的兒童內在性（不管是真實或是指涉的）標示了兒童文學與其他文學根本上的差異，也因此兒童文學的批評是不同於其他文學的。

第二項介於以下兩者：有的是為了學術上的研究，有的是為了某種特別的目的，這目的通常是實用的。

第三項是在學術與實用團體本身範圍內的。有許多批評理論與實踐的派別（從文體學到解構）。同樣的，對於實用的議題（從翻譯研究到文學與特殊教育）也是很多的。

在學術界獨立的世界中發展出大量的研究，當中的先鋒是耶魯大學（Yale）發行的《兒童文學》期刊（*Children’s Literature*），最初是由美國兒童讀物學術研究的開拓者Francelia Butler所創立的。雖然期刊中許多論文是出自對學術真正的熱情，但無疑地當中有許多是自我中心主義的，對自己的正確性相當自信，而不顧「外面的世界」。逐漸地，儘管作者對兒童的建構必然會反映在文本中，但文本的學術批評研究已經忽略了主要文本中指涉與隱含的兒童讀者。不過，如同這本書所列參考文獻可看出批評的範圍是各式各樣、千變萬化的。

有人認為普遍應用於一般文學的基礎的文本與歷史學術研究在

兒童文學是相當缺乏的，雖然這看法已慢慢由於一些書籍的出版（如：Lynne Vallone的*Disciplines of Virtue*, 1995）而修正。Roderick McGillis的*The Nimble Reader*（1996）（中文字面意義為《靈敏的讀者》）和培利．諾德曼（Perry Nodelman）的《閱讀兒童文學的樂趣》第二版（*The Pleasure of Children's Literature*, second edition, 1996）是兩本運用各種批評方法的專書。兩者主要都著重於將閱讀過程去熟悉化，確保讀者可以超越分類和描述的假批評。對他們，還有像艾登．錢伯斯（Aidan Chambers）這樣的作家而言，兒童文學是一個可以激發成人、兒童和書之間產生互動的區域。錢伯斯曾研究兒童如何清楚表達自己的反應（*Tell Me: Children, Reading and Talk*, 1993，中文版《說來聽聽—兒童、閱讀與討論》由蔡宜容翻譯，天衛文化圖書有限公司於2001年2月出版）。同時，有越來越多教育理論家與文學產生豐富的互動，如：Robert Protherough（1983）和Charles Sarland（1991）。

兒童文學仍處在「理論發展不足」（under-theorized）的階段。在所有的理論研究方法中以「跨越寫作」（cross-writing）、「兒童觀點批評」（childist criticism）及「童年研究」（childhood studies）最廣為討論。其他對於批評與理論有重要貢獻的包括：John Stephens對於意識型態（ideology）的研究、Roberta Seelinger Trites對女性主義（feminism）的研究，以及Barbara Wall對文體（style）及敘述聲音（narrative voice）的研究。然而，英國與美國教育系統內在的保守主義仍傾向讓讀者習慣於以「絕對」判斷為基礎的批評。

參考書目

壹：

一、書籍

文學概論 沈謙著 臺北市 五南圖書出版股份有限公司 2002.3

華文兒童文學小史 洪文瓊籌畫主編 臺北市 中華民國兒童文學學會 1991.5

兒童文學史論 蔣風著 太原市 希望出版社 2002.10

兒童文學原理 蔣風主編 合肥市 安徽教育出版社 1998.4

兒童文學見思集 洪文瓊著 臺北市 傳文文化事業有限公司 1994.6

文學論——文學研究方法論 韋勒克、華倫著 王夢鷗、許國衡譯 臺北市 志文出版社 1976.10

中國文學理論 劉若愚著 杜國清譯 臺北市 聯經出版事業公司 1981.9

臺灣兒童文學手冊 洪文瓊編著 臺北市 傳文文化事業有限公司 1999.8

彩繪兒童又十年（臺灣1945～1998兒童文學書目） 林文寶策劃 臺北市 幼獅文化事業股份有限公司 200.6

二、期刊

關於當今美國兒童文學研究方向的一些觀察 劉鳳芯 見1998年中華民國兒童文學學會《會訊》，頁4～8。

1999年度兒童文學書目 兒童讀物中心，見天衛文化圖書有限公司2000年5月《兒童文學學刊》第3期，頁232～250。

2000年臺灣兒童文學論述、創作及翻譯書目並序 林文寶、嚴淑女 見天衛文化圖書有限公司，2001年5月《兒童文學學刊》第5期，頁518～261。

2001年臺灣兒童文學論述、創作及翻譯書目並序 林文寶、嚴淑女 見萬卷樓圖書有限公司，2002年5月《兒童文學學刊》第7期，頁307～378。

2002年臺灣兒童文學大事記暨書目 林文寶、嚴淑女 見萬卷樓圖書有限公司，2003年5月《兒童文學學刊》第9期，頁267～334。

附錄

臺灣出版外來兒童文學論述書目（1945-2003）					
書名	作者/譯者	出版社	出版日期	國別	論述類別
美國兒童文學名著選集	趙麗蓮選編 朱瑾章譯	今日世界社	1958. 4	臺灣	作品選
「世界兒童文學名著」欣賞	藍祥雲等著	國語日報社	1972. 9	臺灣	作品論
世界文學名著的小故事	蒙特高茂來著 張劍鳴譯	國語日報	1977. 12	美國	導賞
日本童話文學研究（以五大童話為中心）	邱淑蘭著	名山出版社	1978. 1	臺灣	作品論
西洋兒童文學史	許義宗著	臺北市師專	1978. 6	臺灣	文學史
童話與兒童研究	松村武雄著 鍾子岩譯	新文豐出版社	1978. 9	日本	專論
說故事	艾蓓德著 胡美華譯	中國主日學協會出版部	1979. 2	美國	專論
中國民間童話研究	譚達先著	木鐸出版社	1982. 6	中國	專論
中國動物故事研究	譚達先著	木鐸出版社	1982. 6	中國	專論
西洋兒童文學史	葉詠琍著	東大圖書公司	1982. 12	臺灣	文學史

畫圖畫說故事	凱茲・湯姆遜著 高堅譯	中國主日學協會	1983. 4	美國	導賞
兒童文學名著賞析	許義宗著	黎明文化事業股份有限公司	1983. 10	臺灣	導賞
怎樣寫兒童故事	寺村輝夫著 陳宗顯譯	國語日報附設出版社	1985.10	日本	創作論
中外童話音樂欣賞	金裕眾、戴逸如著	丹青圖書有限公司	1987. 4	中國	導賞
中國古代音樂故事與傳說	開拓出版社編輯室	開拓出版有限公司	1987. 6	中國	導賞
中國古代寓言史	陳蒲清著	駱駝出版社	1987. 8	中國	文類史
小小書評佳作選（一）——世界兒童文學名著篇	邱阿塗編選	富春文化公司	1989. 6	臺灣	導賞
幼稚園繪本・童話教學設計	岡田正章等監修	武陵出版社	1989. 7	日本	導賞
兒童詩初步	劉崇善著	千華出版公司	1989. 8	中國	專論
童話藝術思考	洪汛濤著	千華出版公司	1989. 8	中國	專論
歐洲青少年暨兒童文學	D.Escarpit著 黃雪霞譯	遠流出版事業股份有限公司	1989. 9	法國	通論
童話學	洪汛濤著	富春文化事業股份有限公司	1989. 9	中國	專論
兒童文學	祝士媛編著	新學識文教出版中心	1989. 10	中國	通論
童話的世界	相沢博著	久大文化股份有限公司	1990. 6	日本	專論

海峽兩岸現代兒歌研究	杜榮琛著	先登出版社	1990.12	臺灣	比較
海峽兩岸兒童詩比較研究	杜榮琛著	先登出版社	1991.6	臺灣	比較
世界傑出插畫家	鄭明進著	雄獅圖書股份有限公司	1991.12	臺灣	導賞
書・兒童・成人	保羅・亞哲爾著 傅林統譯	富春文化事業股份有限公司	1992.3	日本	理論
伊索寓言的人生智慧	伊索原著 李赫解析	稻田出版有限公司	1992.6	臺灣	導賞
童話之王——迪斯耐	大森民戴著趙之正編譯	先見出版有限公司	1993.3	日本	傳記
海峽兩岸寓言詩研究	杜榮琛著	先登出版社	1993.3	臺灣	比較
觀念玩具——蘇斯博士與新兒童文學	楊茂秀、吳敏而著	遠流出版事業股份有限公司	1993.6	臺灣	導賞
美加兒童文學博士論文提要		中華民國兒童文學學會	1993.11	臺灣	文獻
童詩童話比較研究論文特刊		中國海峽兩岸兒童文學研究會	1994.5	臺灣	比較
創作性兒童戲劇入門	Barbara T. Salisbury著 林玫君編譯	心理出版社有限公司	1994.6	美國	專論
中國本土童話鑑賞	陳蒲清著	駱駝出版社	1994.6	中國	導賞
日文版與中文版〈小紅帽〉的比較研究	吳淑琴著	傳文文化事業有限公司	1994.11	臺灣	比較
寓言：哲理的詩篇	顧建華著	淑馨出版社	1994.11	中國	專論

世界童話史	韋葦著	天衛文化圖書有限公司	1995.1	中國	文學史
幸福的種子——親子共讀圖畫書	松居直著 劉滌昭譯	臺灣英文雜誌社有限公司	1995.10	日本	專論
經濟騰飛為兒童文學帶來什麼？	桂文亞等著	中國海峽兩岸兒童文學研究會	1995.11	臺灣	通論
幼兒文學：在文學中成長	Walter Sawyer, Diana E. Comer合著 吳幸玲校閱，墨高君譯	揚智文化事業股份有限公司	1996. 1	美國	通論
新新人類．老老故事	愛莉絲．博等（Sophia Lyon Fahs & Alice Cobb）著 林瑞永譯	大鴻圖書有限公司	1996. 4	美國	導賞
大陸新時期兒童文學	林煥彰、杜榮琛合著	文建會	1996. 6	臺灣	文學史
鐵約翰——一本關於男性啟蒙的書	羅勃．布萊（Robert Bly）著 譚智華譯	張老師文化事業股份有限公司	1996. 6	美國	導賞
誰喚醒了睡美人	伊林．費屈著 陳貞吟譯	三久出版社	1996. 7	德國	導賞
個人成長寓言	米蘭坦．萊尼克（Melinda Reinicke）著 王介文譯	九儀出版社	1996. 7	美國	導賞
這一路我們說散文——96江南兒童文學散文之旅	桂文亞主編	亞太經網股份有限公司	1996. 8	臺灣	專論

讀她寫她——桂文亞作品評論集	金波主編	亞太經網股份有限公司	1996. 8	中國	作家作品論
桂文亞探論——走通散文藝術的兒童之道	斑馬著	亞太經網股份有限公司	1996. 8	中國	作家作品論
超越英雄——成人的童話故事	Allan B. Chinen, M.D.著 陳芝鳳譯	新苗文化事業有限公司	1996. 9	美國	導賞
直昇機・男孩——教室裡說故事的魅力	維薇安・嘉辛・裴利（Vivian Gussin Paley）著 楊茂秀等譯	成長文教基金會	1996. 9	美國	專論
醜女與野獸——女性主義顛覆書寫	芭芭拉・G・沃克（Barbara G. Walker）著 薛興國譯	智庫股份有限公司	1996. 12	美國	專論
神聖故事	查理・辛普金森&安・辛普金森編 賴惠辛譯	雅音出版有限公司	1997. 5	美國	導賞
白雪公主的復仇	梁瀨光世著 呂紹鳳譯	尖端出版股份有限公司	1997. 6	日本	導賞
故事與討論	趙鏡中譯寫	臺灣省國民學校教師研習會	1997. 6	臺灣	導賞
喚醒睡美人	Jean Freeman著 廖瑞雯譯	探索文化事業有限公司	1998. 1	美國	導賞

一九九八海峽兩岸童話學術研討會論文特刊	馮季眉主編	中國海峽兩岸兒童文學研究會	1998. 3	臺灣	比較
一九九八海峽兩岸童話學術研討會論文特刊		臺北市立圖書館	1998. 5	臺灣	比較
海峽兩岸兒童文學交流之研究（國科會專題研究計畫成果報告書）	主持人：林文寶		1998. 7	臺灣	比較
男孩：我的童年往事	羅爾德·達爾著 趙映雪譯	幼獅文化事業股份有限公司	1998. 7	英國	傳記
兩岸兒童文學交流回顧與展望專輯	林煥彰策劃主編	中華民國兒童文學學會	1998. 10	臺灣	文獻
幼兒文學	Mary Renck Jalongo著 李侑蒔、吳凱琳譯	華騰文化股份有限公司	1998. 11	美國	通論
全語言的「全」，全在哪裡？	Ken Goodman著 李連珠譯	信誼基金出版社	1998. 11	美國	專論
談閱讀	Ken Goodman著 洪月女譯	心理出版社有限公司	1998. 11	美國	專論
世界幻想兒童文學導論	彭懿著	天衛文化圖書有限公司	1998. 12	中國	專論
孩子說的故事——了解童年的敘事	蘇珊·恩傑（Susan Engel）著 黃孟嬌譯	成長文教基金會	1998. 12	美國	專論

手拿褐色蠟筆的女孩	維薇安·嘉辛·裴利（Vivian Gussin Paley）著 楊茂秀譯	成長文教基金會	1999. 2	美國	專論
童話裡看人生	森省二、森恭子合著 于佳琪譯	駿達出版有限公司	1999. 4	日本	導賞
遇見安徒生——世界童話大師的人、文、圖	安徒生、葉君健著	遠流出版事業股份有限公司	1999. 4	中國	作家論
兒童文學概論	黃雲生主編	文津出版社有限公司	1999. 7	中國	通論
童話許願戒	亞瑟·羅森著 陳柏蒼譯	人本自然文化事業有限公司	1999. 7	加拿大	導賞
令人戰慄的格林童話	桐生 操著 許嘉祥譯	旗品文化出版社	1999. 8	日本	導賞
第五屆亞洲兒童文學大會——二十一世紀的亞洲兒童文學論文集	林良等六十四人	中華民國兒童文學學會	1999. 8	臺灣	通論
新世紀兩岸兒童文學研究發展〈論文集·大陸卷、臺灣卷各一本〉	陳子君等十六人	中華民國兒童文學學會	1999. 8	臺灣	比較
鞋帶劇場——輕輕鬆鬆玩戲劇	奈莉·麥克瑟琳著 馮光宇譯	成長文教基金會	1999. 10	美國	專論
大人心理童話	艾倫·金著 郭菀玲譯	晨星出版社	1999. 10	美國	導賞

令人戰慄的格林童話 II	桐生 操著許嘉祥譯	旗品文化出版社	1999.10	日本	導賞
傑出圖畫書插畫家——歐美篇	鄭明進	雄獅圖書股份有限公司	1999.11	臺灣	導賞
傑出圖畫書插畫家——亞洲篇	鄭明進	雄獅圖書股份有限公司	1999.11	臺灣	導賞
歡欣歲月——李利安．H．史密斯的兒童文學觀	李利安．H．史密斯著 傅林統編譯	富春文化事業股份有限公司	1999.11	日本	理論
探索成人世界的童話故事	森省二、森恭子合著 于佳琪譯	駿達出版有限公司	1999.12	日本	導賞
閱讀兒童文學的樂趣	Perry Nodelman著 劉鳳芯譯	天衛文化圖書有限公司	2000. 1	加拿大	理論
美麗城堡的禁忌傳說	桐生 操著 許嘉祥譯	旗品文化出版社	2000. 1	日本	導賞
編織童年夢——波拉 故事繪本的世界	楊茂秀、黃孟嬌等著	遠流出版事業股份有限公司	2000. 2	臺灣	作家作品論
單飛：人在天涯	羅爾德．達爾著 趙映雪譯	幼獅文化事業股份有限公司	2000. 2	英國	傳記
傑出漫畫家——亞洲篇	洪德麟	雄獅圖書股份有限公司	2000. 4	臺灣	導賞
透視恐怖的格林童話	金成陽一著劉子倩譯	旗品文化出版社	2000. 5	日本	導賞
令人戰利的血腥女伯爵	桐生 操著許嘉祥譯	旗品文化出版社	2000. 6	日本	導賞

尋找大野狼的小紅帽——德國格林童話大道	欒珊瑚著	商周出版社	2000. 9	臺灣	導賞
試論我國近代童話觀念的演變——兼論豐子愷的童話	林文寶著	萬卷樓圖書有限公司	2000. 10	臺灣	專論
華利的故事—幼兒園裡的對話	維薇安·嘉辛·裴利（Vivian Gussin Paley）著 蔡慶賢譯	成長文教基金會	2000. 10	美國	專論
「兒童文學學刊」第四期——臺灣童書翻譯專刊	阮若缺等	富春文化公司	2000. 11	臺灣	通論
童話的故鄉，哥本哈根	Ulrich Sonnenberg著 左欣玉譯	商智文化公司	2000. 12	丹麥	導賞
打造兒童閱讀環境	艾登·錢伯斯（Adian Chambers）著 許慧貞譯	天衛文化圖書有限公司	2001. 1	英國	導賞
孩子的天使心	維薇安·嘉辛·裴利（Vivian Gussin Paley）著 黃又青譯	財團法人成長文教基金會	2001. 1	美國	專論
藝出造化，意本自然——Ed Young楊志成的'創作世界	楊瑞怡、葉青華、宋珮、黃迺毓等著	和英出版社	2001. 2	臺灣	作家作品論

説來聽聽一兒童、閱讀與討論	艾登・錢伯斯（Adian Chambers）著蔡宜容譯	天衛文化圖書有限公司	2001. 2	英國	導賞
閱讀的十個幸福	丹尼爾・貝納〔Daneil Pennac〕著里維譯	英屬維京群島商高寶國際有限公司臺灣分公司	2001. 3	法國	導賞
日本現代兒童文學	宮川健郎著黃家琦譯	三民書局股份有限公司	2001. 4	日本	專論
格林兄弟在家嗎——踏遊德國童話大道	磯田和一等著楊芷玲譯	書泉出版社	2001. 5	日本	導賞
安徒生，請一踏遊丹麥、荷蘭和比利時	磯田和一等著楊芷玲譯	書泉出版社	2001. 5	日本	導賞
鵝媽媽跌倒了一踏遊倫敦和英國鄉間	磯田和一等著陳惠莉譯	書泉出版社	2001. 5	日本	導賞
巫婆一定得死一童話如何形塑我們的性格	雪登・凱許登（Sheldon Cashdan）著李淑珺譯	張老師文化事業股份有限公司	2001. 7	美國	專論
伊索寓言的人生智慧	加藤諦三著林雅惠譯	臺灣廣廈有聲圖書有限公司	2001. 7	日本	導賞
教育訓練者的故事寶盒	瑪格利特・帕金（Margaret Parkin）著賴淑麗；史宗玲譯	稻田出版有限公司	2001. 7	美國	導賞
我就是如此創造了哈利波特一J・K羅琳的故事	馬克・夏畢洛（Marc Shapiro）著劉永毅譯	圓神出版社有限公司	2000. 8	美國	創作論

即興表演家喻戶曉的故事	Ruth Beall Heinig編著 陳仁富譯	心理出版社股份有限公司	2001. 9	美國	導賞
寫實與幻想—外國青少年文學作品賞析	張子樟著	國語日報社	2001. 10	臺灣	導賞
踏出閱讀的第一步	M . Susan Burns, Peg Griffin, and Catherine E.Snow, NRC編輯群著 柯華葳、游婷雅譯	信誼基金出版社	2001. 11	美國	導賞
戲劇抱抱	Kathleen Warren 著 周小玉譯	財團法人成長文教基金會	2001. 11	美國	專論
英國妖精與傳說之旅	森田吉米著 劉滌昭譯	馬可孛羅文化	2001. 12	日本	導賞
朗讀手冊——大聲為孩子讀書吧！	吉姆・崔利斯 Jim trelease著 沙永玲、麥奇美、麥倩宜譯	天衛文化圖書有限公司	2002. 1	美國	導賞
西班牙兒童文學導讀	宋麗玲著	中央圖書出版社	2002. 1	臺灣	專論
故事與心理治療	亨利・羅克斯 Henry T.Close 著 劉小菁譯	張老師文化事業股份有限公司	2002. 1	美國	專論
J.K羅琳傳—哈利波特背後的天才	辛・史密斯（Sean Smith）著 黃燦然譯	遠景出版事業有限公司	2002. 2	英國	傳記

奇靈精怪—精靈、巫師、英雄、魔怪大搜尋	羅伯英潘（Robert Ingpen）著 張琰等譯	格林文化事業股份有限公司	2002. 2	澳洲	導賞
灰姑娘睡美人站起來	溫蒂．巴莉絲 Wendy Paris著 林明秀譯	方智出版社股份有限公司	2002. 4	美國	導賞
哈利波特魔法解密書——帶你進入9又3/4月臺	七會靜著 蕭志強譯	世茂出版社	2002. 5	日本	導賞
巫婆就是這樣的！	馬柯曼．柏德 Malcolm Bird 著 羅婷以譯	遠流出版事業股份有限公司	2002. 5	英國	導賞
哈利波特的魔法世界	寇伯特 David Colbert著 鍾友珊譯	城邦文化事業股份有限公司	2002. 6	美國	導賞
哈利波特的秘密——與J.K羅琳對話	J.K.羅琳 J.K.Rowling& 琳賽．費瑟 Lindsey Fraser 著 莊靜君譯	皇冠文化出版有限公司	2002. 7	英國	導賞
哈利波特魔法教室	World Potterian Association著 許倩珮譯	臺灣東販股份有限公司	2002. 7	日本	導賞
兒童故事治療	傑若德．布蘭岱爾（Jerrold R. Brandell）著 林瑞堂譯	張老師文化事業股份有限公司	2002. 7	美國	專論

托爾金傳	麥克・懷特 Michael White著 莊安祺譯	聯經出版事業股份有限公司	2002. 10	英國	傳記
認識裴利	毛毛蟲兒童哲學基金會編	毛毛蟲兒童哲學基金會	2002. 10	臺灣	導賞
陶靈老師的教室—— 一所幼兒園的故事	維薇安・嘉辛・裴利（Vivian Gussin Paley）著 楊茂秀譯	毛毛蟲兒童哲學基金會	2002. 10	美國	專論
英語兒童文學史綱	約翰・洛威・湯森（John Rowe Townsend）著 謝瑤玲譯	天衛文化圖書有限公司	2003. 1	英國	文學史
哈利波特與中國魔法	劉天賜著	尖端出版股份有限公司	2003. 1	中國	導賞
巫師的魔法手冊	奎爾・漢米頓・伯克爾 &珍・漢米頓・伯克爾（Craig Hamilton Parker & Jean Hamilton Parker）著 連毓容譯	海鴿文化出版圖書事業有限公司	2003. 2	英國	文獻
哈利波特的魔法與科學	羅傑・海菲德（Roger Highfield）著 王柏鴻吳國欽譯	時報文化出版企業股份有限公司	2003. 2	英國	導賞

遇見小兔彼得	卡蜜拉・赫利南（Camilla Hallinan）著 蔡正雄譯	青林國際出版股份有限公司	2003. 2	英國	導賞
奇幻文學寫作的十堂課	作家文摘出版社（Writer's Digest Books）著 林以舜譯	奇幻基地出版	2003. 3	美國	專論
童話心理測試	亞門虹彥著 曹雪麗譯	寶島社	2003. 3	日本	導賞
達芬奇寓言的智慧	列奧納多・達芬奇（Leonardo da Vinci）著 鮑李豔改寫	培真文化企業有限公司	2003. 2	中國	導賞
魔鏡，魔鏡，告訴我——當代女性作家探索經典童話 輯1	凱特・柏恩海姆（Kate Bernheimer）編 林瑞堂譯	唐莊文化事業有限公司	2003. 4	美國	作品論
魔鏡，魔鏡，告訴我——當代女性作家探索經典童話 輯2	凱特・柏恩海姆（Kate Bernheimer）編 林瑞堂譯	唐莊文化事業有限公司	2003. 4	美國	作品論
讀繪本，遊世界：著名繪本教學與遊戲	紀明美、黃金葉等著 吳淑玲主編	心理出版社股份有限公司	2003. 4	臺灣	導賞
故事治療——說故事在兒童心理治療上的運用	Richard A. Gardner著 徐孟弘等譯	五南圖書出版股份有限公司	2003. 4	美國	專論

讀寫新法——幫助學生學習讀寫技巧	Robert J.Marzano、Diane E. Paynter著 王瓊珠譯	高等教育文化事業公司	2003. 5	美國	導賞
童話點心屋	林滿秋著	臺視文化事業股有限公司	2003. 5	臺灣	導賞
動畫大師——宮崎駿的故事	凌明玉著	文經出版社有限公司	2003. 5	臺灣	傳記
哈利波特聖經	寺島久美子著 許倩珮譯	臺灣東販股份有限公司	2003. 7	日本	文獻
哈利波特魔法之旅	植木七瀨著	尖端出版股份有限公司	2003. 7	日本	導賞
三分之二個兔子假期	謝金玄著	馬可孛羅文化	2003. 7	臺灣	導賞
百變小紅帽——一則童話的性 、道德和演變	凱薩琳．奧蘭絲坦著 楊淑智譯	張老師文化事業股份有限公司	2003. 8	美國	專論
因動漫画而偉大	傻呼嚕同盟著	大塊文化出版股份有限公司	2003. 8	臺灣	導賞
少女魔鏡中的世界	傻呼嚕同盟著	大塊文化出版股份有限公司	2003. 8	臺灣	導賞
手塚治虫	中尾明著 傅林統譯	小魯文化事業股份有限公司	2003. 8	日本	傳記
哈利波特魔法之盃	World Potterian Kyoukai著 沙子芳譯	尖端出版股份有限公司	2003. 9	日本	導賞
芝麻，開門	徐魯編	民生報社	2003. 9	中國	導賞

中學生閱讀策略	蘿拉．羅伯（Laura Robb）著 趙永芬譯	天衛文化圖書有限公司	2003.10	美國	導賞
托爾金—魔戒的魅力	馬克．艾迪．史密斯〈Mark Eddy Smith〉著 鄧嘉宛譯	校園書房出版社	2003.10	美國	導賞

（本文刊登於2004年7月《兒童文學學刊》第十一期，頁149-187，臺東市，國立臺東大學）

兩岸兒童文學
文體分類比較研究

壹、前言

通常，愈是先進的國家，文化設施的量愈多，文化活動的質也愈高。文化設施愈多，文化活動品質愈高的國家，他的出版事業愈為發達。這種關係在兒童圖書出版方面顯示的更是明顯。因此，大家認為一個國家兒童讀物出版與類別的多寡，以及讀物品質的高低，正反映出該國的經濟發展情形，以及文化與技術的進步程度。同時，更是該國文化素養與國民教育的指標。

至於，兒童讀物發展的指標，則在於兒童圖書館。洪文瓊認為兒童圖書館關係到兒童文學的成長，主要顯示在下列四方面：

一、兒童圖書館的普及，對兒童圖書市場有積極性的刺激作用，可直接帶動兒童圖書出版業的發展。有市場則自然會吸引更多的人才投入兒童文學的耕耘行列。

二、兒童圖書館在正常的選購過程中，等於是對市面上的現版兒童圖書做了一番評估，對兒童圖書的出版，具有淘汰與鼓勵的作用，有助於兒童文學品質的提昇。

三、兒童圖書館在招徠兒童閱讀、利用圖書的各種活動中，對兒童本身具有多方面的教育意義，連帶對家長也有啟發性的作用，有助於社會大眾更正確認識兒童文學的價值，從而激發更多人獻身兒童文學的意願。

四、兒童圖書館的普及，對於有興趣研究兒童文學的學者，可以供某程度資料應用上的方便，有助於兒童教育與

兒童讀物品質的進一步提昇。（見《兒童文學見思集》，頁73）

個人長期以來，皆致力於兒童文學的研究與推廣。近年來，全國上下皆重視兒童閱讀。是以藉此機會稍加論述有關兩岸兒童文學文類的比較研究。它是基礎範疇的論述，卻也涉及兒童圖書館員的專業認知。

本文所指文類，亦有稱之為體裁、種類、體製、體勢、體式。就兒童文學學門而言，他是屬於文學理論中的「類型論」，亦即是討論文章的類別。又本文所論文類，是以文學性為主，且其基本面是以童年文學為主。

貳、有關文體分類的論述

雖說兒童文學是當下的顯學，且又是「兒童圖書館」學科之先修學科。可是就文體分類而言，兒童文學、兒童圖書館學者，卻少有人論文。

其實，對文類的重視，是我國傳統文學觀的特色之一。張戒《步寒堂詩話》卷上：

論詩文當以文體為先，警策為後。（見木鐸版丁福保輯《歷代詩話續編》上冊，頁459。）

嚴羽《滄浪詩話・辨篇》云：

詩之法有五：曰體製、曰格力、曰氣象、曰興趣、曰音節。（見藝文版何文煥訂《歷代詩話》，頁443。）

申言之，文體的分類，始於文章的效用，因效用不同，則作法亦自有別。初學者以文體為先，自有其方便之處。一者可了解文體之差異，我們知道詩、散文、小說、劇本，四者是有分別；再者可收比較訓練或研究之效，然新時代以來，鮮少有人專文討論有兒童文學文體之分類，就個人所知有下列專文：

1. 兒童文學類型的檢討與省思 傅林統 見1990年4月《中國語文》月刊66卷四期，頁63～68。
2. 兒童少年文學體裁分類的發展 林政華 見1992年2月《研習資訊》第九卷第一期，頁64～68。
3. 兒童文學的分類 方祖燊 見1999年3月《中國現代文學理論》 季刊第13 期，頁4～13。
4. 兒童文學文體分類的歷史性與新基點 周曉波 見1993年3月《浙江師大學報》雙月刊社會科學版第2期，頁15~21。並收見1994年4月湖南少年兒童出版社《當代兒童文學面面觀》，頁176～189。

其中，傅林統一文的分類，實際上與本論文的分類是相同的。此外，當以周曉波最具論述觀點，全文論點如下：

一、兒童文學文體分類的歷史性與相對性：

1. 歷史性：

文體分類的形成是在漫長的文學歷史發展中逐漸確立起來的。初期的分類，主要是源於民間文學和成人文學的沿襲。

2. 相對性：

文類之間應沒有一條不可逾越的鴻溝。

二、兒童文學文體形成的外部及內部研究

1. 外部研究：

甲.與民間文學的血緣關係

乙.與成人文學的特種聯繫

2. 內部研究：

主要是由於少年兒童的年齡特徵的差異引起的，年齡特徵的差異決定了他們不同的審美情趣和指向，審美情趣的差異和指向又決定了兒童文學不同於成人文學的多層次多部類的分類體系。

三、兒童文學文體分類的新基點：

1. 當今兒童文學文體發展變化的趨勢，一是借鑑外國的成人文學的現代派的東西。另外是兒童文學品種之間的橫向滲透。

2. 當代兒童文學文體分類大略。分成文學類各體、應用類個體、邊緣類個體等三大類。（以上詳見《當代兒童文學面面觀》，頁176～189）

其後，蔣風主論《兒童文學原理》一書第二編〈文體論〉由周曉波主筆，全編專論文體的分類，亦即是上述一文的引申。周氏認為文體分類的根據有三：

> **首先，在文體功能上的一致或接近。**
> **其次，在運用思維方式上的一致或接近。**
> **第三，在表達方式上的一致或接近。（詳見頁100～101）**

至於文體分類最基本的方法是在於「比較」（頁101），而「包舉」、「對等」、「正確」（頁104）則是文體分類最基本的原則。

以下試就海峽兩岸兒童文學教材中，有關文體分類尋根溯源，並進而歸類比較研究之。

參、大陸地區有關文類的沿革

「兒童文學」一詞，周作人於1913年間即已採用，並已見之於刊物，至於廣泛流行則是1920年以後。

有關大陸地區兒童文學的考察，則分成兩個部分觀察之。一是以三十年以前，二是以新時期以來。前者是建立兒童文學主體性的時代，其基本理論是以「兒童本位」為主；後者是文革以後的新時期，其基本理論則是向文學性與兒童性回歸。

一、兒童本位時期

本時期選三本教材作為觀察對象。魏壽鏞、周侯于編的《兒童文學概論》，是中國第一部探討兒童文學基本原理的專著。三本教材的基本資料如下，其項「出處」是指文體分類而言：

作者	書名	出版地	出版社	出版年月	出處
魏壽鏞 周侯于 編	兒童文學概論	上海	商務印書館	1923. 8	p.47~p.58
張聖瑜	兒童文學研究	上海	商務印書館	1928. 9	p.70~p.86
葛承訓	新兒童文學	上海	上海兒童書局	1934. 3	p.20~p.122

至於文體的分類以魏壽鏞、周侯于為濫觴，其分類原則雖未明白說明，但可知是不離從間口傳、舊有書籍與新出版品（頁40~42）中歸納而出，他們認為兒童文學要詳細區別，可分為十一類。其中，詩歌分為八種（頁47~51），童話分為三種（頁51~54），試將三種教材文體分類列表如下：

文類＼編者		周侯于 魏壽鏞	張聖諭	葛承訓
詩歌	兒歌	∨	∨	∨
	民歌	∨		∨
	童謠	∨	∨	∨
	諺語	∨		
	舊詩	∨	∨	∨
	新詩	∨	∨	∨
	詞曲	∨		∨唱詞
	其他	∨		
	諺謠	∨	∨	

童話	神話	V	V	V
	神仙故事	V	V 童話	V 童話
	動植物故事	V		
	寓言	V	V	V
	故事	V	V	V
	謎語	V	V	V
	諧談	V	V	V
	傳記	V	V	笑話
	遊記	V	V	
	小說	V	V	
	劇本	V	V	
	論說	V	V	
	傳說		V	V
圖畫書	無字圖畫			V
	圖文兼有			V

註：見魏壽鏞、周侯于《兒童文學概論》p.50，「其他」指如箴、銘、古歌、道情之類。

張聖瑜、葛承訓的文體分類亦皆以魏壽鏞、周侯于兩人為依歸。可注意者是葛承訓有「圖畫書」一類，並用六頁的篇幅討論之。他說：

> 幼年兒童不能閱讀書籍，可以看圖畫書。圖畫原來是兒童最喜歡欣賞的東西，如以圖畫表示一個故事，圖畫就成為文學的一種了。即是一般人討論兒童文學，從未注意及此，即編者也忽略兒童能夠看和應該看的圖畫或圖畫書。（頁14）

在分類中周侯于、魏壽鏞有「其他」一項，是指如箴、銘、古歌、道情之類。（頁50）其餘的文體分類，因屬初期，傳俗文學的味道頗濃。

二、新時期的文體分類

1976年10月「四人幫」瓦解，大陸兒童文學理論研究才告別了一個惡夢般的歲月。

1978年9月浙江師範學院中文系設立兒童文學研究室。12月，北京師範大學成立兒童文學研究室。

1978年10月11日~12日由國家出版局、教育部、文化部、共青團中央、全國婦聯、全國文聯、全國科協等單位，在江西廬山聯合召開「全國少年兒童讀物出版工作座談會」，是兒童文學事業，包括理論研究事業出現轉折的一個契機和標誌。

1979年9月浙江師範學院開始招收兒童文學碩士研究生。

1979年1月，由少年兒童出版社主辦卻停刊達16年之久的《兒童文學研究》，得以復刊。

1980年7月鄧小平提出對外開放政策，同月在北京成立了中國兒童文學研究會。

1984年6月，文化部在石家庄召開了全國兒童文學理論座談會。於是，走出泥沼，朝向理論的建設之路，以下試以六種教材，為觀照的對象，其相關資料如下：

作者	書名	出版地	出版社	出版年月	出處
蔣風 著	兒童文學概論	長沙市	湖南少年兒童出版社	1982. 5	p50~p294
浦漫汀主編	兒童文學教程	濟南市	山東文藝出版社	1991. 5	p28~p151
蔣風主編	兒童文學原理	合肥市	安徽教育出版社	1998. 4	p105~p108
黃雲生主編	兒童文學概論	上海市	上海文藝出本社	2001. 6	p49~p120
陳子典主編	新編兒童文學教程	廣州市	廣東高級教育出版社	2003. 9	p161~p373
方衛平王昆建主編	兒童文學教程	北京市	高等教育出版社	2004. 5	p71~p319

蔣風於1978年主持浙江師範學院兒童文學研究室，於隔年九月招收兒童文學碩士生，並於1984年2月接任院長，1985年2月改制為浙江師範大學，蔣氏為校長，任期至1988年1月。蔣氏可說是新時期兒童文學研究的領航者。因此，其文體分類自有其權威性，其餘諸位，亦自有其代表性，試將各家文體分類列表如下：其間，為閱讀方便，則以分類分表方式處理之：

文類	書名/作者	（蔣風）兒童文學概論	（浦漫汀）兒童文學教程	（蔣風）兒童文學原理	（黃雲生）兒童文學概論	（陳子典）新編兒童文學教程	（方衛平、王昆建）兒童文學教程
兒童詩歌	兒歌	V	V	V	V	V	V
	謎語	V					
	兒童詩	V	V	V	V	V	V
	童話	V	V	V	V	V	V
	寓言	V	V	V	V	V	V
	小說	V	V	V	V	V	V
兒童故事	圖畫故事	V	V	V	V	V	
	動物故事	V	V	V	V	V	V
	生活故事	V	V	V	V	V	V
	歷史故事	V	V	V	V	V	V
	驚險故事	V		V			
	科學故事	V		V			
	先進人物					V	
	民間故事					V	V
	改編故事						V
	謎語故事						V

<table>
<tr><th colspan="2">書名/作者
文類</th><th>兒童文學概論（蔣風）</th><th>兒童文學教程（浦漫汀）</th><th>兒童文學原理（蔣風）</th><th>兒童文學概論（黃雲生）</th><th>新編兒童文學教程（陳子典）</th><th>兒童文學教程（方衛平、王昆建）</th></tr>
<tr><td rowspan="12">兒童戲劇</td><td>兒童話劇</td><td>V</td><td>V</td><td>V</td><td></td><td rowspan="12">V</td><td>V</td></tr>
<tr><td>兒童歌劇</td><td>V</td><td>V</td><td></td><td></td><td></td></tr>
<tr><td>兒童舞劇</td><td>V</td><td></td><td></td><td>V</td><td></td></tr>
<tr><td>兒童戲曲</td><td>V</td><td>V</td><td></td><td>V</td><td>V</td></tr>
<tr><td>木偶劇</td><td>V</td><td>V</td><td>V</td><td>V</td><td>V</td></tr>
<tr><td>皮影戲</td><td>V</td><td>V</td><td>V</td><td>V</td><td>V</td></tr>
<tr><td>歌舞劇</td><td></td><td>V</td><td>V</td><td>V</td><td>V</td></tr>
<tr><td>童話劇</td><td></td><td></td><td>V</td><td></td><td></td></tr>
<tr><td>神話劇</td><td></td><td></td><td>V</td><td></td><td></td></tr>
<tr><td>歷史劇</td><td></td><td></td><td></td><td></td><td></td></tr>
<tr><td>啞劇</td><td></td><td></td><td></td><td>V</td><td></td></tr>
<tr><td>課本劇</td><td></td><td></td><td></td><td></td><td>V</td></tr>
<tr><td rowspan="3">圖畫書</td><td>圖畫故事</td><td></td><td></td><td></td><td>V</td><td></td><td>V</td></tr>
<tr><td>無字圖畫</td><td></td><td></td><td></td><td>V</td><td></td><td>V</td></tr>
<tr><td>連環畫</td><td></td><td></td><td></td><td>V</td><td></td><td>V</td></tr>
</table>

<table>
<tr><th colspan="3">書名/作者
文類</th><th>兒童文學概論（蔣風）</th><th>兒童文學教程（浦漫汀）</th><th>兒童文學原理（蔣風）</th><th>兒童文學概論（黃雲生）</th><th>新編兒童文學教程（陳子典）</th><th>兒童文學教程（方衛平、王昆建）</th></tr>
<tr><td rowspan="20">兒童電影（影視）</td><td rowspan="7">故事片</td><td>驚險片</td><td>V</td><td rowspan="7">V</td><td rowspan="7">V</td><td rowspan="7">V</td><td></td><td></td></tr>
<tr><td>傳記片</td><td>V</td><td></td><td></td></tr>
<tr><td>喜劇片</td><td>V</td><td></td><td></td></tr>
<tr><td>生活片</td><td></td><td>V</td><td>V</td></tr>
<tr><td>童話片</td><td>V</td><td>V</td><td>V</td></tr>
<tr><td>神話片</td><td></td><td>V</td><td></td></tr>
<tr><td>科幻片</td><td></td><td>V</td><td>V</td></tr>
<tr><td colspan="2">童話片</td><td>V</td><td></td><td>V</td><td></td><td></td><td></td></tr>
<tr><td rowspan="3">科教片</td><td>科學普及片</td><td>V</td><td rowspan="3">V</td><td rowspan="3"></td><td rowspan="3"></td><td rowspan="3">V</td><td rowspan="3"></td></tr>
<tr><td>技藝宣傳片</td><td>V</td></tr>
<tr><td>教學片</td><td>V</td></tr>
<tr><td rowspan="3">新聞記錄片</td><td>新聞片</td><td>V</td><td rowspan="3">V</td><td rowspan="3"></td><td rowspan="3"></td><td rowspan="3"></td><td rowspan="3"></td></tr>
<tr><td>紀錄片</td><td>V</td></tr>
<tr><td>雜誌片</td><td>V</td></tr>
<tr><td rowspan="6">美術電影</td><td>動畫片</td><td>V</td><td>V</td><td>V</td><td>V</td><td>V</td><td>V</td></tr>
<tr><td>木偶片</td><td>V</td><td>V</td><td>V</td><td>V</td><td>V</td><td>V</td></tr>
<tr><td>剪紙片</td><td>V</td><td>V</td><td>V</td><td>V</td><td>V</td><td>V</td></tr>
<tr><td>折紙片</td><td>V</td><td>V</td><td>V</td><td>V</td><td>V</td><td>V</td></tr>
<tr><td>水墨動畫片</td><td></td><td></td><td></td><td>V</td><td>V</td><td></td></tr>
<tr><td>電視劇</td><td></td><td></td><td></td><td>V</td><td></td><td>V</td></tr>
<tr><td rowspan="6" colspan="2">散文</td><td>抒情</td><td></td><td>V</td><td>V</td><td></td><td>V</td><td>V</td></tr>
<tr><td>敘事</td><td></td><td>V</td><td>V</td><td>V</td><td>V</td><td>V</td></tr>
<tr><td>狀物</td><td></td><td>V</td><td></td><td>V</td><td>V</td><td>V</td></tr>
<tr><td>寫景</td><td></td><td>V</td><td></td><td></td><td>V</td><td>V</td></tr>
<tr><td>議論</td><td></td><td>V</td><td></td><td>V</td><td></td><td>V</td></tr>
<tr><td>記人</td><td></td><td>V</td><td></td><td></td><td>V</td><td></td></tr>
</table>

文類		兒童文學概論（蔣風）	兒童文學教程（浦漫汀）	兒童文學原理（蔣風）	兒童文學概論（黃雲生）	新編兒童文學教程（陳子典）	兒童文學教程（方衛平、王昆建）
兒童科學文藝	詩歌	V	V	V	V	V	V
	童話	V	V	V	V	V	V
	科幻	V	V	V	V	V	V
	小品	V	V	V	V	V	V
	相聲		V			V	V
	故事	V	V	V	V	V	V
	寓言		V	V			V
	謎語						V
	散文		V				
	遊記		V			V	
	傳記		V	V			
	電影		V				
報告文學			V	V	V		V
傳記文學			V	V			
遊記				V			
雜文				V			
論文				V			

綜觀各家說法，其中除蔣風主編《兒童文學原理》一書有「邊緣類各種」之說外。各家分類皆大同小異。其間，陳子典《新論兒童文學概論》，將「科教類」分為地理風光片、自然氣象片、生物知識片等三種。（頁366）

肆、臺灣地區有關文體分類的沿革

大陸地區，最早設立「兒童文學」課程者是江蘇一師，時間是1921年。（見張聖瑜《兒童文學研究》，頁189）而臺灣地區的師範學校則遲至1960年才有「兒童文學」課程的設計，至於開課則是1961年以後的事。今將臺灣地區文類沿前例分為兩期，說明如下：

一、草創時期

1960年臺中師範學院改制為師專，於是有了「兒童文學」的課程，前教育部長朱匯森（當時是中師校長）曾提起當年在草擬師專課程之初，他和擔任兒童文學一科教學的劉錫蘭到處收集有關兒童文學的小冊子和文章。最後在美國開發總署哈德博士和亞洲協會（Asia Association）白安楷等的協助下，好不容易才找到幾本書可供參考（見《兒童文學史料初稿1945～1989》頁192）。

劉氏編著《兒童文學研究》於1963年10月修訂再版，11月18日聯合國兒童基金會決定以五十萬美金協助臺灣推行五年國教計畫，內容包括：師資進修、編譯兒童讀物、推行科學教育及職業訓練等，1964年6月在陳梅生等人努力，即以此項基金協助下成立省教育廳兒童讀物編輯小組，並於1965年9月正式出版第一批十冊。

1964年4月，美國兒童文學家孟蒙・李夫（Leaf Monvo

1905～1976），《猛牛費地南》一書的作者兼畫者，抵臺作為期半月的訪問。

1966年8月，又有海倫．石德萊（Helen R. Sattlen）抵臺，省教育廳特在臺中師專設立為期四星期的「兒童讀物研究班」，早期講授「兒童文學」的老師，大皆參與了這次的研究班。

以下所列出的五本教材，皆屬師專時期的教材。

又吳鼎的著作，依自序所言全書前後書寫長達十年。則其啟念書寫時間，可往前推至1955年3月。

試列五本教材出版相關資料如下：

作者	書名	出版地	出版社	出版年月	出處
吳鼎編著	兒童文學研究	臺北市	臺灣教育輔導月刊社	1965.3	p79~p90
劉錫蘭編著	兒童文學研究	臺中市	臺中師專	1963. 10 修訂再版	p43~p59
林守為編著	兒童文學	臺南市	臺南師專	1964. 3	p11~p12
葛琳編著	師專兒童文學研究（上、下）	臺北市	華視出版社	1973. 2	上冊 p55~p56 下冊 p152~p161
許義宗著	兒童文學論	臺北市	自印本	1977	p16

劉錫蘭的著作雖然出版較早，可是有關分類則是依吳鼎的說法為主。他說：

> 關於兒童文學的分類，也是人言人殊，個人說法頗不一致。據吳鼎先生於民國四十八年連續在《臺灣教育輔導月刊》上發表了十二篇論文，計將兒童文學分為十二類，我

以為較為合理，今依此十二類別分敘述如後。（頁43）

其實吳鼎的分類有十三，「兒童連環圖畫」劉氏不計。

今依吳鼎分類為序，將各家教材分類列表如下：

<table>
<tr><th colspan="3">作者
文類</th><th>吳鼎</th><th>劉錫蘭</th><th>林守為</th><th>葛琳</th><th>許義宗</th></tr>
<tr><td rowspan="14">詩歌（韻文）</td><td rowspan="6">詩</td><td>描寫詩</td><td rowspan="5">∨</td><td>∨</td><td rowspan="5">∨</td><td>∨</td><td rowspan="5">∨</td></tr>
<tr><td>故事詩</td><td>∨</td><td></td></tr>
<tr><td>抒情詩</td><td>∨</td><td>∨</td></tr>
<tr><td>敘事詩</td><td>∨</td><td>∨</td></tr>
<tr><td>寫景詩</td><td>∨</td><td>∨</td></tr>
<tr><td>史詩</td><td></td><td>∨</td><td></td><td></td><td></td></tr>
<tr><td rowspan="3">歌謠</td><td>兒歌</td><td>∨</td><td>∨</td><td>∨</td><td>∨</td><td>∨</td></tr>
<tr><td>童謠</td><td>∨</td><td>∨</td><td></td><td></td><td></td></tr>
<tr><td>民歌與歌謠</td><td>∨</td><td>∨</td><td>∨</td><td></td><td></td></tr>
<tr><td rowspan="5">韻語</td><td>韻語</td><td>∨</td><td>∨</td><td></td><td></td><td></td></tr>
<tr><td>急口令</td><td></td><td>∨</td><td>∨</td><td></td><td></td></tr>
<tr><td>謎語</td><td>∨</td><td></td><td>∨</td><td></td><td>∨</td></tr>
<tr><td>彈詞</td><td>∨</td><td></td><td>∨</td><td></td><td></td></tr>
<tr><td>鼓詞</td><td></td><td></td><td>∨</td><td></td><td></td></tr>
</table>

文類	作者	吳鼎	劉錫蘭	林守為	葛琳	許義宗
散文	故事	V	V		V	V
	童話	V	V	V	V	V
	神話	V	V	V	V	V
	圖畫故事			V		
	民間故事			V	V	V
	寓言	V	V	V	V	V
	小說	V	V	V		V
	歷史故事			V	V	V
	生活故事			V	V	V
	自然故事			V		
	科學故事					V
	遊記	V	V	V	V	V
	傳記	V	V	V	V	V
	笑話	V	V	V	V	V
	日記	V	V		V	V
	小品文	V				
	謎語	V	V	V		V

文類 \ 作者		吳　鼎	劉錫蘭	林守為	葛　琳	許義宗
戲劇	話劇	V	V	V	V	
	歌劇	V	V	V		
	啞劇			V	V	
	歌舞劇				V	
	舞劇			V		
	廣播劇			V	V	V
	木偶劇			V	V	
	電視				V	
	電影劇				V	V
	卡通				V	
	舞臺劇					V
圖畫	圖畫書				V	V
	插畫				V	
	連環圖畫	V			V	V
	圖畫故事書			V	V	
	故事畫	V				

綜觀以上各家分類，由於各家理路不一，列表並未盡清楚。如許義宗童詩的種類有：敘述詩、抒情詩、夢想詩、童話詩、故事詩、寓言詩。（頁98～104），又謎語並列在「韻文」中，卻又未申論（頁16）。而吳鼎故事的種類則有十二種：生活故事、神仙故事、歷史故事，地理故事、衛生故事、道德故事、民間故事、探險的故事、藝術故事、文學故事、聖經故事。（頁260～276），劉錫蘭亦沿用之。（頁44～45）總之，各家對次文類的分法頗為分歧。但就形式分類而言，卻有良好的共識與傳統。

吳鼎認為兒童文學的形式有：散文形式的、韻文形式的、戲劇形式的、圖畫形式的等四種。（頁79～90）林守為認為兒童文學可分為三大類；散文、韻文、戲劇。（頁11～12）而許義宗亦分為：散文、韻文、戲劇、圖畫等四大類。（頁16）

今僅就形式而言，將各家大類列表如下：

作者 文類		吳鼎	劉錫蘭	林守為	葛琳	許義宗
童話		∨	∨	∨	∨	∨
故事		∨	∨	∨	∨	∨
寓言		∨	∨	∨	∨	∨
小說		∨	∨	∨	∨	∨
神話		∨	∨	∨	∨	∨
民間故事					∨	∨
歷史故事					∨	∨
遊記		∨	∨	∨	∨	∨
傳記		∨	∨	∨	∨	∨
日記		∨	∨		∨	
謎語		∨	∨	∨	∨	∨
笑話		∨	∨	∨	∨	∨
小品文					∨	∨
詩歌	兒歌	∨	∨	∨	∨	∨
	童詩			∨		∨
戲劇		∨	∨	∨	∨	∨
圖畫書					∨	∨
連環圖畫		∨			∨	∨

二、論述時期

臺灣兒童文學緣於教育體系的師範，尤其師專時期起，各師專都有語文組，於是有了兒童文學的課程。尤其是1987年7月1日起，將國內現有的九所師專一次改制為師範學院。在新制師院的一般課程，列有兩個學分的「兒童文學」，是師院學生必須科目。而語教系則有三個學分的「兒童文學及習作」。

於是，兒童文學的研究主力自以師專、師院為主。以下所列各書作者皆師專、師院的教師。其中個人著作雖非最早，但有關論述文體〈兒童文學製作之理論〉一文已有論及文體分類。此文原刊於1975年4月《專師學報》第三期（頁1～32）。又本期的論述皆「著」，而非「編」或「編著」。

今將六種兒童文學論著相關出版資料表列如下：

作者	書名	出版地	出版社	出版年月	出處
林文寶 著	兒童文學故事體寫作論	高雄市	復文圖書出版社	1986. 2	p7~p10
王秀芝 著	中國兒童文學	臺北市	自印本	1981. 1	p44~p293
李慕如 著	兒童文學綜論	高雄市	復文圖書出版社	1983. 9	p52~p367
葉詠琍 著	兒童文學	臺北市	東大圖書股份有限公司	1986. 5	p27~p232
林政華 著	兒童少年文學	臺北市	富春文化事業股份有限公司	1991. 1	P109~p324
張清榮 著	兒童文學創作論	臺北市	富春文化事業股份有限公司	1991. 9	p47~p136

在六位的論述裡，李慕如（見頁52～367）、張清榮（見頁47～99）皆承繼前人主張文體就形式而言有：散文形式的、韻文形式的、戲劇形式的、圖畫形式的等四種。而個人則於1984年四

月發表有〈兒童文學「故事體寫作」之研究〉一文（見《專師學報》第十二期，頁1～126）即將「故事體」從散文中抽離出來，並專文論述之。以下列表是以拙著分類為主：

文類／作者	韻文類										
	民歌	歌謠	兒語	兒歌	童謠	童詩	謎語	彈詞	史詩	韻語	急口令
林文寶				∨		∨					
王秀芝			∨	∨	∨	∨					
李慕如	∨	∨		∨	∨	∨	∨	∨	∨	∨	∨
葉詠琍				∨		∨	∨				
林政華			∨	∨	∨	∨	∨				
張清榮				∨	∨	∨	∨			∨	

文類／作者	故事類													
	故事	童話	神話	寓言	小說	生活故事	科學故事	傳說	民間故事	歷史故事	寫實故事	探險故事	文藝故事	宗教故事
林文寶	∨	∨	∨	∨	∨									
王秀芝			∨	∨					∨	∨	∨			
李慕如		∨	∨	∨	∨	∨	∨		∨	∨		∨	∨	∨
葉詠琍		∨	∨	∨	∨			∨	∨					
林政華		∨			∨									
張清榮	∨	∨	∨	∨	∨			∨						

<table>
<tr><th rowspan="2">文類
作者</th><th colspan="9">散文類</th></tr>
<tr><th>寫景</th><th>說理</th><th>抒情</th><th>敘事</th><th>笑話</th><th>傳記</th><th>遊記</th><th>日記</th><th>小品文</th></tr>
<tr><td>林文寶</td><td>∨</td><td>∨</td><td>∨</td><td>∨</td><td></td><td></td><td></td><td></td><td></td></tr>
<tr><td>王秀芝</td><td></td><td></td><td></td><td></td><td></td><td></td><td></td><td></td><td></td></tr>
<tr><td>李慕如</td><td></td><td></td><td></td><td></td><td>∨</td><td>∨</td><td>∨</td><td>∨</td><td>∨</td></tr>
<tr><td>葉詠琍</td><td></td><td></td><td></td><td></td><td></td><td></td><td></td><td></td><td></td></tr>
<tr><td>林政華</td><td colspan="4">∨</td><td></td><td></td><td></td><td></td><td></td></tr>
<tr><td>張清榮</td><td colspan="4">∨</td><td>∨</td><td>∨</td><td>∨</td><td>∨</td><td>∨</td></tr>
</table>

文類 作者	圖畫類					
	幼兒圖畫書	圖畫故事書	插畫	漫畫	無字圖畫書	易讀故事書
林文寶		∨	∨	∨		
王秀芝						
李慕如	∨	∨		∨		
葉詠琍		∨			∨	∨
林政華						
張清榮	∨	∨	∨	∨		

作者＼文類		林文寶	王秀芝	李慕如	葉詠琍	林政華	張清榮
舞臺劇	話劇	∨		∨		∨	∨
	歌劇	∨		∨		∨	∨
廣播劇		∨		∨		∨	∨
電視劇		∨		∨		∨	∨
電影		∨		∨		∨	∨
民俗雜劇	傀儡劇						∨
	布袋劇	∨				∨	∨
	皮影劇					∨	∨
啞　劇				∨		∨	
歌舞劇				∨		∨	
木偶劇				∨		∨	
卡　通				∨		∨	∨
詩　劇						∨	
朗頌劇						∨	
雙簧劇						∨	
相　聲						∨	
快板劇						∨	
戲　曲						∨	

其間，葉詠琍《兒童文學》（頁54-112），將兒童詩分為童話詩、故事書、寓言詩、謎語詩等四種。

伍、兩岸文體分類比較研究

綜觀兩岸有關兒童文學文體分類的沿革，可知早期的分類確實是有其歷史性，尤其是具有民間文學的血緣關係。至於後期的分類則流於相對性。以下論述是以後期為主。

一、大陸地區

大陸地區後期有關兒童文學文體分類，是以蔣風為主，他在《兒童文學概論》一書中，似乎與其他各書無異。至於在《兒童文學原理》一書，則將文學分為兩大塊，即「文學類各體」與「邊緣類各體」，今將其分類列表如下：

1. 文學類各體：

現代文學的分類方法一般以採用「四分法」為多，及詩歌、小說、散文、戲劇四大類。但對此來說顯然是不夠的，在大類中，童話、寓言、故事是不可缺的，也是兒童文學十分重要的文體類別。此外，隨著當代影視藝術的發展，影視文學日益深入兒童生活，因此，兒童影視文學也應該作為兒童文學不可缺少的一個文體類別。就此我們將兒童文學類個體分為八大類別。

在這八大文體類別中，除了兒歌單獨屬於幼兒文學，兒童小說僅限於童年文學與少年文學，其他各類在兒童文學的三大層次中都有，只是因年齡層次不同，在語言深淺度和表現方式上略有不同。

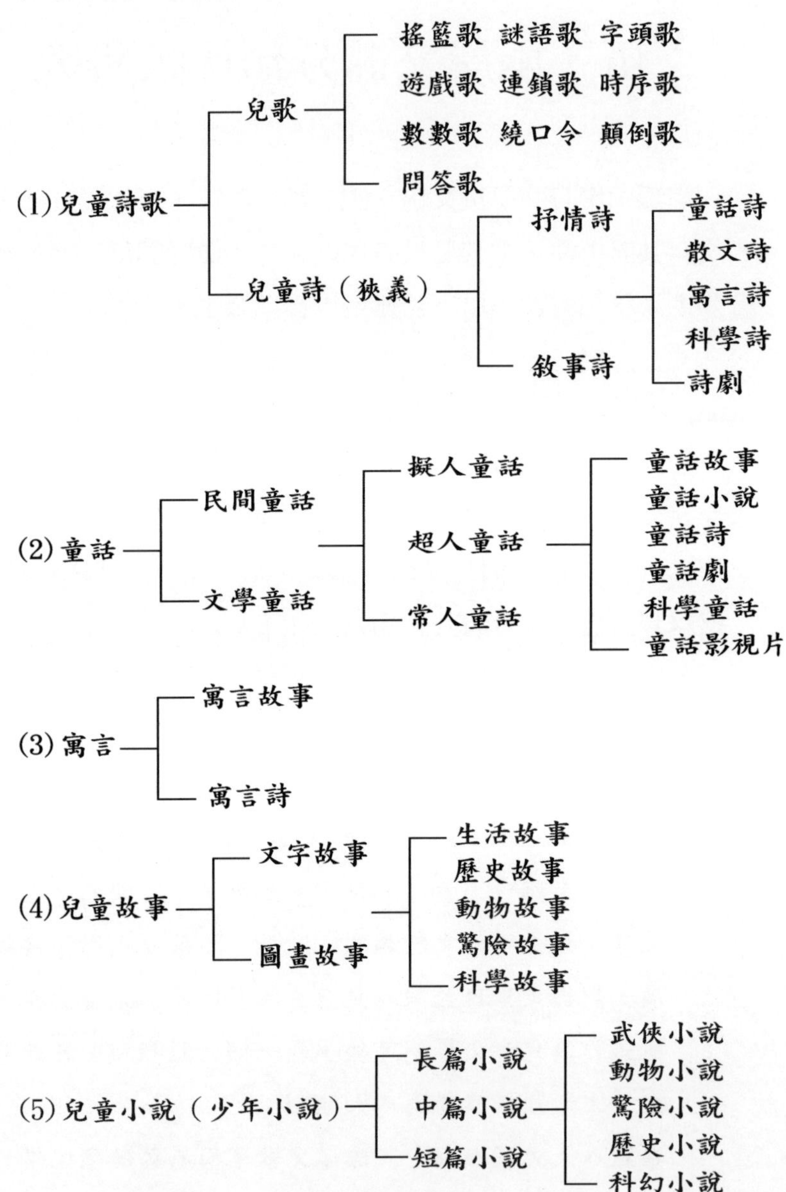

(1)兒童詩歌
兒歌
搖籃歌 謎語歌 字頭歌
遊戲歌 連鎖歌 時序歌
數數歌 繞口令 顛倒歌
問答歌
兒童詩（狹義）
抒情詩
敘事詩
童話詩
散文詩
寓言詩
科學詩
詩劇
(2)童話
民間童話
文學童話
擬人童話
超人童話
常人童話
童話故事
童話小說
童話詩
童話劇
科學童話
童話影視片
(3)寓言
寓言故事
寓言詩
(4)兒童故事
文字故事
圖畫故事
生活故事
歷史故事
動物故事
驚險故事
科學故事
(5)兒童小說（少年小說）
長篇小說
中篇小說
短篇小說
武俠小說
動物小說
驚險小說
歷史小說
科幻小說

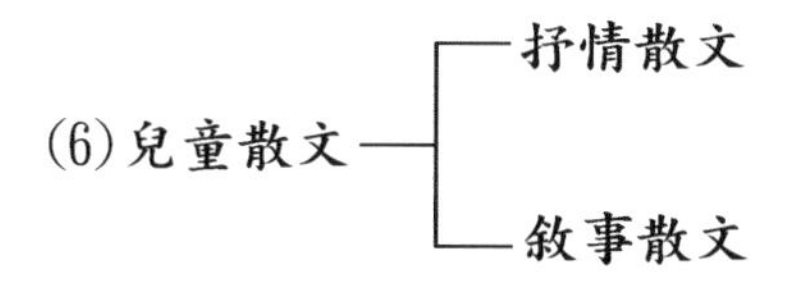

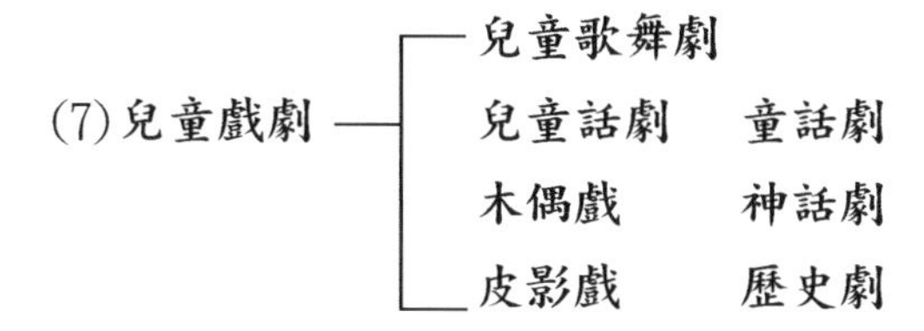

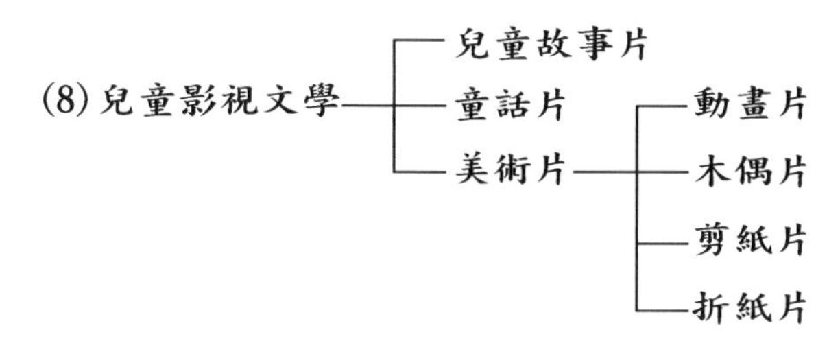

2. 邊緣類各體：

兒童文學的邊緣類個體大都屬於少年文學的範疇，當然其中與有一小部分較為淺近的，當然也可供童年期的兒童讀者欣賞。此外論文類的個體除了幫助少兒讀者提高文學的鑑賞能力，更重要的還是為兒童文學的創作者、理論研究者提高創作和理論研究水平服務的。兒童文學邊緣類的個體如下：

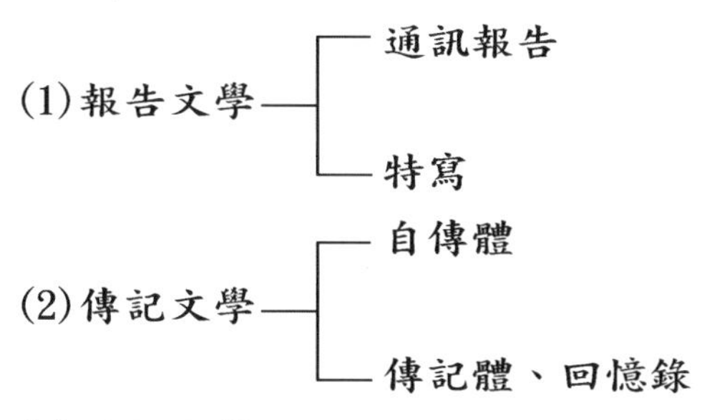

(3)遊記文學

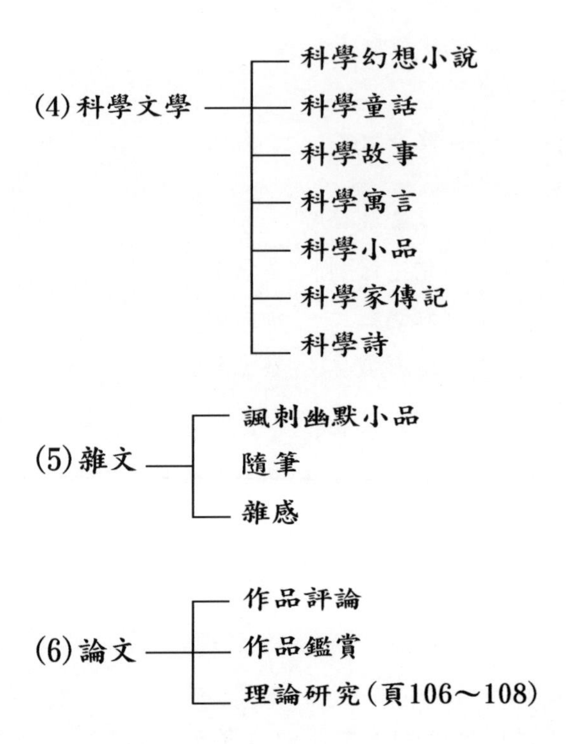

這種分類，其實是受周曉波〈兒童文學文體分類的歷史性和新基點〉一文的影響，而周曉波則採文學三大塊，其分類如下：

> A. 文學類各體：文學的分類方法和一般採「四分法」為多，即詩歌、小說、散文和劇本。但兒童文學當然有別於成人文學，增加了童話、寓言、故事這三大特殊的、也是重要的文體類別。這三大類都是特別受兒童喜愛的文體種類，因此兒童文學的基本分類一般採用「七分法」，即兒童詩、兒童小說、童話、寓言、兒童故事、兒童散文和兒童劇本。每個大類有可按體裁特徵和年齡特徵分為若干個分類，即：

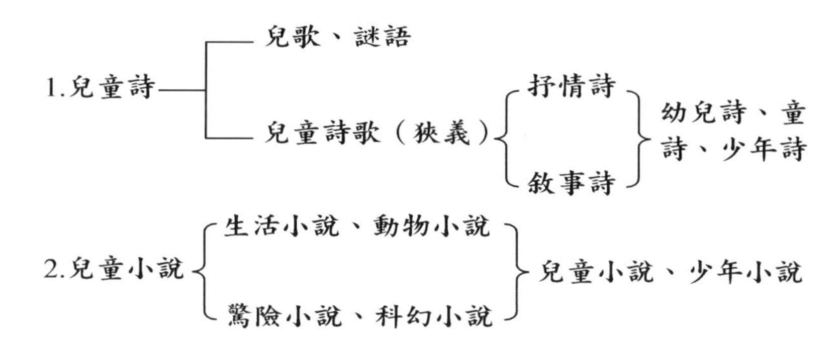

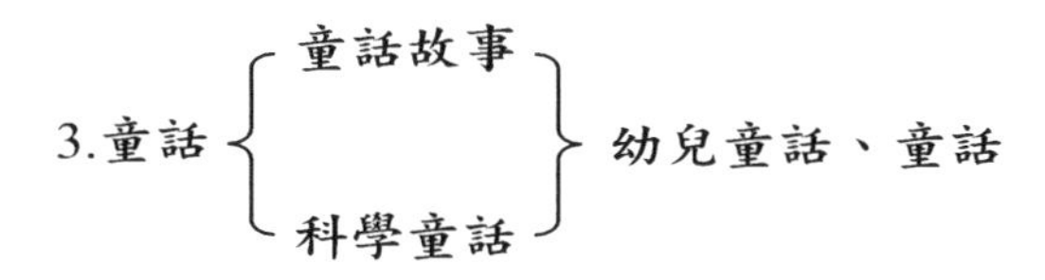

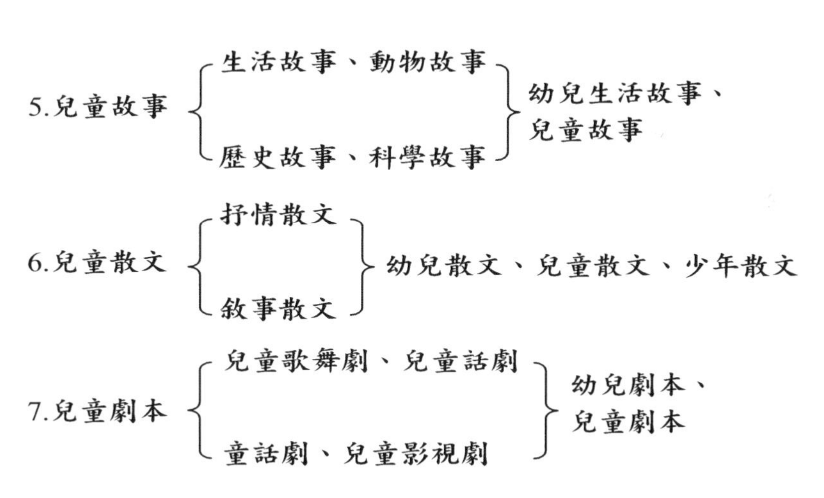

B. 應用類各體：兒童文學的應用類個體主要由新聞與論文體兩類構成。這兩類文體除了為少年兒童讀者服務，更主要的還是為少年兒童文體工作者、兒童文學的創作者、理論研究者提供的，特別是論文各類除了

幫助少年讀者提高文學鑑賞能力，更重要的還是為了提高兒童文學創作和理論研究服務的。

(1) 新聞類包括：消息、通訊（人物通訊、事件通訊）、報道、特寫。

(2) 論文類包括：作品評論、作品欣賞、基礎理論研究。

C. 邊緣類各體：

兒童文學的邊緣類個體大都屬於少年文學的範疇，當然其中有部分較為淺近的也可提供童年期兒童讀者欣賞。

邊緣類個體主要包括：

(1) 報告文學，(2)傳記文學，(3)遊記文學，(4)科學小品，(5) 雜文（諷刺幽默、小品）（見《當代文學面面觀》頁188~189）

其實，其餘各家並未採周氏、蔣氏的分類。今再將其他六種教材文體分類以大類列表如下：

<table>
<tr><th rowspan="2">文類
作者</th><th colspan="2">兒童詩歌</th><th rowspan="2">童話</th><th rowspan="2">寓言</th><th rowspan="2">兒童小說</th><th rowspan="2">兒童故事</th><th rowspan="2">兒童戲劇</th><th rowspan="2">兒童電影</th><th rowspan="2">兒童科學文藝</th><th rowspan="2">兒童散文</th><th rowspan="2">少年報告文學</th><th rowspan="2">圖畫文學</th></tr>
<tr><th>兒歌</th><th>兒童詩</th></tr>
<tr><td>兒童文學概論（蔣風）</td><td colspan="2">V</td><td>V</td><td>V</td><td>V</td><td>V</td><td>V</td><td>V</td><td>V</td><td></td><td></td><td></td></tr>
<tr><td>兒童文學教程（浦漫汀）</td><td>V</td><td>V</td><td>V</td><td>V</td><td>V</td><td>V</td><td>V</td><td>V</td><td>V</td><td>V</td><td></td><td></td></tr>
<tr><td>兒童文學概論（黃雲生）</td><td>V</td><td>V</td><td>V</td><td>V</td><td>V</td><td>V</td><td>V</td><td>V</td><td>V</td><td>V</td><td>V</td><td>V</td></tr>
</table>

新編兒童文學教程（陳子典）	∨		∨	∨	∨	∨	∨	∨	∨	∨		
兒童文學教程（方衛平、王昆建）	∨	∨	∨	∨	∨	∨	∨	∨	∨	∨	∨	∨

周曉波對文體分類的看法是：

「包舉」、「對等」、「正確」是文體分類的最基本的原則，由此必須產生文體分類的多層次與多重標準的分類特點。因為文體本身太總雜、太繁複、太廣泛，以一次性若干個大類劃分雖然是可以究屬的，是可以包舉的，也是互相對等的，但分類決不能只到大類為止，否則就沒有多少實際意義，文體不是顯得太單調了嗎？因此，必須在大類下再劃分出若干個次類，次類不夠再分小類，小類不夠再分個體，即總類、大類、次、小類及個體：

	大類	次類	小類	個體
總體	------	------	------	------
	------	------	------	------
	------	------	------	------

可見文體分類是分層次的，或逐層縮小，或逐層擴大。而且在逐層劃分中，除了總體、大類和個體之外，次類與小類的劃分則可採取多重標準來歸類。例如對兒童詩次類的劃分就既可以內容為標準劃分為抒情詩與敘事詩兩大類，也可以形式為標準劃分為童話詩、寓言詩、詩劇、散文詩

等若干小類。否則以一個標準、一個對等來劃分必然無法歸類。所以對文體的歷史發展狀況、現實狀況和分類實際，採用多層次、多重標準的原則是較為客觀的，也更能為大家所接受。

此外，文體分類還有相當穩定的一面。一種文體的形成，它總是有一個發展、完善、定型的漫長歷史過程，一旦形成後，其基本特點、基本規律是相對穩定的，而不可能說變就變。因此，也就在形式上、內容上給人以可尋找、理解、歸納的特點，把互相一致可接近的文體歸為一類，顯示出共同的特性，文體分類才得以實現。若是缺乏穩定性，那麼也就無以分門別類了。

當然，文體的分類也不是一成不變的。某些文體在定型之後或其發展中，便開始有了變化，分離出一種或若干種獨立的體式，或跨類的邊緣體式，這也是毫不足怪的。文體分類的相對穩定性使文體分類得以實現，而文體分類的不斷發展又顯示出文體自身裂變的強大生命力。隨著時代的變化，總會有新的體式不斷湧現，對此我們絕不能漠然視之，應不斷地跟蹤，在文體理論上及時加以總結、歸類，使文體理論始終保持其鮮活的生命力。（見《兒童文學原理》，頁104～105。）

總之，大陸地區的文體分類，周氏雖有「大類、次類、小類、個體」的說法，可是「類」的判準不一，是以有失於「相對性」的氾濫。

二、臺灣地區

臺灣地區自吳鼎採用「散文形式的、韻文形式的、戲劇形式的、國畫形式的」四分法以來，就「大類」而言,可說是有其穩定性與可信性。又個人將「故事體」從「散文形式」中抽離成為一個「大類」，是以有五種形式的分類。

現在文學的分類方法，一般是採用「詩歌、小說、散文、戲劇」四分法，而兒童文學的分類，除本身的內部因素之外，就外部因素而言有三：

1. 與民間文學的血緣關係。
2. 與成人文學的特殊聯繫。
3. 外來文化的影響。（以上詳見蔣風主編《兒童文學原理》，頁85～92）

是以將「故事體」獨立於成為一個大類，即是與「成人文學」與「外來文化」有關。在成人文學裡頭顯然將「小說」與「散文」並列。又就西方兒童文學或兒童圖書館分類而言。（見鄭雪玫《兒童圖書館理論 / 實務，頁66）。因為「小說類」（fiction）是兒童閱讀的主流，且數量多，是以將「小說類」（fiction）與「非小說類」（nonfiction）分開。所說「小說類」，即是指以「事件的敘述者」為主。所謂「事件的敘述」，是指具有故事性而言（見《兒童學故事體寫作論》，頁87。）

總之，臺灣地區有關兒童文學文體分類，就「大類」而言，是相當的穩定且有共識。至於「次類」、「小類」其失則與大陸同。

三、比較

相對比兩岸有關兒童文學文體的分類，可說於皆自有其歷史性。而臺灣地區的分類，就大類而言，則較為穩定可言。而大陸地區則相對性較強。尤其是「科學文藝」，不論是置「文學類各體」的大類，或歸之於「邊緣類各體」，皆大異於臺灣地區的分類。

又兩岸地區，似乎皆不大注意「民間故事」。民間故事就學門而言，似乎可以包括神話、傳說與民間故事。反之，神話亦然。其實，兩岸有關民間故事的採錄與研究，其成果是有目共睹，而兩岸文學的從業者似乎仍然未給於應用的重視。

個人於1999年7月至12月受行政院文化建設委員會委託，承辦「臺灣兒童文學一百」的評述活動，將其文類分為：兒童故事、童話、小說、寓言、民間故事、兒歌、童詩、兒童戲劇、兒童散文、圖畫故事書等十類。其中將「神話」易為「民間故事」。但其分類仍將「大類」、「次類」相混。這種現象應正反映出我們目前的兒童文學是以「故事類」、「韻文類」為主流，且是主要的研究對象。

陸、結語

兩岸兒童文學文體分類之比較研究，已如上述。今再就西方90年代以來九種兒童文學教材的文體分類羅列如下：(註)

啟蒙讀物　Books to Begin on

圖畫書　Picture Books

傳統文學　Tradition Literature

現代幻想　Modern Fantasy

詩　Poetry

當代寫實小說　Contemporary Realistic Fiction

歷史小說　Historical Fiction

非虛構讀物　Nonfiction Books

傳記　Biography

多元文化小說　Multicultural Literature

傳記與資訊類讀物　Biographies and informational Books

民間故事　Folktales

寓言神話與史詩　Fables, myths and Epics

現代小說　Modern Fiction

民間傳說　Folklore

幻想與科幻小說　Fantasy and Science Fiction

多元文化與國際性文學

Multicultural and International Literature

寫實　Realism

從上述文類看來，其現象有三：

1. 文學類與非文學類並列。

2. 文學分類應無同一判準。

3. 傳記文學、歷史小說與傳記並列。

由此可知，兩岸兒童文學文體分類，應有別於西方。亦即是說兩岸兒童文學的緣起，雖非自覺的演進，且年代亦短，但亦有其系統與知識可言。

有關文體分類，是屬於類型論的問題。就兒童文學研究者而言，建構五種形式下的次類、小類，以及兒童文學四個層次（幼兒文學、童年文學、少年文學、青少年文學）中的文類，皆是可行與必須的基礎研究。又就兒童圖書館學者而言，如何建立一套完整可行的兒童圖書分類制度，應是可行與必須之事。

附註：

註：有關西方兒童文學教材中對文體文類的資料，是由邱子寧同意提供，試將各書分類轉錄如下：

一、初等學校兒童文學Children's Literature in Elementary School （7th ed., 2001） by Charlotte S Huck, Barbara Kiefer, Susan Hepler, Janet Hickman

1. 啟蒙讀物Books to Begin On
2. 圖畫書Picture Books
3. 傳統文學Traditional Literature
4. 現代幻想Modern Fantasy
5. 詩Poetry
6. 當代寫實小說Contemporary Realistic Fiction
7. 歷史小說Historical Fiction
8. 非虛構讀物Nonfiction Books
9. 傳記Biography

Publisher: McGraw-Hill; 7 edition （February 27, 2002）

二、兒童視界Through the Eyes of a Child （6th ed., 2002） by Donna E. Norton, Saundra Norton

1. 圖畫書Picture Books
2. 傳統文學Traditional Literature
3. 現代幻想Modern Fantasy
4. 詩Poetry
5. 當代寫實小說Contemporary Realistic Fiction
6. 歷史小說Historical Fiction
7. 多元文化小說Multicultural Literature
8. 傳記與資訊類讀物Biographies and Informational Books

Publisher: Prentice Hall; 6 edition （June 3, 2002）

三、兒童與書Children and Books （9th ed., 1996） by Zena Sutherland

1. 民間故事Folktales
2. 寓言、神話與史詩Fables, Myths, and Epics
3. 現代幻想Modern Fantasy
4. 詩Poetry
5. 現代小說Modern Fiction
6. 歷史小說Historical Fiction
7. 傳記Biography
8. 資訊類讀物Informational Books

Publisher: Allyn & Bacon; 9 edition （January 7, 1997）

四、文學與兒童Literature and the Child （3rd ed., 1994） by Bernice E. Cullinan, Lee Galda

1. 圖畫書Picture Books
2. 詩與韻文Poetry and Verse
3. 民間傳說Folklore
4. 幻想與科幻小說Fantasy and Science Fiction
5. 當代寫實小說Contemporary Realistic Fiction
6. 歷史小說Historic Fiction
7. 傳記Biography
8. 非虛構讀物Nonfiction

Publisher: Harcourt Brace College Publishers; 3rd edition （January 1, 1994）

五、稚手閱童書Children's Books in Children's Hands （1st ed., 1998）

by Charles Temple, Miriam Martinez, Junko Yokota, Alice Naylor

1. 傳統文學Traditional Literature
2. 圖畫書Picture Books
3. 兒童詩Poetry for Children
4. 寫實小說Realistic Fiction
5. 歷史小說Historical Fiction
6. 現代幻想與科幻小說Modern Fantasy and Science Fiction
7. 資訊類讀物與傳記Informational Books and Biography

Publisher: Allyn & Bacon

六、兒童文學的要素Essentials of Children's Literature（1st ed., 1993）by Carol Lynch-Brown, Carl M. Tomlinson

1. 詩Poetry
2. 圖畫書Picture Books
3. 傳統文學Traditional Literature
4. 現代幻想Modern Fantasy
5. 寫實小說Realistic Fiction
6. 歷史小說Historical Fiction
7. 非虛構讀物Nonfiction
8. 多元文化與國際性文學Multicultural and International Literature

Publisher: Allyn & Bacon

七、兒童文學介紹Introduction to Children's Literature（2nd ed., 1997）by Joan I. Glazer

1. 啟蒙讀物Books for the Early Years
2. 圖畫書Picture Books
3. 詩Poetry
4. 傳統文學Traditional Literature
5. 現代幻想Modern Fantasy
6. 寫實Realism
7. 傳記與資訊類讀物Biography and Informational Books

Publisher: Prentice Hall; 2 edition（January 6, 1997）

八、兒童文學簡介Children's Literature, Briefly（1st ed., 1996）by James S. Jacobs, Michael O. Tunnell

1. 傳統文學Traditional Literature
2. 現代幻想Modern Fantasy
3. 當代寫實小說Contemporary Realistic Fiction
4. 歷史小說Historical Fiction
5. 傳記Biography
6. 資訊類讀物Informational Books
7. 圖畫書Picture Books
8. 詩Poetry
9. 多元文化與國際性讀物Multicultural and International Books
10. 爭議性讀物Controversial Books

Publisher: Prentice Hall

九、發現兒童文學Discovering Children's Literature（1st ed., 1995）by Judith Hillman

1. 詩Poetry
2. 傳統文學Traditional Literature
3. 圖畫書Picture Books
4. 幻想Fantasy
5. 寫實Realism
6. 傳記與自傳Biography and Autobiography
7. 資訊Information

Publisher: Prentice Hall

參考書目

壹：中文

一、論述

中國兒童文學 王秀芝著 臺北市 自印本 1986年2月三版增訂。

臺灣（1945～1989）兒童文學100 林文寶主編 臺北市 行政院文化建設委員會 2000年3月。

兒童文學概論 魏壽鏞、周侯于編 北京市 上海商務印書館 1923年8月。

兒童文學 林守為編著 臺南市 自印本 1954年3月。

兒童文學研究 劉錫蘭著 臺中市 臺中師專 1963年10月修訂再版。

兒童文學研究 吳鼎編著 臺北市 臺灣教育輔導月刊社 1965年3月。

兒童文學—創作與欣賞 葛琳著 臺北縣 康橋出版事業公司 1980年7月。

兒童文學與兒童圖書館 高錦雪著 臺北市 學藝出版社 1981年9月。

兒童文學概論 蔣風著 長沙市 湖南少年兒童出版社 1982年5月。

兒童文學綜論 李慕如著 高雄市 復文圖書有限公司 1983年9月

兒童文學故事體寫作論 林文寶著 高雄市 復文圖書出版社 1986

年2月。
兒童文學 葉詠琍著 臺北市 東大圖書股份有限公司 1986年5月。
兒童文學論 許義宗著 臺北市 中華色研出版社 1988年7月九版。
兒童文學史料初稿（1945～1989） 邱各容著 臺北市 富春文化事業股份有限公司 1990年8月。
兒童少年文學 林政華著 臺北市 富春文化事業股份有限公司 1991年1月。
兒童文學教程 浦漫汀主編 濟南市 山東文藝出版社 1991年5月。
兒童文學創作論 張清榮著 臺北市 富春文化事業股份有限公司 1991年9月。
兒童文學故事體寫作論 林文寶著 臺北市 毛毛蟲兒童哲學基金會 1994年元月三版一刷。
兒童文學見思集 洪文瓊著 臺北市 傳文化事業有限公司 1994年6月。
兒童圖書的推廣與應用 洪文瓊著 臺北市 傳文化事業有限公司 1994年6月。
兒童圖書館理論／實務 鄭雪玫著 臺北市 臺灣學生書局 1995年3月增修三版二刷。
兒童文學原理 蔣風主編 合肥市 安徽教育出版社 1998年4月。
兒童文學概論 黃雲生主編 上海市 上海文藝出版社 2001年6月。
兒童文學教程 方衛平、王昆建主編 北京市 高等教育出版社 2004年5月。

兒童圖書館經營管理與讀者服務 曾淑賢著 臺北市 文華圖書管理資訊股份有限公司 2005年1月。

師專兒童文學研究（上、下） 葛琳著 臺北市 中華電視出版社 1973年元月（上） 5月（下）。

現代散文類型論 鄭明琍著 臺北市 大安出版社 1987年6月增訂再版。

散文研究 季薇著 臺北市 益智書局 1966年5月。

散文欣賞（一） 梅遜著 臺北市大江出版社 1969年9月。

散文的藝術 季薇著 臺北市 臺灣學生書局 1972年3月。

新編兒童文學教程 陳子典主編 廣州市 廣州高等教育出版社 2003年9月。

當代兒童文學面面觀 周曉波著 長沙市 湖南少年兒童出版社 1999年4月。

圖書館與閱讀指導 胡鍊輝編著 臺北市 臺灣書局 1989年12月。

二、論文

改編與體制——兒童文學寫作論述之一 林文寶 見1989年6月《專師語文學刊》第二期，頁1～36。

兒童文學製作之理論 林文寶 見1975年4月《專師學報》第三期，頁1～32。

兒童文學類型的探討與省思 傅林統 見1990年4月《中國語文》月刊66卷期，頁63～68。

兒童少年文學體裁分類的發展 林政華 見《研習資訊》第9卷第一期。

兒童文學的分類 方祖燊 見《中國現代文學理論》季刊第13期。
兒童文學文體分類的歷史性與新基點 周曉波 見1993年3月《浙江師大學報》雙月刊社會科學版第2期，頁15～21。

（本文刊登於《兒童文學學刊》第十四期，頁1-45，臺東市，國立臺東大學。）

敘說兒童文學教師作家團隊

壹、前言

有關臺灣兒童文學國小教師作家的論述，始見於1996年秋季由浙江師範大學主辦的「海峽兩岸兒童文學研討會」中。在這次研討會上，林煥彰發表〈臺灣兒童文學作家群體的生態簡析〉一文，這篇文章後來收錄於1999年7月《浙江師大學報（社會科學版）》雙月刊（1999年第4期，頁1～3）。文中認為：

> 教育工作者，為數約佔75%，尤其小學教師，%約佔其中90以上。（頁2）……
> 20年前，臺灣兒童文學作家，幾乎清一色是從事小學教育的教師，即所謂「教師作家」（頁3）。

所謂20年前，即是1976年。當時的教師作家團隊已然成形。是以個人於〈臺灣的兒童文學〉一文（見2001年8月萬卷樓圖書有限公司《臺灣文學》，頁263～304）中即直接稱之為「教師作家團隊」：

> 從1960年起，師範學校陸續改制為師範專科學校，於是課程中安排「兒童文學」。而後成立教育廳兒童讀物編輯小組，於是所謂教師作家隱然成形（頁282）。

一般說來，「教師作家團隊」大概是以1966年4月《玉梅的心》出版起，至1973年12月國語日報附設出版部《兒童文學創作選集》止。本文擬論述其形成的原因及背景、過程與顯現的事實。

貳、形成的背景

要瞭解「教師作家團隊」的形成，就不能自外於大環境。

自1949年國民黨政府撤退來臺灣，到臺灣經濟起飛的1964年間，可說是交替期。所謂交替是指隨政權交替而來的文化交替，這個時期是新統治階層帶來的抗日、抗共中原文化餘緒，與帶有日本色彩的既有本地文化再進一步融合。

「教師作家團隊」的形成，與時代大環境息息相關。本文擬從具有指標性團體（含委員會、出版社等）、報章雜誌與官方相關教育政策等三項，分別說明1966年4月之前的時代大背景：

一、團體（含委員會、出版社等）

1. 國語推行委員會

1945年10月27日，教育部派何容來臺主持推行國語的工作；翌年4月2日，正式成立國語推行委員會，積極推行國語活動。由於推廣教材工具之通俗化，這些都如國語推行委員會曾於1957年編輯過一套《寶島文庫》，有助於童蒙教育與平民教育的推展。

2. 東方出版社

臺灣光復後，當時擔任財政部特派員的游彌堅，鑑於本省同胞大部分都不懂國語，於是結合一群志同道合的朋友（如范壽康、吳克剛、陳啟清、林柏壽、劉明清、陳逢源、柯石吟、黃得時、廖文毅等人），於1945年12月10日創立以「協助政府推行國語文教育」為職志的出版社——東方出版社。它是臺灣成立最早的兒童讀物出版社，也是第一個響應國語推行委員會「充分利用注音符號，大量閱讀」口號的出版社。一直到70年代初期，東方出版社始終是執兒童讀物出版界的牛耳，在翻譯或改寫外國兒童文學名著，以及中國通俗小說方面立下不少建樹。由於東方出版社的創立，從而揭開了臺灣兒童讀物出版社的序幕。

3. 臺灣省教育會

早在日據時期，本省即有教育會之組織。臺灣光復後，於1948年7月1日臺灣省教育會正式成立，並接受前教育會的會務，首任理事長即當時擔任臺北市市長的游彌堅。該會的宗旨在研究教育事業、發展地方教育、協助政府推行政令、教育書刊出版編輯等。該會在游彌堅擔任理事長任內，曾編過《兒童劇選》（1948年12月）、《臺灣鄉土故事》（1949年12月）等文化叢書，以及適合幼稚園小朋友閱讀的《愛兒文庫》，皆由東方出版社印行。

4. 中華兒童教育社

中華兒童教育社為兒童教育的學術團體，1929年7月成立於杭州，自大陸撤退後隨政府遷臺。於1953年間，經理監事聯席會議決定主編《新中國兒童文庫》，由司琦規劃其事。

文庫共100冊，分低、 中、高三輯，低、中各30冊，高年級

40冊，由正中書局印行。文庫的撰寫依國小低、中、高三階段的教育科目，來決定冊數和內容，並要撰述者依階段、科目和內容來寫稿，力求配合各科教材。文庫中除朱傳譽《愛爾蘭童話》、邵夢蘭《奧德賽漂流記》是譯作外，其餘均由國人撰述。文庫作者知名者如謝冰瑩、祁致賢、吳鼎、林國樑等。

在《中華兒童叢書》尚未編印之前，本文庫對倡導兒童讀物寫作，可說是不遺餘力的。

二、 報紙、雜誌

1. 報紙：

就報紙而言，首推《國語日報》與《中央日報．兒童週刊》最為稱著。

甲、國語日報

《國語日報》創刊於1948年10月25日，以普及與推廣國語教育為目的。〈兒童版〉同日創刊，主編為張雪門。〈少年版〉則於翌年3月2日創刊，主編為魏廉、魏納。這兩個版全部是國語注音，為小學生提供學習國語及兒童文學作品的園地。

《國語日報》原非兒童專屬的報紙，但由於附加注音，有助於兒童學習語文，且闢有許多專為兒童設計、編輯的版面，很自然成為兒童閱讀最多的報紙，也是影響臺灣兒童文學發展最大的報紙。

《國語日報》出版部成立於1964年10月25日，但原先經理部下設有出版組，第一本出版品為王玉川的《三百字故事》（1959年4月）。

乙、《中央日報．兒童週刊》

《中央日報》〈兒童週刊〉創刊於1949年2月19日。首任主編孔珞，後改由陳約文主編，她是在職最久的報社兒童版主編。該刊曾提供園地讓作家發表兒童詩，楊喚和茲茲是該刊發表兒童詩較多的兩位詩人。楊喚首次在該刊發表的兒童詩是〈童話裡的王國〉（1949年9月5日第二十五期）。如果說〈兒童週刊〉是推動兒童詩的搖籃，那陳約文就是推動這個搖籃的褓姆。因為自創刊以來，該刊就陸續發表兒童詩、故事詩、兒歌以及翻譯的外國兒童詩。除楊喚和茲茲外，丁真、樂水、阿巒、單福官、樂園、譚聖明等是經常發表作品的作家和畫家。

2. 雜誌

就兒童雜誌而言，以《臺灣兒童月刊》為最早（1949年2月25日），由當時臺中市政府教育科支助，全市各公私立小學聯合發行。

《臺灣兒童月刊》的創刊，為臺灣地區的兒童刊物點燃了希望的火把，在臺灣兒童文學的發展過程當中，雖然是屬於區域性的雜誌，卻扮演著歷史性的角色。

至於廣為發行的雜誌則見下表：

類別／期刊別	刊期	創刊	停刊
小學生	半月刊	1951. 03	1961. 10
學友	月刊	1953. 02	1959. 09
小學生畫刊	半月刊	1953. 03	1966. 12

東方少年	月刊	1954. 11	1961. 02
新學友	月刊	1955.07	1959. 09
良友	月刊	1956. 04	不詳
學友世界	月刊	1957. 07	不詳
正聲兒童	月刊	1959. 08	1977. 11
新生兒童	週刊	1959. 12	1971. 05（休刊）
童年雜誌	月刊	1962. 08	1965.11
王子	半月刊	1966. 12	1983. 10
兒童月刊	月刊	1972. 02（試刊）	1982. 08
小讀者	月刊	1972. 05	1974. 02

三、官方相關教育政策

早期兒童文學發展，皆以官方系統為主要動力（詳見〈臺灣的兒童文學〉一文，見《臺灣文學》，頁270～271）。而所謂官方系統則以相關政策或活動推動為主，可從以下三項政策與活動略窺一二。

1. 師範學校陸續改制為師範專科學校

臺灣光復後，為配合師範教育目標，發展本省師範教育，於1947年即頒行「臺灣省師範生訓練方案」。中樞遷臺後初期，不論各類型師範學校（指普通師範科、師資訓練班、二年制簡易師範班、簡易師範科補習班等），就課程而言，都沒有兒童文學。至1960年秋，臺灣省立師範學校改制為臺中師範專科學校，即著手擬定課程綱要。1961年五月又加以修定，其中選修科甲組列有

「兒童文學習作」兩學分。這是臺灣地區有「兒童文學」的開始。

當時臺中師範專科校長朱匯森曾提起當年在草擬師專課程之初，他和擔任兒童文學一科教學的劉錫蘭老師，到處收集有關兒童文學的參考資料。最後在美國開發署哈德博士和亞洲協會白安楷先生等的協助下，好不容易才找到幾本可供參考的書籍（見富春版邱各容《一九四五年～一九八九年兒童史料初稿》，頁192）。許義宗於《我國兒童文學的演進與展望》一書裡，認為師專是培育國小師資的搖籃，因而「兒童文學研究」科目的開設，至少有下列兩點功用：

一、建立兒童文學體系，有助於兒童文學的發展。

二、激發師專生從事兒童文學研究興趣，給兒童文學作播種的工作。（見1976年12月，自印本，頁14。）

2. 教育廳兒童讀物編輯小組

兒童讀物編輯小組的成立，是因應聯合國兒童基金會資助中華民國編印兒童讀物出版計畫。而該出版計畫由省政府教育廳四科承辦，科長陳梅生遂網羅師大教授彭震球出任總編輯，林海音擔任文學類編輯，潘人木擔任健康類編輯，曾謀賢擔任美術編輯，柯太擔任科學類編輯，所謂「教育廳兒童讀物編輯小組」便於1964年6月正式成立。翌年9月推出《中華兒童叢書》第一批書－《我愛大公雞》（1965年9月）等十二本。

編輯小組成員均是一時之選，且由於經費充裕，加上聯合國兒童基金會派有專家指導，編輯小組在當時可說擁有相當超前的現代兒童讀物編輯理念。大膽的使用圖片，強調空間留白，以及採用近乎正方形的20開本和全面彩色的印刷方式，是臺灣兒童讀物出版界所少見的。《中華兒童叢書》可說是繼《新中國兒童文庫》之後，又為國內的兒童文學創作點燃了另一盞明燈。

3. 美國兒童文學家相繼來華訪問：

1965年夏天，有兩位美籍兒童文學工作者先後應邀來華，介紹美國的兒童文學與兒童讀物插畫。一位是海倫．史德萊（Helen. R. Sattley），另一位是孟羅．李夫（Monro Leaf）。其間，史德萊曾為臺灣省師範師專教師，及國教輔導人員研習會教師組第三期學員作兩場專題演講。

海倫．史德萊女士和孟羅．李夫先生的來訪，是國內的兒童文學工作者首次和外國兒童文學家接觸。就國內兒童文學的發展而言，是一種尋求突破的契機；對從事兒童讀物寫作的人而言，不啻是一種喜訊。也許並沒有實質上的助益，但就知識和經驗分享的層面而言，為推廣兒童文學及研究兒童文學帶來一種新的氣象。

參、「教師作家團隊」隱然形成的事實

就兒童文學發展的歷史觀點，萌芽期（1945～1964年）的團體與報紙雜誌等出版品的作品，官方系統是語文推廣成分重於文學表達，旨在配合政策。雖偏重傳遞中國傳統文化，同時也譯介不少美國的兒童文學作品。而民間系統，則呈現濃厚的日本味，

但卻有較豐富的本地題材。總之，就發展的觀點，它是提供了教師作家團隊形成的一個良好的環境。

於是乎，在成長期的初期（1964～1979年），就出現「教師作家團隊」的合集作品，列表如下：

書名	編者	出版社	出版年月
玉梅的心	主編：黃基博	幼苗月刊社	1966. 04
花神	主編：黃基博	幼苗月刊社	1967. 04
自私的巨人	編者：顏炳耀	青文出版社	1970. 12
聰明的傻瓜	編者：顏炳耀	青文出版社	1970. 12

前兩本選集是由黃基博主編，且是由南部屏東縣潮州鎮的幼苗出版社出版。《玉梅的心》是全省13位小學教師文集，每人兩篇，計有26篇；《花神》是全省16位小學教師文集，原則上也是每人兩篇，少數人為單篇，合計共收27篇。這兩本選集的文類有童話、詩歌、話劇、寓言、散文、故事等六種。試將這兩本文集列表如下：

表1　玉梅的心

類別 作者	篇名	服務學校	文類
顏炳耀	泥土變黃金	臺北市太平國小	故事
	誰最高貴		故事
陳里己	我是牧羊童	臺北市新和國小	散文
	投機取巧的蝙蝠		故事

藍祥雲	發成績單的一天	宜蘭縣北成國小	故事
	姐與弟		散文
徐正平	烏龜與竹林莊	桃園縣新屋國小	童話
	愉快的遠足		童話
傅林統	秋風伯伯	桃園縣仁善國小	童話
	少年們的賀年卡		散文
許義宗	蕭伯納	桃園縣大園國小	散文
	蘇格拉底		散文
鄭仰貴	熊的尾巴	南投縣信義國小	故事
	霧社山胞抗暴記		散文
丁明根	小人魚	雲林縣臺西國小	童話
	麻雀媽媽		故事
康子瑛	落花島	高雄縣大東國小	童話
	畫圈圈		故事
簡德祥	夜明珠	屏東縣萬丹國小	童話
	三個矮子		童話
柯文仁	日本留學記	屏東縣潮洲示範國小	散文
	留給天真的孩子		散文
馮俊明	在花園裡	屏東縣竹田國小	散文
	慈母的心		散文
黃基博	洪老師的照片	屏東縣仙吉國小	故事
	玉梅的心		童話

表2　花神

作者＼類別	篇名	服務學校	文類
黃基博	花神	屏東縣仙吉國小	童話
陳正治	山羊和野牛	臺南師專三年級	童話
	貓咪		童話
徐正平	小車車和小芬	桃園縣新屋國小	童話
	吹泡泡的小孩		童話
柯文仁	小鯽魚	屏東縣潮洲示範國小	童話
陳萬在	鼠弟弟諾言	屏東縣恆春鎮僑勇國小	童話
藍祥雲	小女孩與詩園	宜蘭縣北成國小	詩歌
	四十五分鐘節課		散文
顏炳耀	吳鳳	臺北市太平國小	話劇
	真假國王		話劇
盧克昌	寓言三則	曾任教國小，現任記者	寓言
傅林統	文卿的淚	桃園縣仁善國小	散文
	溫暖的校園		散文
康子瑛	三個王子	高雄縣大東國小	故事
林素敏	貓眼	嘉義縣六腳鄉六美國小	故事
	最有價值的東西		故事
巫仁和	守夜雁	彰化縣埔心國小	故事
	音樂家的鞋店		故事
鄭仰貴	殘而不廢的海倫凱勒	南投縣信義國小	故事
	五羊城的故事		故事
羅枝土	幸福最寶貴	桃園縣新屋國小	故事

丁明根	狐狸吃馬肉	雲林縣臺西國小	故事
	瓜王		故事
簡德祥	如意瓶	屏東市凌雲國小國小	故事
	天河的夜來香		故事

黃基博主編的這兩本書皆附有〈作者群像〉的介紹，合計兩本書的作者共有19人，11個縣市。其中以屏東縣（6人）與桃園縣（4人）居多，出生年代則是20、30、40年代皆有。作者相關資料整理後列表如下：

編號	作者	縣市別	職別	出生年代
1	顏炳耀	臺北市	教師	1935
2	陳里己	臺北市	教師	
3	藍祥雲	宜蘭縣	主任	1935
4	徐正平	桃園縣	主任	1936
5	傅林統	桃園縣	主任	1933
6	許義宗	桃園縣	教師	1944
7	羅枝土	桃園縣	教師	1937
8	鄭仰貴	南投縣	教師	1941
9	丁明根	雲林縣	教師	1929
10	巫仁和	彰化縣	教師	1941
11	林素敏	嘉義縣	教師	
12	陳正治	臺南市	師專生	1943
13	康子瑛	高雄縣	教師	1925
14	簡德祥	屏東縣	教師	1926

15	柯文仁	屏東縣	主任	1939
16	馮俊明	屏東縣	教師	1940
17	黃基博	屏東縣	教師	1935
18	陳萬在	屏東縣	教師	
19	盧克昌	屏東縣	教師8年，記者	

至於顏炳耀編著的兩本選集《自私的巨人》與《聰明的傻瓜》，書本的標示為：「全國教師兒童文學創作選集1. 2」；且亦標示為「全國二十位小學教師共同寫作」。而事實上，所謂「二十」當指二十篇作品。因「選集1」作者計有18人，「選集2」則是19人。就教師作家團隊的觀點看，顏炳耀編選的這兩本，是為黃基博編選的延續，其中新增作家有九位，以下試將兩本選集相關資料整理列表：

自私的巨人冊別編號 ：1

聰明的傻瓜冊別編號 ：2

★表示新增作者

編號	類別／作者	冊別	篇名	文類	出生年代
	徐正平	1	小姐妹花	童話	
		2	他倆都錯了	故事	
	傅林統	1	阿英	故事	
		2	義勇的孩子	詩	
20	★賴慶雄	1	願	詩	1940
		2	海	詩	

	鄭仰貴	1	驕傲的小烏龜	童話	
		2	機警的青蛙	童話	
21	★王天福	1	自私的巨人	童話	1944
		2	三隻小老師	童話	
	康子瑛	1	百里香	故事	
		2	水果大舞會	故事	
22	★姜義鎮	1	蜜蜂弟弟	童話	
		2	欺騙小鎮	童話	
	藍祥雲	1	寫給孩子的詩	詩	
		2	轉學－我該怎麼辦	小說	
23	★陳宗雄	1	小螃蟹	童話	
		1	尋找	散文	
		2	白奇的褲子	故事	
		2	信心和力量	故事	
	黃基博	1	小黃鶯	詩	
		2	愛的聲音	故事	
24	★王光彥	1	日記三則	散文	
		2	盈盈的愛心	故事	
	簡德祥	1	蛇郎	童話	
		2	含淚的微笑	小說	
25	★李見清	1	種地瓜	散文	
		2	捕魚苗	散文	
26	★謝朝宗	1	歌星的奮鬥	散文	
		2	大蘿蔔和詩人	散文	
27	★張榮彥	1	出院的禮物	散文	
		2	最佳精神獎	散文	
28	★張彥勳	1	春暖	故事	1925
		2	小麻雀的眼淚	詩	
	陳正治	1	找食物的麻雀	詩	
		2	愛虛榮的紅樓	童話	

	顏炳耀	1	象寶寶的鞋子	童話	
		1	愛畫圖的怪老頭兒	故事	
	陳萬在	2	聰明的傻瓜	話劇	
		2	草花蛇學乖了	童話	

總計以上四本選集，共收28位小學教師作家的作品。

肆、顯然成形的助力

真正使「教師作家團隊」顯然成形的助力，則不得不歸功於臺灣省國校教師研習會主辦的「兒童讀物寫作研習班」。

洪文瓊於〈影響臺灣近半世紀兒童文學發展的十五樁大事〉一文中，將「兒童讀物寫作班」列之為第六樁大事：

> 設於臺北板橋的省教育廳國校教師研習會（一九九九年已搬至臺北縣三峽鎮，精省後併入國立教育研究院）是臺灣省國小教師的在職訓練間進修機構，自研習會一三六期開始到三八Ｏ期（1989年10月2～28日），其中有十一個期次是「兒童讀物寫作研究科」（有人把第一七一期也列入說是十二個期次，但通常不列入），外加三個期次是「兒童戲劇班」，總共十五個班次。由於受訓的都是在職的小學教師，而且都必須對兒童有創作經驗或興趣，負責講授的大部分又都是老一輩的兒童文學作家或編輯，因此，此兒童讀物寫作研究班，實具有傳承的意義。且不說有不

> 少中青代的兒童文學作家，是出自兒童讀物寫研班，光是這些受訓的教師，回到第一線的工作崗位，認真負起兒童文學推廣工作就是一股可觀的力量——至少對兒童讀物的消費人口增加也是有促進的作用。以此觀點來說，省教育廳兒童讀物寫研班不只是影響臺灣兒童文學創作人才的培育，而且也帶動兒童消費人口的成長，它對臺灣的兒童文學發展，具有增補火力的加速作用。（見《臺灣兒童文學手冊》，頁72～73）。

說起兒童讀物寫作研習班，不得不提為兒童文學點燈的陳梅生，與催生兒童讀物寫作研習班的徐正平兩人。

有關兒童讀物寫作研習班開辦的情況，徐正平的說明是：

> 一九七一年（民國六十年）三月，我參加板橋教師研習會一百三十一期的自然科研習受訓期間，與當時研習會陳梅生主任有一席談話，陳主任找我去辦公室面對面的談，並拿了兩本從美國兒童讀物翻譯過來的《數學小叢書》和《科學小叢書》，我看了覺得裡面的文字很生硬，不符合學生興趣、需求，內容也不合國情。陳主任希望我能重新改寫，我向主任表示，目前我們需要更多的兒童讀物，光是改寫兩本書沒有什麼效用，所以我建議主任把當時從事國小教育工作，而且文筆好、擅長兒童文學創作的老師，一起調訓到板橋教師研習會，提供一個深入的兒童文學課程訓練。經過研習，大家有了一致的方向和共同的觀念，回去之後繼續散播種子、繼續耕耘，想必更有所裨益。陳

主任聽了很高興，表示他多年以前即有同樣的構想，我們的見解可說是不謀而合。

接著，陳主任馬上拿起桌邊的電話聯絡臺灣省教育廳第四科，當時科長馬上答應。行政系統答應了，事情就差不多成了。第二通電話是找「國語日報社」的林良先生協助設計兒童文學研習課程。

陳主任接著要我開份名單給他，我隨即寫了信給北部的顏炳耀老師，中部的鄭仰貴老師，南部的黃基博老師，希望他們提供名單、資料。同時我從《國語日報》及教育雜誌內，蒐集經常發表作品的小學老師的名字。加上素有往返的文友的名字。整理出一份名單，計六十五人，分成兩期調訓。在一九七一年（民國六十年）第一百三十六期開辦「兒童讀物寫作研習班」第一期，第二期也在數個月後繼續舉辦。（見《兒童文學工作者訪問稿》，361～362）。

而陳梅生亦說明如下：

「兒童讀物寫作研習班」是鑑於當年兒童文學寫作、繪畫的人才不多，當時的潘振球廳長很有心，他認為要多培養一些作家、畫家，才能解決問題。一九六八年，我擔任教育廳科長七年半後，到聯合國教科文組織（UNESCO）去工作，被派至菲律賓去訓練師範學校的老師（亦有老師的老師）。一年半後，潘廳長派我到板橋研習會當主任。到板橋研習會上班後，有一次，一位叫徐正平的學員提議研習會辦一次「兒童文學研習班」，對這些在暗中摸索的老師有多一點幫助，篩選一些有寫作經驗的小學老師，到板橋研習會來受訓，他開了六十幾個人的名單。要訓練這些對兒童文學已有一點基礎的小學老師，應該開什麼課呢？請什麼人來教呢？當時並沒有前例可循。於是我就請了在兒童文學界已經有名望的人，像林海音、潘人木、趙友培、林良，還有徐景淵，他是過去擔任臺灣書店《小學生雜誌》的總編輯，和《中央日報》的編輯楊思諶等，這樣合起來有八、九個人，在臺北博愛路的美而廉咖啡廳，請他們喝咖啡，我說：「我要辦兒童讀物寫作班，你們看看我要怎們辦？」一面喝，一面談，就談出了一個大致輪廓，分成三個部分來進行，一是「聽」——聽老師的理論；二是「看」——規定起碼看坊間出版書刊一百種，並作報告；三是「寫」——寫一篇畢業紀念文，每人一定要交一篇，否則不能結業。另外值得一提的是「大作家帶小作家」的上課方式，一個班學員共三十人，一個人帶五個學員，這五個人可以到老師家裡去上課。講授的時間很少，但看的很多，最後老師教學員寫一篇兒童文學創作，每個人交一篇，好像寫一篇畢業論文一樣。他們（學員們）把整個研習會的精神都帶動起來了，這批學員們都很有成就感，所以後來的「洪健全兒童文學獎」及「中山文藝獎」的兒童文學獎項，這批人中間就有好幾個得獎，寫作的人才慢慢出頭了，我們覺得士氣大振，也覺得很有成就。當時，唯一遺憾的是，沒有辦兒童畫家的研習班。（同上，頁84）。

兒童讀物寫作研習班的成員，是各縣市有寫作經驗的現職國小教師，這無疑是全省國小作家的總串連，於是所謂的教師寫作團隊於板橋教師研習會研習，也因此顯然成形。

第一期結訓典禮上，大家彼此有了一些共識：

> 第一、分頭進行整理當時講授的課程內容，投到報章、雜誌上發表，讓更多人能夠看到研習的內容，影響更多的老師。
>
> 第二、運用各種文體的研習心得，例如：童話、少年小說、散文、童詩等部分所得到的概念，回去從事新的創作發表，影響整個教育界及社會，更希望出版界能重視（同上，頁365）。

研習會在第一期的兒童讀物寫作班之後，陸陸續續的從各縣市選調了寫作老師，教國語文的教師，一共開辦12期，受訓的小學老師大概有400人左右。這些老師分佈在全省各地，這股力量結合起來，就是所謂的教師作家團隊。這要歸功於板橋教師研習會的籌畫推動，尤其陳梅生更是功不可沒。

徐正平認為兒童讀物寫作研習班的影響如下：

> 在此之前，出版社都不太願意出版兒童讀物，因為沒有利潤。之後一、兩年研習回去的老師們陸陸續續的在報刊上發表作品的很多，例如：《國語日報》和當時各師範學校輔導室所出的輔導刊物，《國教世紀》、《教學生活》、

市北市的《國教》月刊、臺北師範的《國民教育》月刊、《臺灣教育輔導》月刊、《中國語文》月刊、《小學生》雜誌等。這些文字，獲得家長、出版界、文化界人士們的重視，慢慢地，兒童文學的風氣就打開來。

研習課程中還有一件事影響深遠，就是當時邀請了多家國內有名且重要的出版社——包括國語日報社、東方出版社、光復書局、青文出版社等——的老闆，一起參加研討會，希望建立共識，共同走出兒童文學的康莊大道。當時研討會的決議之一是大家要以創作為主，決議之二是希望出版社能騰出一部份空間，使國人創作的作品流通在坊間。

另一個討論的議題，是如何使臺灣兒童文學繼續發展下去。當時討論的結果也有兩點：第一是希望兒童讀物寫作研習班繼續辦下去，第二是希望參加過研習的各縣市老師，回去之後成為種子，運用這些經驗，在各縣市的寒、暑假，辦理短期兒童文學研習（同上，頁265～267）。

兒童讀物寫作研習班自研習會第136期開始到380期，共舉辦12個班次，試列表如下：

期別	一三六	一四一	一七一	一七七	一八三	一九八	二〇九	二一四	二三五	二三八	二六三	三八〇
研習時間	60 5 3 ｜ 60 5 29	60 11 15 ｜ 60 12 12	64 8 25 ｜ 64 8 30	65 3 8 ｜ 65 4 3	66 1 10 ｜ 66 2 5	67 2 19 ｜ 67 3 19	67 12 17 ｜ 68 1 4	68 5 13 ｜ 68 6 10	69 5 4 ｜ 69 6 1	70 5 10 ｜ 70 6 7	72 7 11 ｜ 72 8 6	78 10 2 ｜ 78 10 28
週數	4	4	1	4	4	4	4	4	4	4	4	4
學員	27	28	37	35	42	39	47	37	37	39	27	40

寫作研習班12個班次中，有11屆常態性研習，1屆進階研習。此一進階研習即是171期，且171期學員皆屬前兩期之學員，是以有人不將此期列入。

其間，141期到171期中間並舉辦三期兒童戲劇班，如下表：

期別	一五四	一六一	一六五
研習時間	62 2 12 ｜ 62 3 10	62 12 26 ｜ 62 1 19	63 7 15 ｜ 63 8 3

週數	4	4	3
學員	35	51	30

研習會寫作班第二期28位學員曾執筆評鑑《世界兒童文學名著》120本，於1972年9月國語日報社出版部出版《「世界兒童文學名著」欣賞》一書，又研習會本身亦曾出版《兒童文學創作》（一～七，從1977年6月起至1993年8月）。

今試將136、141兩期學員名單，列表如下：

期數	時間	學員名單
136	1971. 5.3～1971. 5.29	曾金墓、何正義、王建華、林重孝、高振奎、陳朝陽、姜義鎮、馮俊明、許阿田、葉日松、陳正治、王德鴻、曾華清、傅林統、許漢章、張彥勳、黃郁文、徐正平、謝宗仁、徐紹林、藍祥雲、羅枝土、林順源、葉春城、楊素娟
141	1971. 11. 15～1971. 12. 12	張錫樹、郭清雲、李榮燦、顏炳耀、洪文雄、周正石、連照雄、廖鴻景、黃榮季、林傳宗、林武憲、王啟義、林清德、王榮吉、李萬和、鄒榮居、劉興欽、呂金雄、楊和隆、林博鴻、廖鴻儀、陳鐘岳、陳宗顯、曾信雄、蔡雅琳、黃淑惠、李也卿、施惠芬

伍、「教師作家團隊」正式成軍與成果呈現

教師作家從選集到板橋兒童讀物寫作班的研習，於是所謂的「教師作家團隊」正式成軍。而曾信雄的《兒童文學創作選評》，則是教師作家團隊加上的烙印。

曾信雄是141期的學員，他〈寫在「兒童文學創作選評」出版前〉說明撰文的因緣：

> 「兒童文學」創刊之初，承主編馬景賢先生邀稿，當時我就有一個構想，那就是利用這塊篇幅的一角來介紹國內從事兒童文學創作的「教師作家」，因為他們多年來在這方面孜孜不倦地埋頭努力，多少總有一點成績，有機會的話，應該讓社會對他們有所認識、瞭解。我這種構想提出以後，獲得林先生和馬先生的同意支持，然後我就迅速地著手工作。
>
> 第一步是擬定介紹的作家名單。
>
> 第二步是索取作家們的有關資料。
>
> 第三步是根據作家們提供的資料整理編撰。
>
> 雖然只是「三部曲」，但是卻耗費了我不少的精力和時間。不過我自始自終都懷著很愉快的心情做這件事。
>
> 「作家介紹」的工作到一段落，我又想到另一件事：如果

能把每一位被介紹的作家的代表作品推介給讀者，另附一篇評文，不是更有意義嗎？這個構想再度獲得林良先生和馬景賢先生的贊同。

但，問題是：評論不是一件容易的事，下筆必須完全客觀而公正，過去雖曾寫過不少書評，但兒童文學和一般文學作品有很多地方不盡相同，批評的角度自然也有所差異。對這方面，我自認外行，可是不敢不承認自己完全不行。我相信「為者成，行者至」這句話。

於是我開始給每一位作家的作品寫評。也許到底是外行，好像隔著一層山，評得不夠深入，不過我已經盡力而為。在這兒，我要特別向林鍾隆先生致謝，因為我對傅林統、張彥勳兩位先生的詩不敢輕易作批評，所以引用林先生的評文。其他人的評論部分，我試著從各種不同的角度下筆，以把跟創作有關的各種技巧提出來討論。

這本書裏所介紹的十八位作家，目前都站在教育的崗位上，為培育下一代而努力。在工作之餘，他們不怕「寂寞」，在兒童文學創作上默默耕耘。他們的作品也經常出現在全國各大兒童刊物上。他們的成就也許不如想像中的那麼豐碩，但是這是對他們的一種精神鼓勵，希望他們繼續努力，披荊斬棘，開墾荒原，則今日「寂寞的一行」必將不再「寂寞」，燦爛的未來，也將在眼前呈現。

同時，我們更熱切地期望先進兒童文學作家們，能本著愛護後進的心情，大力提攜，使兒童文學的園地，開出美麗的花朵。

本書每一位作家介紹文後，都附錄一篇他們自認為較滿意的作品，作品後面另附一篇評論。排列的順序是按照姓名比畫的先後。

這類推介工作，我準備繼續做下去，也許不久的將來，「兒童文學創作選評」這本書會有第二輯，第三輯的出現。

《國語日報·兒童文學週刊》創刊於1972年4月2日，曾信雄於5月7日第六期起，即在該刊撰寫作家介紹，試將《兒童文學創作選評》（1973年10月）中18位作家的相關列表如下：

編號	作者	類別	出處
29	吳富炰	青年人的典範——吳富炰	1972. 6. 11第11期
		作品：童話寫作比賽	
		評析：「童話寫作比賽」評析	
30	林鍾隆	多產作家——林鍾隆	1972. 6. 18 第12期
		小蝌蚪找媽媽	
		我讀「小蝌蚪找媽媽」	1973. 4. 18 第53期
	江義鎮	多彩筆——江義鎮	1972. 7. 30第18期
		動物的尾巴	
		關於「動物的尾巴」及其他	
	徐正平	愛寫動物故事的作家	1972. 7. 9第15期
		愉快的遠足	
		評「愉快的遠足」	
31	徐紹林	不停地向前跑——徐紹林	1973. 7. 15第67期
		母愛	
		分析「母愛	

	康金柱	生命的信徒——康金柱	1973. 6第62期
		三個王子	
		有關《三個王子》	
	張彥勳	耕耘者——張彥勳	1972. 11. 19第34期
		小麻雀的眼淚	
		「小麻雀」的眼淚	
	許義宗	辛勤卓越的小園丁——許義宗	1972. 5.21 第8期
		小狐狸學打獵	
		評〈小狐狸學打獵〉	
	陳正治	踏著音樂節拍前進—陳正治	1972. 8. 6第19期
		愛虛榮的紅樓	
		評「愛虛榮的紅樓」	1972. 10. 22第30期
	傅林統	播種者一傅林統	1972. 7. 16第16期
		兒童詩三首	
		關於傅林統的三首詩	
32	黃郁文	〈哭小黑〉的作者——黃郁文	1973. 3. 4第46期
		好心好報	
		評〈好心好報〉	
	黃基博	永不停歇的一枝筆—黃基博	1972. 5.7〈兒童文學周刊第6期〉
		大劉阿財和小劉阿財	
		評介〈大劉阿財和小劉阿財〉	1972. 8. 27第22期
33	楊素絹	廚房之外一楊素絹	1973. 4. 22第55期
		阿胖學車記	
		評〈阿胖學車記〉	
	鄭仰貴	孜孜不倦勤琢磨—鄭仰貴	
		機警的青蛙	
		關於〈機警的青蛙〉	

34	蔡雅琳	愛心永不衰竭—蔡雅琳	1973. 8. 5第70期
		黃耳朵	
		〈黃耳朵〉的欣賞	
	藍祥雲	一朵寧靜的雲—藍祥雲	1972. 5.28第9期
		轉學	
		評〈轉學〉兼談少年小說	1973. 12. 16第89期
	顏炳耀	為兒童寫到天明—顏炳耀	1973. 2. 18第46期
		象寶寶的鼻子	
		從〈象寶寶的鼻子談起〉	1973. 6. 24第64期
	羅枝土	馬不停蹄的人—羅枝土	1973. 2. 11第45期
		小山羊造房子	
		談〈小山羊造房子〉的主題	

每位作家的資料有三：作家介紹、作家代表作品、作品評析。其中作家介紹〈孜孜不倦勤琢磨——鄭仰貴〉一文不見刊登於〈兒童文學週刊〉，又評析文大部分皆未發表。除外，有兩篇文章收錄時標題有更改：〈評「轉學」兼談少年小說〉，原刊登時作〈談「轉學」的難題〉；〈為兒童寫到天明——顏炳耀〉，原刊登時作〈顏炳耀編寫經驗〉。

又就教師陣容而言，又多出了6人。至此所謂團隊已增為34人。

「兒童文學創作選評」的工作，雖然沒有繼續做下去，書評也沒有二輯、三輯的出現。但是卻在1973年12月由國語日報附設出版部出版了第一批的《兒童文學創作選集》，其書名與作者如下：

兒童文學創作選集：

作者	書名
康子瑛	奇異的花園
徐正平	大熊和桃花泉
林鍾隆	毛哥兒和季先生
黃基博	玉梅的心
徐紹林	小泥人和小石人
張彥勳	獅子公主的婚禮
黃郁文	金蝶和小蜜蜂
顏炳耀	象寶寶的鞋
陳正治	小猴子找快樂
許義宗	小狐狸學打獵

選集不見主編者，而林良的序〈一個最親切的「兒童文庫」——介紹「兒童文學創作選集」〉亦交代不清。可是，我們可以肯定這套書的出版與林良、馬景賢、曾信雄皆有密不可分的關係。這套書在國語日報社的童書出版上，就本土創作而言，具有指標性。又就教師作家團對而言，則是成果的呈現。教師作家團隊也因此引領兒童文學創作的風騷。

陸、結語

《兒童文學創作選集》之後，兒童讀物寫作班又舉辦了10個班次，且在141期到171期中間並舉辦過三期兒童戲劇班。

如果戲劇班不計，板橋研習會12期的兒童讀物寫作班約培育了500位教師。這500位教師回去之後成為種子，運用所學，在各縣市的寒暑假，辦理短期兒童文學研習，其時期約始於1972年，止於寫作班最後一期1989年，這是兒童文學較為風光的時代。解嚴之後，已成多元共生，而就兒童文學而言，亦已融入師範教育體系之內（指國小師資）。

雖然，兒童文學作家已不再是教師的專利，但它卻是教師（尤其是國小教師）最名正言順的副業。

參考書目

壹、作品

徐紹林。《小泥人和小石人》。臺北市：國語日報附設出版部。1973年12月。

許義宗。《小狐狸學打獵》。臺北市：國語日報附設出版部。1973年12月。

陳正治。《小猴子找快樂》。臺北市：國語日報附設出版部。1973年12月。

徐正平。《大熊和桃花果》。臺北市：國語日報附設出版部。1973年12月。

林鍾隆。《毛哥兒和季先生》。臺北市：國語日報附設出版部。1973年12月。

黃基博。《玉梅的心》。臺北市：幼苗月刊社。1966年4月。

黃基博。《玉梅的心》。臺北市：國語日報附設出版部。1973年12月。

顏炳耀。《自私的巨人》。臺北市：青文出版社。1970年12月。

黃基博。《花神》。臺北市：幼苗月刊社。1967年4月。

黃郁文。《金蝶和小蜜蜂》。臺北市：國語日報附設出版部。1973年12月。

康子瑛。《奇異的花園》。臺北市：國語日報附設出版部。1973年12月。

顏炳耀。《象寶寶的鞋》。臺北市：國語日報附設出版部。1973年12月。

張彥勳。《獅子公主的婚禮》。臺北市：國語日報附設出版部。1973年12月。

顏炳耀。《聰明的傻瓜》。臺北市：青文出版社有限公司。1970年12月。

貳、論著

洪文瓊。《1945～1990華文兒童文學小史》。臺北市：中華民國兒童文學學會。1991年5月。

洪文瓊。《中華民國台灣地區兒童期刊目錄彙編》。臺北市：中華民國兒童文學學會。1989年12月。

林麗娟。《中華民國台灣地區兒童學工作者名錄》。臺北市：中華民國兒童文學學會。1992年11月。

包遵彭。《中華民國出版期刊指南》。臺北市：中華叢書編審委員會。1969年12月。

教育國教司。《中華民國兒童圖書目錄》。臺北市：國立中央圖書館編，正中書局。1957年11月。

林文寶。《台灣文學》。臺北市：萬卷樓圖書有限公司。2001年8月。

洪文瓊。《台灣兒童文學手冊》。臺北市：傳文文化事業有限公司。1999年8月。

邱各容。《台灣兒童文學史》。臺北市：五南圖書出版股份有限公司。2005年6月。
曾信雄。《兒童文學創作選評》。臺北市：國語日報附設出版部。1973年10月。
邱各容。《兒童文學史料初稿1945～1989》。臺北市：富春文化事業股份有限公司。1990年8月。
林文寶。《兒童文學工作者訪問稿》。臺北市：萬卷樓圖書有限公司。2001年6月。
台東師院語教系編。《兒童文學學術研討會論文集—兒童文學教育》。1994年6月。

參、期刊

林煥彰。〈台灣兒童文學作家群體的生態簡析〉，中國大陸浙江市：《浙江師大學報・社會科學版》第四期，頁1～3。1999年7月。

（本文刊登於2006年5月《兒童文學學刊》第十五期，頁1-32，臺東市，國立臺東大學。）

臺灣兒童電影的發展與研究

壹、前言

個人並非電影工作從業者，也不是電影研究者。其間，與兒童電影結緣，只是因為我是個兒童文學研究者與推廣者。因此，本文的重點不在「史」的陳述，亦不在兒童電影的文本的論述，而是敘述一些與臺灣兒童電影發展或研究相關的事件。其敘述擬從臺灣兒童電影的研究，臺灣兒童電影的歷史，以及兒童電影節等活動入手，以下是依序說明之。

貳、臺灣「兒童電影」的研究

臺灣雖然有電影相關科系，卻無電影相關研究所，因此臺灣有「兒童電影」學科的出現，或稱始於臺東師院兒童文學研究所，兒文所於2001年9月請陳儒修老師開授「兒童電影」一門。陳儒修老師，美國南加州大電影電視學院電影理論博士，現任國立政治大學廣播電視學系專任副教授，著有《臺灣新電影的歷史文化經驗》與《電影帝國》等。其課程除開設日間部外，並於暑假開設。前後共計開三年。學科名稱有「兒童電影：兒童與消費主義」、「兒童電影：兒童電影研究與視覺文化」。今徵得陳儒修老師同意，將其「兒童電影：兒童與消費主義」的課程介紹如下：

授課教師：陳儒修，國立臺灣藝術大學電影系副教授

授課班級：臺東大學兒童文學研究所

授課時間：星期四下午，1:10-5:30

學分數：3，選修

課外討論時間：星期四下午，5:30-6:30，或另行約定

連絡方式：Email:cinema@ms13@hinet.net

課程介紹：

本學期本課程將有下列幾個研究主題—

1)《愛麗絲漫遊記》電影版本比較研究

2) 兒童如何看待電影再現暴力、性別、種族、階級等議題

3) 兒童與消費主義

4)「兒童電影」的內容與形式

課程實施方式：

每週須閱讀指定教材並賞析一部影片。上課時指定同學導讀影片與文章內容。

期末時須完成一篇研究報告，並在課堂發表。主題、內容與長度，另行規定。

指定教科書：

任何版本的《愛麗絲夢遊仙境》

（我的是：《愛麗絲奇境歷險記》，香港：三聯書店，2002）

Joseph Tobin. *"Good Guys Don't Wear Hats": Children Talk About the Media.* New York: Teachers College Press, 2000.

Martin Lindstrom and Patricia B. Seybold,《人小鬼大吞世代》，臺北：智商文化，2003

成績評定方式：

課堂導讀與發言30%

影片賞析心得（每片一千字以內，打字，隔週繳交，逾時不收）20%

期末報告（主題內容須與老師討論，經同意始得撰寫，八千字至一萬字）50%

參考影片：

《夏日童年》、《天堂的孩子》、《愛麗絲漫遊仙境》、《加絲荷伯之旅》、《落花》、《綠野仙蹤》、《花木蘭》、《四百擊》、《野孩子》、《白雪、魔鏡、黑巫婆》、《少年仔》、《神隱少女》、《童年再見》、《黑神駒》、《單車失竊記》、《飛進未來》、《雙姝怨》、《太陽帝國》、《大法師》、《德國元年》、《一樹梨花壓海棠》、《歡樂滿人間》、《狗臉的歲月》、《漂亮寶貝》、《史瑞克》、《星際大戰首部曲》、《零用錢》、《南方四賤客》、《錫鼓（拒絕長大的男孩）》、《玩具總動員》、《何處是我家》、《魯冰花》、《一一》、《七小福》、《小畢的故事》、《油麻菜籽》、《棋王》、《光陰的故事》。

參考網站：

網路電影資料庫 http://us.imdb.com

經典影片介紹 http://filmstie.org./films.html

用電影教學 http://www.teachwithmovies.org/

臺灣電影筆記 http://movie.cca.gov.tw/

全球藝術教育網 http://gnae.ntptc.edu.tw/

臺灣電影資料庫 http://cinema.nccu.edu.tw/

相關閱讀教材：

1. Perry Nodelman著，劉鳳芯譯，《閱讀兒童文學的樂趣》，臺北：天衛2000
2. 雪登．凱許登著，李淑珺譯，《巫婆一定得死》，臺北：張老師文化，2001
3. 凱薩琳．奧蘭絲妲著，楊淑智譯，《百變小紅帽》，臺北：張老師文化，2003
4. Kate Bernheimer編著，林瑞堂譯，《魔鏡，魔鏡告訴我》1/2輯，臺北：唐裝文化，2003
5. David Buckingham. After the Death of Childhood: Growing Up in the Age of Electronic Media. Cambridge: Polity Press, 2000.
6. Ian Wojcik-Andrews. Children's Films: History, Ideology, Pedagoy, Theory. New York: Garland Publishing, Inc., 2000.
7. Marsha Kinder, ed. Kid's Media Culture. Durham: Duke University Press, 1999.

8. J. Amount& M. Marie著，吳珮慈譯，《當代電影分析方法論》（電影館60），臺北：遠流，1996
9. David Bordwell& Kristin Thompson著。曾偉禎譯。《電影藝術：形式與風格》（第六版）。臺北：麥格羅希爾公司，2001

兒文所開授「兒童電影」，可說是開兒童電影學術研究之先。至目前，相關兒童電影之研究雖非顯學，仍有相關之論述。

就碩士論文而言有：

1. 《臺灣兒童電影的救贖與象徵：以《魯冰花》、《期待你長大》為例》，鄺佩玲，2004年9月。
2. 《一九八O年代臺灣兒童電影類型研究》，黃千芬，2005年6月。
3. 《臺灣電影敘境中所建構之兒童世界》，張瑞蘭，2005年。
4. 《兒童電影裡的空間架構——以《有你真好》、《小鬼當家》與《早安》為例》，鐘尹萱，2006年6月。
5. 《小女兒看天下—— 卡洛琳．玲克的電影及其風格》，周郁文，2006年。

又就單篇論述則有：

1. 〈臺灣兒童電影的發展〉，黃仁，2003年4月21日（註一）

2.〈尋找孩子的足跡〉，湯禎召，2003年4月23日（註二）。

3.〈臺灣兒童電影的多元化內容〉，黃仁，2003年6月，《臺灣文獻》，頁199～212。

參、臺灣兒童電影的歷史

臺灣兒童電影雖然缺乏學術研究，然而，卻有兒童電影的事實。目前，除呂訴上《臺灣電影戲劇史》有敘述外，並未見兒童電影專史。

至於單篇論述則有：

1. 臺灣兒童電影的發展 黃仁 見「臺灣電影筆記網站」2003年4月21日。
2. 臺灣兒童電影的發展 鄺佩玲 見「臺灣兒童電影的救贖與象徵：以《魯冰花》、《期待你長大》為例」第貳章〈歷史論述與理論建構〉第一節，頁18～27。
3. 臺灣和香港地區的少年兒童電影 張之路 見《中國少年兒童電影史論》第九章，頁189～210。

以下本文所述則以上列三篇為據。

黃仁〈臺灣兒童電影的發展〉一文前言有云：

2002年在臺北市和臺中市，分別舉行過的「2002童想影

> 展」，由中國大陸提供十部兒童電影展出，並派于藍等八人代表團來臺，還有座談會，讓臺灣有關單位看到中國大陸，不但有兒童電影製片廠，每年用專款拍兒童片、成立兒童少年電影學會，每年舉辦兒童少年電影獎，以及直接由兒童評選的小評委獎，又定期舉辦兒童電影創作研討會，促進兒童電影的進步和發展。現在中共當局積極發展兒童片的用心，固然值得現在臺灣有關方面借鏡，但是千萬不能妄自菲薄，以為臺灣兒童片不如大陸，其實廿年前的臺灣電影，無論國語片或臺語片，都是靠兒童電影打天下的，不但曾在國際影展大出風頭，在票房上也多能轟動一時，甚至可以說，中國大陸現在會重視兒童片，而且轉向親情方面取材，多少受臺灣兒童片《媽媽再愛我一次》的影響。十幾年前，該片在中國大陸到處轟動，創下兩億人民幣的空前賣座紀錄，他們才發現兒童片親情的魅力，兒童片竟然也可賣大錢。改變部份拍《少年彭德懷》等宣教片的觀念（註三）。

有關臺灣兒童電影的發展概況，其年代以1945年為起點。以下分臺語兒童電影、國語兒童電影兩類說明之：

一、臺語兒童電影

臺語片有一個被人們忽視的好現象，就是拍了不少寓教於樂的兒童電影。1970年代，臺語片沒落後，仍有多部臺語片重拍為國語片，也有幾部加配國語拷貝重新發行。臺語兒童電影，黃仁計分七類：

類別＼項別	出品年	影片名稱	導演
苦學篇	1964	《學海孤雛》	徐成銘
	1964	《最後的裁判》	高仁河
	1965	《恩重如山》	蔡秋山
	1965	《可憐父母天下心》	李川
流浪篇	1957	《小情人逃亡》	張英
	1961	《孤女的願望》	張英
	1962	《孤鳥淚》	張英
	1965	《孝女的願望》	林福地
苦兒篇	1966	《我愛爸爸》	徐守仁
	1967	《五子哭墓》	唐紹華
母愛篇	1965	《小浪子》	吳振民
童話篇	1960	《虎姑婆》	張英
	1962	《桃太郎大戰鬼魔島》	戴傳李與朱元福
名人傳記片		《國父少年時代》	熊光
木偶電影		《豬八戒招親》	楊雄偉

二、國語兒童電影

黃仁在〈臺灣兒童電影的發展〉一文中說：

早期臺灣國語片，產量稀少，製作條件差，要想在區域性國際影展——亞洲影展拿獎很難，張英擔任中影製片經理時，就想到兒童片，童星演出比較容易得獎。果然1945年第三屆亞洲影展以張小燕主演的《苦女尋親記》，得最佳童星特別獎，首開得獎紀錄，之後的亞洲影展，中影再以同樣苦女型的《歸來》再度得兩次最佳童星獎，以後李行導演《婉君表妹》、《汪洋中一條船》在亞展得獎，這兩部片後半部轉變為由成人演出，但童星的精采演出，超越了成人演出部份，仍可列為兒童少年片。

1979年10月9日至14日，哥倫比亞舉辦「第一屆國際兒童影展」，在21國28部片的競爭下，臺灣兒童片《鄉野奇談》獲最佳影片首獎，男女主角黃一龍、劉煥幗獲最佳演員獎，這是臺灣兒童片在真正的國際影展首創輝煌紀錄。

五〇年代以兒童片在亞洲影展得獎的中影公司，是拍國語兒童片最早、最多的機構，其中李嘉導演的《我女若蘭》，在伊朗第一屆國際兒童電影節，第十五屆亞洲影展及金馬獎得了一大堆獎（註四）。

國語兒童電影片，擬以分年代敘述之：

年代	出品年	影片名稱	導演
50年代	1945	《苦女尋親記》	張英
	1957	《小情人逃亡》	張英
	1958	《流浪兒》	馬徐維邦
	1958	《歸來》	宗由
60年代	1960	《苦兒流浪記》（曾代表中華民國參加舊金山國際影展）	卜萬蒼
	1960	《天倫淚》	易文
	1960	《虎姑婆》	張英
	1961	《孤女的願望》	張英
	1962	《桃太郎大戰鬼魔島》	戴傳李與朱元福
	1964	《學海孤雛》	許成銘
	1964	《最後的裁判》	高仁河
	1965	《恩重如山》	蔡秋山

	1965	《可憐天下父母心》	李川
	1965	《婉君表妹》	李行
	1965	《我女若蘭》	李嘉
	1965	《小浪子》	吳振民
	1966	《我愛爸爸》	徐守仁
	1967	《五子哭墓》	唐紹華
70年代	1971	《小煞星》	張徹
	1975	《菜刀與六個朋友》	周騰
	1975	《小女兒的心願》	劉家昌
	1978	《汪洋中的一條船》	李行
80年代	1982	《光陰的故事》	柯一正
	1982	《老師斯卡也達》	宋存壽
	1983	《小畢的故事》	陳坤厚
	1983	《魔輪》	王銘燦
	1984	《竹劍少年》	張毅
	1984	《小爸爸的天空》	陳坤厚
	1985	《帶劍的小孩》	柯一正
	1985	《童年往事》	侯孝賢
	1986	《我們都是這樣長大的》	柯一正
	1986	《父子關係》	李佑寧
	1987	《我兒漢生》	張毅
	1987	《期待你長大》	廖慶松
	1987	《大海計畫》	王俠軍
	1988	《媽媽再愛我一次》	陳朱煌
	1989	《魯冰花》	楊立國

90年代	1991	《娃娃》	柯一正
	1993	《卜派小子》	朱延平
	1994	《新烏龍院》	朱延平
	1994	《祖孫情》	朱延平
	1995	《熱帶魚》（盧卡諾影展得名）	陳玉勳
	1995	《紅柿子》	王童
	1995	《中國龍》	朱延平
	1996	《飛天》	王小棣

至於21世紀以來，臺灣兒童電影的產量，大量縮減，但素質則大幅提高。

肆、宜蘭國際兒童電影節

兒童電影以主題放映的形式始於「金馬國際影片觀摩」，在1991～1995年間曾策劃「兒童電影」放映專題。此時期影展活動開啟了日後國內兒童影展著重教育及娛樂功能的特點。例如1993年以「馬戲團」、「動物」、「精靈」為主題，並於每部電影放映後安排專人謂兒童觀眾解說劇情。直到2003年宜蘭國際兒童電影節後，國內才首次舉辦擺脫附於成人影展之下、獨以兒童為主題的影展。

宜蘭縣位於臺灣東北角，東面緊鄰浩瀚的太平洋，北面、南面、西面均由雪山山脈及中央山脈所阻隔，自古以來，就是一塊與外隔絕的夢中淨土。

宜蘭原名噶瑪蘭（又名蛤仔灘），是先住民噶瑪蘭人的口音譯而來，自清代噶瑪蘭通判烏竹芳至宜蘭選定『蘭陽八景』後，後代漢人始將本地地名暱稱為蘭陽，而其平原為沖積扇平原，故宜蘭平原又稱蘭陽平原。

宜蘭縣總面積合計2143. 6457平方公里（其中包含釣魚臺列嶼及龜山島、龜卵島）。全縣總人口數於2004年12月底調查為462,286人。

宜蘭國際兒童電影節由宜蘭縣政府、國家電影資料館聯合主辦，地點以宜蘭縣為主。始於2003年，舉辦至今，口碑甚佳，試介紹如下：

一、2003年宜蘭國際兒童電影節

活動地點：宜蘭縣頭城、宜蘭、羅東和蘇澳等四個主要鄉鎮市播映。

活動時間：2003/08/22-30

期先熱身：2003/08/12-14遴選《奇蹟》、《風中小米田》、《天堂赤子心》、《佛渡情緣》於臺北「光點電影院」四片為活動熱身。

簡介：國內首次以兒童為主題的影展，活動將分寒暑假舉行，內容除影片觀摩與座談會外，還策劃種子教師訓練計畫與創作專區，適合學齡前兒童、國中小學、青少年及親子闔家欣賞。

開幕片：宜蘭鄭文堂執導的《風中小米田》（獲2003臺北電影節最佳劇情片）描述部落小學生八度聽到老師描述小米跟原住民故事後，他和最好的朋友伊萬展開尋找小米之旅，故事溫馨雋永。

二、2004年宜蘭國際兒童電影節

活動時間：8月2日至11日

活動場地：宜蘭演藝廳、運動公園、羅東戲院、員山國小及壯圍國中等。

8月2日至11日在宜蘭熱鬧登場，放映來自各國的二十部精彩影片；宜蘭縣長劉守成今天專程北上舉行記者會，向各界推銷這次的盛會，並邀請藝人楊貴媚擔任代言人。

宜蘭兒童電影節片單相當有看頭，邀請包括臺、法、美、日、韓、阿根廷、西班牙、外蒙古等國的二十部影片來臺觀摩放映，主題定為「奇幻國度」，分為「童話新視野」、「生命關懷」、「向大師致意」三大單元，並另規劃兩場座談會。

開場片為外蒙古《駱駝駱駝不要哭》，細膩刻畫駱駝與人的情感生活，以及發生在駱駝母子的動人故事；閉幕片則是榮獲多達三十三項國際大獎的「機器人物語」，該片由四段故事譜成，敘述未來世界機械與科技帶給人類的生活省思。

其餘片單包括《佳麗村三姊妹》、《火星人莫卡諾》、《奧德賽》、《摩登時代》、《復活森林》、《王子與公主》、《將軍與忠狗》、《粉彩動畫世界》、《小拇指》、《美麗新世界》、《太空龐克貓》、《森林大帝》、《用力呼吸》、《最後戰役》、《美麗密語》、《大雨大雨一直下》、《雨國之子》和《晴空戰士》。

三、2005年宜蘭國際兒童電影節

今年宜蘭國際兒童電影節再次集合適合小孩和大人觀賞的各國好片，讓大人好好看看孩子都在想些什麼！從7月15日起，連續十天，在宜蘭縣政府中央公園，每日晚上七點起，邀請影迷在星光下一起看電影，以下是主要影片的放映日期如下：

7/15（五）開幕片-假如我是你（瑞典，臺灣首映）

7/16（六）哥吉拉之最後戰役（日本，臺灣首映）

7/17（日）假如我是你（瑞典，臺灣首映）

7/18（一）哥吉拉首部曲—大恐龍（日本，1954）

7/19（二）放牛班的春天（法國）

7/20（三）胡桃鉗（美/德/俄）

7/21（四）仔仔的秘密（瑞典，臺灣首映）

7/22（五）紅孩兒決戰火燄山精華篇＋鐵扇公主（1941）

7/23（六）童年萬歲（瑞典，臺灣首映）

7/24（日）少算我一份！（冰島，臺灣首映）

四、2006年宜蘭國際兒童電影節

2006宜蘭國際兒童電影節「電影．童趣．同去Cinema．Kids Fun All The Way」將於8月27日~8月30日揭開活動序幕。

2006宜蘭國際兒童電影節，有來自臺灣、日本、韓國、泰國、美國等地動畫與劇情影片，於8月27日至8月30日，一共映演14部27場次，讓您完全沈浸於「電影世界」！別忘記邀請你的親朋好友一起到電影院和大家一起作伙「看電影」！

放映影片有：《鬼宿舍》（開幕片）、《沈清王后》（閉幕片）、《神奇寶貝》、《裂空的訪問者 代拉歐希斯》、《野蠻任務》、《犬夜叉》、《紅蓮的蓬萊島》、《聖石傳說》、《東京教父》、《立體小奇兵》（3D版）、《鋼彈首部曲》、《星之繼承者》、《鋼彈貳部曲》、《戀人們》、《網球王子》、《雙人武士》、《多拉A夢》、《大雄與風之使者》、《長毛狗》等。

伍、臺灣國際兒童電視影展

臺灣國際兒童電視影展，是2004年1月由公共電視臺、行政院新聞局、富邦文教基金會共同創設，它是亞州第一個為孩子設立的國際競賽、觀摩影展，以雙年展形式籌辦。獎項包括最佳劇情片獎、最佳紀錄片獎、最佳動畫片獎、最佳電視節目獎、評審特別獎、兒童人氣獎、觀眾票選獎；另外，影展更增設最佳臺灣影片獎及和最佳臺灣電視節目獎，以鼓勵臺灣電影視的創作。其中「國際競賽」單元，不但讓各國優良的兒童影片匯聚臺灣，也讓在地的孩子能透過自己的雙眼來認識世界的樣子，更鼓勵了臺灣創作者持續為未來的主人翁們拍攝更好的作品，透過國際影展的舉辦，進一步將各國關注兒童的影視創作做譯介交流，拓展臺灣兒童影片的開闊視野。以下試介紹舉辦兩屆的相關影視片。

一、2004年第一屆臺灣國際兒童電視影展

2004年第一屆雙年展於1月9日揭幕，為期五天，至13日止，

會場設於臺北市青少年育樂中心。

來自世界三十國，九十四部精彩影片，這次影展並邀請三十多位國際貴賓來臺共襄盛舉，包括法國動畫大師米歇奧塞羅、美國著名動畫導演亞當史奈德、以《三弦之戀》令臺灣觀眾驚豔的琉球導演中江祠司等人；而眾多國際貴賓中，鄭文堂是臺灣唯一入國際競賽的電影導演。

影展國際競賽區分為劇情片、動畫片、紀錄片、電視節目四類。劇情片，由以色列導演歐瑞・里維的作品《誰是恐怖份子》獲得，最佳電視節目是臺灣的電視節目《別小看我》拿下，動畫片則由日裔加拿大女導演愛麗森・瑞克羅德的作品《昭和新山》獲得，挪威女導演班迪特・歐馬文的作品《迪莎去日本》榮獲最佳紀錄片。

而鄭文堂導演的《風中小米田》則令所有評審毫無猶豫、全數通過，得到臺灣之最佳影片獎。

二、2006年第二屆臺灣國際兒童電視影展

第二屆臺灣國際兒童電視影展於1月13～17日，在臺北市青少年育樂中心舉行。來自37個國家250部的電影節目及影片放映。本屆開幕影片為臺灣導演李芸嬋的《人魚朵朵》（2004金馬影展最佳美術設計），以及法國導演賈克・雷米・吉黑賀的作品《大雨大雨一直下》（2004柏林影展最佳動畫片）。

2006年第二屆臺灣國際兒童電視影展得獎名單：最佳劇情片獎《古巴萬歲》、最佳動畫片獎《風從哪裡來》、最佳紀錄片獎《快樂舞年級》、最佳電視節目獎《少年哈週刊——夢想之旅》、最佳臺灣電視節目節《別小看我——好萊塢的東方神

話》、最佳臺灣影片獎《微笑的魚》、觀眾票選獎《來我家過聖誕》、評審特別獎《山的那一邊》、評審特別推薦獎《天花板上的馬克》、兒童人氣獎《穀子，穀子》。

陸、童心影展

臺北市文化局自2000年起，每年舉辦臺北市兒童藝術節，其目的在於讓兒童學習多元差異，以養成尊重文化多元性的態度，並增進國際文化視野，主軸是兒童戲劇。自2005年起則增加童心影展。

一、2005年臺北兒童藝術節〈同濟大愛童心影展〉

國際同濟會臺灣總會北市分會，為慶祝國際同濟會90週年慶，特邀東暉國際多媒體股份有限公司，參與臺北兒童藝術節活動，於是有「同濟大愛童心影展」活動，活動期間自7月9日起8月27日止。其間共放映十三部兒童影片：

片名	國名
《寶貝任務》	丹麥
《仔仔的願望》	瑞典
《童年萬歲》	挪威
《麥兜故事》	香港
《背起爸爸上學》	中國
《和你在一起》	中國

《我們這一班》	德國
《我很想你》	挪威
《月光提琴手》	希臘
《最美麗的夏天》	瑞典
《總統的理髮師》	韓國
《瑪莉亞的孩子》	伊朗
《風中的小米田》	臺灣

二、2006年臺北兒童藝術節

童心影展仍有國際同濟會臺北總會北市分區、東暉國際多媒體股份有限公司參與，活動期間於2006年7月12日到8月24日止，但名稱不見「同濟大愛」，參與影展有10部。其片名與國別如下：

片名	國別
《雨 之川》	日本
《烏龜也會飛》	美國
《小鬼大間諜３》	美國
《天堂摯愛》	伊朗
《法官媽媽》	中國
《２５個孩子一個爹》	中國
《藍蝶飛舞》	加拿大
《少女奧薩瑪》	伊朗
《螢火蟲之星》	日本
《迷走星球》	美國

柒、結語

總結以上所述，可知臺灣臺灣電影存在的事實，是無庸置疑。至於其正式正名則是始於臺東師院兒童文學研究所的開課。是以其所謂兒童電影的相關研究，或觀摩交流等兒童電影節的活動，應是新世紀以來的事。

又就交流觀摩而言，兩岸實在有待加強。

附註：

註一：見臺灣電影筆記網站http://movie.cca.gov.tw/CINEMA/case_01. asp?id=11&scn=%A8%E0%B5%A3%B9q%BCv%B1M%C3D

註二：同註一。

註三：同註一。

註四：同註一。

參考書目

1. 川瀨健一著 麥常傳譯 《臺灣電影饗宴百年導覽》 臺北市 南天書局有限公司 2002. 8
2. 李泳泉著 《臺灣電影閱覽》 臺北市 玉山社出版事業股份有限公司 1998. 9
3. 李天鐸著 《臺灣電影、社會與歷史》 臺北市 亞太圖書出版社 1997. 10
4. 呂訴上著 《臺灣電影戲劇史》 臺北市 銀華出版社 1961. 9
5. 張之路著 《中國少年兒童電影史論》 北京市 中國電影出版社 2005.12
6. 湯禎召〈尋找孩子的足跡〉2003. 4. 23
7. 黃千芬著《一九八O年代臺灣兒童電影類型研究》2005.6
8. 黃仁〈臺灣兒童電影的發展〉2003. 4. 21
9. 黃仁〈臺灣兒童電影的多元化內容〉 2003. 6 《臺灣文獻》頁199-212
10. 聞天祥論 《書寫臺灣電影》 臺北市 財團法人國家電影資料館 1999. 8
11. 盧非易著 《臺灣電影：政治、經濟、美學（1949~1994）》臺北市 遠流出版事業股份有限公司 1998. 12
12. 鐘尹萱著《兒童電影裡的空間架構——以《有你真好》、《小鬼當家》與《早安》為例》2006. 6
13. 酈佩玲著 《臺灣兒童電影的救贖與象徵：以《魯冰花》、

《期待你長大》為例》2004. 9

相關臺灣兒童電影網址

1. 臺灣國際兒童電視影展

   http://www.pts.org.tw/~web01/kids_films/

2. 國家電影資料館

   http://www.ctfa.org.tw/

3. 臺灣電影筆記

   http://movie.cca.gov.tw/

4. 《光點臺北》電影主題館

   http://www.spot.org.tw/

5. 高雄電影圖書館

   http://w4. kcg.gov.tw/~kmfa1/inside.html

6. Y17臺北市青少年育樂中心

   http://www.y17. com.tw/index.php

（本文是2007年6月於中國寧波，第九屆國際兒童電影節中發表。）

試論臺灣兒童文學區域性之研究

壹、前言

臺灣文學自20世紀80年代獲得正名，並於90年代開始進入學院，成為一個學術領域以來，「文學史書寫」即成為一個重要的議題。

基於對臺灣文學史書寫的期待意識，區域文學史書寫與研究的風潮也因此而興起。推究其原因，其背後動力，自與後殖民論述、全球化、文化霸權、文化帝國、媒介等有關。

所謂臺灣區域文學的出版或文學史的書寫，或源自於縣市文化中心的作家作品集。

一般說來，臺灣文學出版品除了透過民間文學獎的徵集、出版社的行銷得以面世外，由政府所屬機關出版所累積的成果也質量可觀。其中，以各縣市政府徵集作品，獎勵出版的作家作品集為數最夥；這樣的地方選輯，自1991年4月迄2007年7月業出刊者總計1002本。

這項行之有年的「出版作家作品贊助計畫」有其背景緣由：1990年臺中縣文化中心邀請十位縣籍作家出版「文學薪火相傳——臺中縣文學家作品集」並向行政院文化建設委員會申請補助，翌年正式出版；文建會視其成效卓著，遂擬訂具體獎助辦法，並由當時省教育廳襄助經費，通函各縣市政府得依法申請獎助，黃武忠認為這項計畫的推動是回應當時地方文化中心「重藝輕文」的聲音，並促使地方體認文學史料蒐存的重要性，有助於國家籌建現代文學資料館之前置，此外，亦可以獎掖地方優秀作家作品，以匡正出版營利的商品化環境。

隨著「各縣市作家作品集」的帶動，地方政府開始重視各縣市籍作家的資料蒐集與建檔工作，相關「區域文學史」的撰寫計畫也陸續展開。這一波「區域文學」撰述的熱潮其精神賡續葉石濤《臺灣文學史綱》抵拒中央的史觀，其落實則緣起於文訊雜誌社辦理「各縣市藝文環境調查」與「區域文學研討會」等系列活動之策進。通過地方薈萃文采，呈現的是區域特出的一片風景。

《文訊》雜誌社於1991年1月獲教育部補助執行「各縣市藝文環境調查報告」專案計畫，自1991年1月至1992年4月逐月刊出各縣市藝文環境，共計16縣市；繼於1993年4月獲文建會暨新聞局補助辦理六場「臺灣地區區域文學會議」，事後並將兩次活動成果編輯出版（即《藝文與環境》、《鄉土與文學》二書），獲得不少的肯定與迴響。遂於1994年9月增設「各地文學採風」專欄收錄各地文學訊息，主動參與地方文學史料之蒐羅。其實，自1991年，各縣市文化中心也開始了各縣市作家的資料收集與建檔工作，有關「區域文學」的計畫也陸續展開。1995年6月，臺中縣立文化中心出版了《臺中縣文學發展史》，這是臺灣第一本區域文學史，此後其餘縣市亦依序出版。

其後，《文訊》雜誌又於2000年4月號（174期）推出〈花開遍地——區域文學史的撰寫〉的專題，計收九篇論述（見頁31～54）；並於2007年7月號（261期）又推出〈在地方，播化文學田畝——各縣市作家作品集觀察〉（頁47～92）。

兒童文學是臺灣文學的一環，對於區域文學的研究風潮，理當參與相關的研究或論述，而事實上卻乏善可陳。雖然，各縣市作家作品集中亦有兒童文學類；又在《1980年中華民國文學年鑑》中有林良〈兒童文學〉一節（頁52～59）；而《臺灣文學年鑑》自1997年起亦有「兒童文學」相關的描述。但相對而言，兒童文學仍是處於弱勢；一般說來，普遍認為兒童文學很重要，但並未受該有的重視。

就學術而言，至1996年8月16日臺東師院始報行政院核准增設並進行籌備，於1997年5月29日招收碩士生15名，即於是年開啟了兒童文學的學術殿堂。本文即擬敘述臺灣兒童文學區域研究的因緣與事實。

貳、兒童文學區域研究的因緣與界定

臺灣兒童文學區域性研究是種必然的發展趨勢，在面向世界，開拓新視野之前，作為一個臺灣兒童文學工作者，墾植本土，了解自己是必要的。

吉妮特・佛斯（Jeannette Vos）和高頓・戴頓（Gordon Dryden）在《學習革命》（*The Learning Revolution*）一書中，認為塑造明日世界的十五個大趨勢有〈文化國家主義〉一項，他們認為：

> 當地球愈來愈成為一個單一經濟體，當我們的生活方式愈來愈全球化，我們就會愈來愈清楚的看到一個相反的運動，奈思比稱之為文化國家主義。
> 「當世界愈來愈像地球村，經濟也愈來愈互賴時」，他說，「我們會愈來愈講求人性化，愈來愈強調彼此間的差

異，愈來愈堅持自己的母語，愈來愈想要堅守我們的根及文化。即便是歐洲由於經濟原因而結盟，我仍認為德國人會愈來愈德國，法國人愈來愈法國」。

再一次的，這其中對於教育又有極為明顯的暗示。科技越加發達，我們就會越想要抓住原有的文化傳統——音樂、舞蹈、語言、藝術及歷史。當個別的地區在追求教育的新啟示時——尤其是在所謂的少數民族地區，屬於當地的文化創見將會開花結果，種族尊嚴會巨幅提升。（見1997年4月中國生產力中心，林麗寬譯，頁43～44）

文化國家主義在文化霸權、後殖民論述的推演下，已成為一種強勢性的政治潮流。臺灣自解嚴以來，本土文化亦已獲得比較多的關注，也有了一個比較寬闊的發展空間。目前，各縣市文化中心亦以區域特色與營造社區為發展重點。

所謂區域，是一個相對性的概念，且以縣市為區隔，編撰區域縣市兒童文學概況，旨在關懷本土，了解自己。

方斯·卓皮納斯（Fons Trompenaars）和查爾斯·漢普頓透納（Charles Hampden Turner）於《卓皮納斯文化報告》（*Riding the Waves of Culture*）有云：

只有當一條魚脫離水面時，才會知道它是多麼需要水。文化之於人類，正如水之於魚，我們在文化中生活、呼吸。但是在一個文化中被視為必要的，例如某種程度的財富，在別的文化卻不見得是必須品。（美商麥格羅·希爾國際股份有限公司臺灣分公司，1999年5月，袁世佩譯，頁30）

文化來自土地與人民的生活，但不同區域的文化差異本身不一定是障礙，面對不同文化時，每個人本身的文化皆是起點。重要的是，在面臨不同文化時所呈現的自覺、尊重、協調與融合的一連串內化的行為，才是決定文化歸屬的終點。其實，所謂的「本土化」、「國際化」，並非對立不相容，我們相信：沒有起點，就無所謂的終點。是以且讓我們從縣市區域的歷史與現實入手。

個人有心於臺灣兒童文學的撰寫，且以「臺灣地區兒童文學史料的整理與撰寫」為題向國科會申請為期三年的研究計畫（計畫編號：WSC 88-2411-H-143-001）。該研究旨在對1945年以來，臺灣地區兒童文學的發展與演進，做一宏觀性的整理，進而撰寫出一部臺灣兒童文學史。

研究首重資料，資料的蒐集與整理亦是本研究的重點。其中針對1945年以來兒童文學論述書目做提要，以作為後人研究之參考手冊。並對前輩進行訪談或口述記錄。同時確立與整理指標性事件，以作為撰寫文學史的依據。

而後經深入蒐集以來，始發現基本資料匱乏度，頗出意料之外。因此，改寫研究策略，與中華民國兒童文學學會合作，以收群策群力之效。

當時，學會理事長林煥彰為迎接明年1999年8月第五屆亞洲兒童文學大會的召開，亦擬在《會訊》增闢「臺灣兒童文學現況」系列專欄，逐期刊載。此事於1998年1月18日上午學會理監事會後餐會中，與我提起專欄事宜，於是「臺灣區域兒童文學概述」的編寫一事，即拍板定案。

1月27日，是農曆大年初一，理事長展開向各縣市文友拜年和邀稿。

在邀稿中，並附有「臺灣區域兒童文學概述寫作格式」。其格式如下：

> 壹：前言。
>
> 貳：發展概況。含過去、現在及發展過程相關的人物、事件或機構、團體。
>
> 參：結語。發展的困境及未來的展望。
>
> 肆：附錄。編年記事。

又於1999年元月24日下午一點至三點，於國語日報社四樓會議廳舉辦臺灣區域兒童文學概述撰寫座談會。

相關各縣市兒童文學概述，結集成冊，於1999年6月由臺東師院兒文所出版。計收17縣市17篇，另有基隆市、臺中縣、嘉義縣、市、高雄縣等六縣市不及收錄。

申言之，區域文學或曰自古有之，而今日之所以成為趨勢，是拜全球化與媒介所賜。

所謂區域，是一個相對性的概念，且以縣市為區隔，旨在進行局部區域性的田野調查，進而能保存資料，搶救史料。區域的概念，在全球化之下益顯獨特。Tim Cresswell有《地方》（*Place*）一書，其副標題是「記憶、想像與認同」。他引用政治地理學家阿格紐（John Agnew）勾勒出地方作為「有意義區位」的三個基本面向是：「區位、場所、地方感」（頁14）。

英國邁克．克朗（Mike Crang）於《文化地理學》第五章

〈他者與自我〉，即標示「書寫家園、書寫空間、標記領土」（頁54），他認為所謂「我們」和「他們」，常常是以地域來劃分界限的（同上，頁54）。又中國學者樊星研究地域文化的三個重要支點：民風、方言與民俗。他認為一方水土一方人。在水土與人性之間，有著神奇的對應關係（見《當代文學新視野講演錄》，頁130）。

於是在全球化與區域化的爭論中，有了所謂「球域化」（Glocalization），所謂球域化即是全球（Global）與區域化（Localization）的組合。金惠敏於〈球域化與世界文學的終結〉一文中，引用米勒（J. Hillis Miller）《土著與數碼衝浪者——米勒中國演講集》中所見：

> 在全球化時代中，文學研究既包含全球性因素也包含地域性因素。一方面，雖然幾乎每一種理論都來自特定的區域文化，卻無不尋求闡釋和方法的有效性。理論在翻譯中旅行。另一方面，無論用任何一種語言寫成的文學作品都是獨特、特殊、自成一類的，文學作品拒絕翻譯，拒絕旅行。在理論和細讀的必要結合中，文學研究以一種可被稱作「全球區域化」（即「球域化」——引注）的方式兼備地域性與全球性。（頁79）

另外，又有瑪西（Doreen Massey）〈全球地方感〉（A Global Sense of Place）一文的論述與用詞（見《地方》，頁53～130）。

無論「球域化」或是「全球地方感」，其立意無非在彰顯地方區域的獨特性與重要性。

參、臺灣區域兒童文學研究的事實

臺灣區域兒童文學研究，雖然是緣於《會訊》「臺灣兒童文學概況」系列專欄及《臺灣區域兒童文學概述》編印。尤其是兒童文學研究所成立後，區域兒童文學研究始逐漸受重視。以下列舉書目是以成書為主，時間則以2007年底為主。其中有以族群為名，但亦涉及區域者亦收入。所收書目分論著與學位論文兩類：

一、論著

邱阿塗編。《宜蘭縣兒童文學發展簡介》。宜蘭市：宜蘭縣政府教育局，1985年12月。

邱阿塗編。《宜蘭縣兒童文學史料初編》。宜蘭市：宜蘭縣政府教育局，1990年9月。

江文錦編。《宜蘭縣兒童文學研習資料輯》。宜蘭市：宜蘭縣政府教育局，1993年6月。

林文寶主編。《臺灣區域兒童文學概述》。臺東市：臺東師院兒文所，1999年6月。

謝鴻文著。《凝視臺灣兒童文學的重鎮——桃園縣兒童文學發展史》。臺北縣：富春文化事業股份有限公司，2006年12月。

姜佩君著。《澎湖民間故事研究》。臺北市：里仁書局，2007年12月。

二、學位論文

唐蕙韻。《金門民間故事研究》。臺北市：中國文化大學中國文學研究所碩士論文，1997 年 6 月。指導教授：金榮華。

姜佩君。《澎湖民間故事研究》。臺北市：中國文化大學中國文學研究所博士論文，2001年5月。指導教授：金榮華。

曾瓊儀。《蘭嶼雅美族民間故事研究》。臺北市：中國文化大學中國文學研究所碩士論文，2001年6月。指導教授：金榮華。

藍涵馨。《宜蘭縣兒童文學研習營之研究（1979～1996）》。臺東市：臺東師範學院兒童文學研究所碩士論文，2001年6月。指導教授：林文寶。

林聖瑜。《卑南族神話研究》。臺東市：臺東師範學院兒童文學研究所碩士論文，2002年6月。指導教授：林文寶。

許玉蘭。《臺北縣兒童文學研習營之研究》。臺東市：臺東師範學院兒童文學研究所碩士論文，2002年8月。指導教授：林文寶。

王素涼。《臺北縣國小兒童戲劇發展之研究》。臺東市：臺東師範學院兒童文學研究所碩士論文，2002年8月。指導教授：林文寶。

梁雅惠。《臺中縣閩南語民間故事之研究》。臺東市：國立臺東大學兒童文學研究所碩士論文，2003年8月。指導教授：林文寶。

葉萬全。《澎湖縣兒童文學發展之研究》。臺東市：國立臺東大學兒童文學研究所碩士論文，2003年8月。指導教授：林文寶。

彭美雲。《蘭嶼口傳故事研究》。臺東市：國立臺東大學兒童文學研究所碩士論文，2004年6月。指導教授：林文寶。

李智賢。《臺南縣兒童文學發展之研究——從兒童文學獎出發》。屏東市：國立屏東師範學院國民教育研究所碩士論文，2004年7月。指導教授：徐守濤。

黃英琴。《馬祖童謠研究—以二〇〇一至二〇〇三採集為例》。臺東市：國立臺東大學兒童文學研究所碩士論文，2004年8月。指導教授：林文寶。

謝鴻文。《桃園縣兒童文學發展之研究》。宜蘭縣：佛光人文社會學院文學研究所碩士論文，2005年1月。指導教授：陳信元。

陳奕希。《臺中現代劇團發展史—以頑石劇團、童顏劇團為核心》。臺中市：國立中興大學中國文學系所碩士論文，2006年7月。指導教授：陳器文。

曹榮科。《民間故事采錄研究—以彰化縣為探討中心》。臺中市：國立中興大學中國文學系所碩士論文，2006年7月。指導教授：陳器文。

張素貞。《彰化縣民間文學集之研究》。臺東市：國立臺東大學兒童文學研究所碩士論文，2006年7月。指導教授：林文寶。

柯順發。《彰化縣文化局兒童詩徵選得獎作品研究》。臺東市：國立臺東大學兒童文學研究所碩士論文，2006年8月。指導教授：林文寶。

張晴雯。《「臺中縣兒童文學創作專輯」教師作品主題之研究》。臺東市：國立臺東大學兒童文學研究所碩士論文，2007年8月。指導教授：林文寶。

謝廷理。《澎湖地區性圖畫書創作歷程的回溯與反省》。臺東市：國立臺東大學兒童文學研究所碩士論文，2007年8月。指導教授：張子樟。

肆、解讀與意義

就前節所呈現的研究事實，試解讀其意義如下：

一、論著

論著計收六種。《臺灣區域兒童文學概述》前面已有敘述，於此不論。謝鴻文、姜佩君兩位著作，是學位論文的增修出版。又謝鴻文著作是由國家文藝基金獎助出版。學位論文能正式出版，自有其意義與學術性。宜蘭縣兒童文學的播種自藍祥雲和邱阿塗兩人息息相關。然而，就史料而言，則以邱阿塗為先，是以此處專論邱氏。以下略述邱氏與兒童文學相關事宜。

邱阿塗，1932年出生於宜蘭縣羅東鎮南門河畔的工人家庭。1945年4月考上宜蘭農校初級部，1946年7月畢業，隨即考進高級部森林科。1951年7月畢業。1952年至太平鄉（現大同鄉）四季國小擔任教師。

1957年，開始為孩子們說故事，寫故事，寫童話。

1968年11月，籌設兒童暨社區圖書室成效卓著獲記功，並進行閱讀興趣調查。

1969年8月，調任羅東國小教導主任，全面推展課外閱讀指導，並成立兒童文學寫作班，指導兒童寫作。11月，邀藍祥雲協助指導兒童文學寫作班，後來擴大為羅東鎮各國小兒童文學研習冬令營。

1977年8月8日，羅東國小新建圖書館落成，邀請蘇尚耀、林鍾隆、許義宗、傅林統、徐正平等於落成典禮中與兒童見面；並舉行宜蘭縣第一屆兒童文學座談會。

1979年2月，與藍祥雲二人，於羅東國小舉辦宜蘭縣第一屆全縣教師兒童文學研習會。

1981年9月28日，因推展兒童文學卓有貢獻，經選為全省特殊優良教師。9月，宜蘭縣成立兒童文學研究發展中心，設於羅東國小，由邱阿塗任總幹事。

1983年7月，主辦第五屆兒童文學創作研習營。報名參加教師80多人，學生40餘人，由邱阿塗、陳清枝主講。學員以「南門河在哭泣」、「嗚咽的南門河」為題撰寫童詩，刊登中國時報、聯合報等，並於中國廣播公司宜蘭電臺錄製「兒童文學在宜蘭」節目。12月，整理宜蘭縣兒童文學推展成果，定名「兒童文學在宜蘭」，參加臺灣省首屆國語文教育資料展，榮獲全省第一名。

1984年3月，以《兒童文學的新境界》和《怎樣指導兒童課外閱讀》二書，榮獲1984年度中興文藝獎，為國內榮獲中興文藝獎兒童文學獎第一人。

1989年，因高血壓與心臟病復發住院，申請退休獲准，於12月16日退休。

退休後，仍致力於與兒童文學相關活動。2001年以來，則帶領縣內年輕教師推動「蘭陽文風」少年文學獎，與「文雨飛揚」

青年文學獎等活動。

2007年12月榮獲第二屆宜蘭文化獎。並由文化局出版邱少頤《南門河上的橋——兒童文學的推手邱阿塗》一書。

邱阿塗與宜蘭縣兒童文學的關係，在於推廣與活動。尤其是兒童文學研習的活動。邱氏基於愛好兒童文學的那一份執著，五十年來一點一滴詳實蒐集和記錄下來的原始的史料，確實令人欽佩。目前所見與研習相關資料有：《蘭苑》（蘭陽文教附冊）、「國小教師兒童文學創作集」、「研習手冊」、「宜蘭縣推展兒童文學人力資料」（含研習活動、編輯工作、參與競賽、著作出版或投稿等資料）。至於書寫史料者有：

〈忍受寂寞，為孩子〉，宜蘭地方報《中華新聞》，1985年8月19日。

《宜蘭縣兒童文學發展簡介》，宜蘭縣教育局，1985年12月。

《宜蘭縣兒童文學史料初編》，宜蘭縣教育局，1990年9月。

〈忍受寂寞，為孩子〉一文，記錄宜蘭縣兒童文學的耕耘播種與茁壯，是《宜蘭縣兒童文學發展簡介》的前身。至於《宜蘭縣兒童文學史料初編》，則是前書的增訂。這是臺灣兒童文學的第一本區域文學史。

又相關宜蘭縣兒童文學史的單篇有：

〈兒童文學在宜蘭〉，陳乃文，見1981年5月15日《地平線》雜誌第二期，頁49～52。

其後，〈兒童文學在宜蘭〉參加臺灣省首屆國語文教育資料展，獲全省第一名，教育局曾印贈《地平線》雜誌此文，而作者則易名為「邱松山」。

至於《宜蘭縣兒童文學研習資料輯》一書，則是彙集1992年2月第十六屆研習營授課教師的講稿。

二、學位論文

有關學位論文，擬從就學學校、區域與研究內容三項分別說明：

1. 學校別：

校別／篇數別	臺東兒文所	文化中文所	中興中文所	佛光中文所	屏師國教所
篇數	12	3	2	1	1

學生選擇論文方向，與研究所性質有關。除外又以本身興趣為主，同時也與指導教授有關。從種種數據中可知，臺東大學兒文所之所以獨多，是學門性質使然。另有屏東師院國民教育研究所，則是指導教授的緣故。

2. 區域別：

區域別 / 區域數	金門縣	蘭嶼鄉	澎湖縣	宜蘭縣	卑南鄉	臺北縣	臺中縣	桃園縣	臺南縣	彰化縣	馬祖縣	臺中市
區域數	1	2	3	1	1	2	2	1	1	3	1	1

從區域別而言，只能說與身份認同有關，亦即書寫自己身處地域為主。

3. 研究內容：

從研究內容或對象而有研習營、有文學史、有文類、有徵獎作品，試列表如下：

類別 / 篇別	研習	文學史	文類				徵獎
			戲劇	民間故事	圖畫書	童謠	
金門民間故事				V			
蘭嶼雅美民間故事研究				V			
澎湖民間故事研究				V			
宜蘭縣兒童文學研習營之研究	V						
卑南族神話研究				V			
臺北縣兒童文學研習營研究	V						
臺北縣國小兒童戲劇發展之研究			V				

臺中縣閩南語民間故事之研究				V			
澎湖縣兒童文學發展之研究		V					
蘭嶼口傳故事研究				V			
桃園縣兒童文學發展之研究		V					
臺南縣兒童文學發展之研究—從兒童文學獎出發							V
馬祖童謠研究—以2001～2003採集為例						V	
臺中現代劇團發展史—以頑石劇團、童顏劇團為核心			V				
民間故事採錄研究—以彰化縣為探討中心				V			
彰化縣民間文學集之研究				V			
彰化縣文化局兒童詩徵選得獎作品研究							V
「臺中縣兒童文學創作專輯」教師作品主題之研究							V
澎湖地區性圖畫書創作歷程的回溯與反省					V		
	2	2	2	8	1	1	3

就區域文學而言，研習營與徵獎作品，更能見區域文學的特

色，這是可以再使力的區塊。

《臺中現代劇團發展史—以頑石劇團、童顏劇團為核心》，區域界定不明。兩個劇團皆屬臺中市，其中童顏劇團是兒童劇團。

《彰化縣文化局兒童詩徵選得獎作品研究》，其研究文本是國小學童創作的兒童詩。以兒童作品為研究對象，是研究的另一個方向。

以民間故事為研究文本者居多，這是中文學門使然。中文學門研究雖以民間故事為對象，但其立足點並非兒童文學。只是民間故事亦屬兒童文學文類之一，是以歸屬之。

《澎湖地區性圖畫書創作歷程的回溯與反省》，題目雖有地區性，其論述文本只有《迷走海洋》、《沈睡的黑寶石》兩本，所謂區域性論述顯然不足。其實，其重點是在創作，姑且納入區域文學中。

綜觀十九篇學位論文，就區域文學的概念而言，皆能在田野調查的基礎上發掘和整理相關資料，彌補以往對區域性認識的不足。

但相對來說，文學史觀、文學史分期和區域文學特色的建立，則有待努力與加強。尤其是對史料、文獻的掌握與書寫，更必須明確與慎重。如參考文獻（或書目），一味沿用西式，而不書寫出版社全稱、出版年、月，君不見中文書籍皆有出版年、月（或日），摒棄明確的年、月時間，而糊塗的記年，進而加編碼，真是「不知有漢，無論魏晉。」

伍、結語

區域兒童文學的研究，乃是撰寫臺灣兒童文學史的基礎工作。如果能對各個區域進行全面性的蒐集與整理，集合眾人力量協力來完成，將有助於臺灣兒童文學撰寫工作的推展和進行。施懿琳在〈撰寫區域文學史的幾點感想〉一文中，將個人的經驗、感想，提供有心在臺灣其他各地撰寫區域文學史的朋友參考，試引錄重點如下，並作為本文的結語：

1. 有關研究範圍的問題。
2. 有關作家的選取問題。
3. 田野工作及其記錄勢在必行。
4. 史觀的確立。
5. 最好能藉由群體的力量來完成。（以上詳見2004年4月174期《文訊》，頁40～41。）

參考書目

壹、研究文本

一、論著

江文錦編。《宜蘭縣兒童文學研習資料輯》。宜蘭市：宜蘭縣政府教育局，1993年6月。

林文寶主編。《臺灣區域兒童文學概述》。臺東市：臺東師院兒文所，1999年6月。

邱阿塗編。《宜蘭縣兒童文學史料初編》。宜蘭市：宜蘭縣政府教育局，1990年9月。

邱阿塗編。《宜蘭縣兒童文學發展簡介》。宜蘭市：宜蘭縣政府教育局，1985年12月。

姜佩君著。《澎湖民間故事研究》。臺北市：里仁書局，2007年12月。

謝鴻文著。《凝視臺灣兒童文學的重鎮——桃園縣兒童文學發展史》。臺北縣：富春文化事業股份有限公司，2006年12月。

二、學位論文

王素涼。《臺北縣國小兒童戲劇發展之研究》。臺東市：臺東師範學院兒童文學研究所碩士論文，2002年8月。

李智賢。《臺南縣兒童文學發展之研究——從兒童文學獎出發》。屏東市：國立屏東師範學院國民教育研究所碩士論文，2004年7月。

林聖瑜。《卑南族神話研究》。臺東市：臺東師範學院兒童文學研究所碩士論文，2002年6月。

姜佩君。《澎湖民間故事研究》。臺北市：中國文化大學中國文學研究所博士論文，2001年5月。

柯順發。《彰化縣文化局兒童詩徵選得獎作品研究》。臺東市：國立臺東大學兒童文學研究所碩士論文，2006年8月。

唐蕙韻。《金門民間故事研究》。臺北市：中國文化大學中國文學研究所碩士論文，1997 年 6 月。

張素貞。《彰化縣民間文學集之研究》。臺東市：國立臺東大學兒童文學研究所碩士論文，2006年7月。

張晴雯。《「臺中縣兒童文學創作專輯」教師作品主題之研究》。臺東市：國立臺東大學兒童文學研究所碩士論文，2007年8月。

梁雅惠。《臺中縣閩南語民間故事之研究》。臺東市：國立臺東大學兒童文學研究所碩士論文，2003年8月。

曹榮科。《民間故事采錄研究——以彰化縣為探討中心》。臺中市：國立中興大學中國文學系所碩士論文，2006年7月。

許玉蘭。《臺北縣兒童文學研習營之研究》。臺東市：臺東師範學院兒童文學研究所碩士論文，2002年8月。

陳奕希。《臺中現代劇團發展史——以頑石劇團、童顏劇團為核心》。臺中市：國立中興大學中國文學系所碩士論文，2006年7月。

彭美雲。《蘭嶼口傳故事研究》。臺東市：國立臺東大學兒童文學研究所碩士論文，2004年。

曾瓊儀。《蘭嶼雅美族民間故事研究》。臺北市：中國文化大學中國文學研究所碩士論文，2001年6月。

黃英琴。《馬祖童謠研究—以二〇〇一至二〇〇三採集為例》。臺東市：國立臺東大學兒童文學研究所碩士論文，2004年8月。

葉萬全。《澎湖縣兒童文學發展之研究》。臺東市：國立臺東大學兒童文學研究所碩士論文，2003年8月。

謝廷理。《澎湖地區性圖畫書創作歷程的回溯與反省》。臺東市：國立臺東大學兒童文學研究所碩士論文，2007年8月。

謝鴻文。《桃園縣兒童文學發展之研究》。宜蘭縣：佛光人文社會學院文學研究所碩士論文，2005年1月。

藍涵馨。《宜蘭縣兒童文學研習營之研究（1979～1996）》。臺東市：臺東師範學院兒童文學研究所碩士論文，2001年6月。

貳、《文訊》區域文學相關專輯

第63期（1991.1）陽光海岸：屏東的藝文環境

第64期（1991.2）美麗淨土：臺東的藝文環境

第65期（1991.3）卦山春曉：彰化的藝文環境

第66期（1991.4）竹影茶香：南投的藝文環境

第67期（1991.5）稻花千里：雲林的藝文環境

第68期（1991.6）天人合歡：澎湖的藝文環境

第69期（1991.7）諸羅風情：嘉義的藝文環境

第70期（1991.8）府城春秋：臺南的藝文環境

第71期（1991.9）璀璨蓮花：花蓮的藝文環境

第72期（1991. 10）科技與人文：新竹的藝文環境

第73期（1991. 11）栗質天香：苗栗的藝文環境

第74期（1991. 12）灼灼桃花：桃園的藝文環境

第75期（1992. 1）戲劇故鄉：宜蘭的藝文環境

第76期（1992. 2）三山聳立：高雄的藝文環境

第77期（1992. 3）山海之間：臺中的藝文環境

第78期（1992. 4）雨港樂音：基隆的藝文環境

第80期（1992. 6）各縣市藝文環境調查的回響

第94期（1993. 8）臺灣地區區域文學會議專輯

第97期（1993. 11）肥沃的土壤，燦爛的花朵：「各縣市作家作品集」出版的意義

第174期（2000. 4）花開遍地：區域文學史的撰寫

第187期（2001. 5）耕植文學的苗圃：專訪民間文學教育工作者

第261期（2007. 7） 在地方，擘畫文學田畝—各縣市作家作品集觀察

參、論著

Tim Cresswell著，徐苔玲、王志弘譯。《地方：記憶、想像與認同》。臺北市：群學出版有限公司，2006年3月。

方斯．卓皮納斯（Fons Trompenaars）、查爾斯．漢普頓透納（Charles Hampden Turner）合著，袁世佩譯。《卓皮納斯文化報告》。臺北市：美商麥格羅．希爾國際股份有限公司臺灣分公司，1999年5月。

吉妮特．佛斯（Jeannette Vos）、高頓．戴頓（Gordon Dryden）合著，林麗寬譯。《學習革命》。臺北縣：中國生產力中

心，1997年4月。

東師兒文所編輯。《一所研究所的成立》。臺東市：臺東師院兒童文學研究所，1997年10月。

邱少頤著。《南門河上的橋——兒童文學的推手邱阿塗》。宜蘭市：宜蘭縣政府文化局，2007年12月。

金惠敏著。《媒介的後果——文學終結點上的批評理論》。北京市：人民出版社，2005年12月。

封德屏主編。《鄉土與文學——臺灣地區區域文學會議實錄》。臺北市：文訊雜誌社，1994年3月。

封德屏主編。《藝文與環境——臺灣各縣市藝文環境調查實錄》。臺北市：文訊雜誌社，1994年3月。

柏楊主編。《1980中華民國文學年鑑》。臺北市：時報文化出版事業有限公司，1982年11月。

樊星著。《當代文學新視野講演錄》。桂林市：廣西師範大學出版社，2007年1月。

邁克·克朗（Mike Crang）著，楊敏華、宋慧敏譯。《文化地理學（修訂版）》。南京市：南京大學出版社，2005年8月。

肆、單篇

朱嘉雯。〈臺灣地區有關區域文學史的著作提要〉。《文訊》174期，2000年4月，頁51～53。

江寶釵。〈區域文學史的另類書寫——從「嘉義市志文學篇」的纂編說起〉。《文學臺灣》40期，2001年10月，頁46～52。

江寶釵。〈戀戀鄉城——「區域文學史」撰述經驗談〉。《文訊》174期，2000年4月，頁45～47。

金惠敏。〈球域化與世界文學的終結〉。《哲學研究》，2007年第10期，頁77～82。

施懿琳。〈撰寫區域文學史的幾點感想〉。《文訊》174期，2000年4月，頁40～41。

陳宛蓉。〈遍聞福爾摩沙的芬芳——臺灣地區「區域文學史」現況調查〉。《文訊》174期，2000年4月，頁54。

陳國偉。〈臺灣區域文學史的論述與建構〉。《2006臺灣文學年鑑》，國立臺灣文學館，2007年12月，頁19～29。

陳萬益。〈現階段區域文學史撰寫的意義和問題〉。《文訊》174期，2000年4月，頁31～36。

黃美娥。〈開啟臺灣文學研究的另一扇窗〉。《文訊》174期，2000年4月，頁48～50。

黃琪椿。〈區域特性與土地認同——龔鵬程先生〈區域特性與文學傳統〉商榷〉。《文學臺灣》9期，1994年1月，頁118～131。

鄭定國。〈在地言宣，在地書寫——談臺灣區域文學〉。《文訊》261期，2007年7月，頁47～48。

龔鵬程。〈區域文學史的寫作與傳統〉。《文訊》174期，2000年4月，頁37～39。

龔鵬程。〈區域特性與文學傳統〉。《聯合文學》8卷12期，1992年10月：頁158～174。

（本文刊登於2008年6月《2007年臺灣兒童文學年鑑》，頁12-22，臺北市，中華民國兒童文學學會。）

國家圖書館出版品預行編目(CIP)資料

兒童文學論集 / 林文寶著. -- 初版. -- 臺北市 : 萬卷樓, 2011.09

面； 公分

ISBN 978-957-739-718-8(平裝)

1.兒童文學 2.文學評論

815.92 100016899

兒童文學論集 ISBN 978-957-739-718-8

2011 年 11 月初版 平裝 **定價：新台幣 480 元**

著　　者 林文寶
發 行 人 陳滿銘
總 編 輯 陳滿銘
副總編輯 張晏瑞
責任編輯 陳玉金
封面設計 徐𦈡蔚

出 版 者 萬卷樓圖書股份有限公司
編輯部地址 106 臺北市羅斯福路二段 41 號 9 樓之 4
電話 02-23216565
傳真 02-23218698
電郵 wanjuan@seed.net.tw
發行所地址 106 臺北市羅斯福路二段 41 號 6 樓之 3
電話 02-23216565
傳真 02-23944113
印 刷 者 百通科技股份有限公司

新聞局出版事業登記證局版臺業字第 5655 號

網路書店 www.wanjuan.com.tw
劃撥帳號 15624015